ハヤカワ・ミステリ文庫
〈HM442-1〉

く　じ

シャーリイ・ジャクスン
深町眞理子訳

早 川 書 房

7869

THE LOTTERY
OR, THE ADVENTURES OF JAMES HARRIS

by

Shirley Jackson

1949

本書をわが両親にささげる

目次

もくじ

I

彼女は語る——会してのち、一同はひれ伏して黒衣の魔王の出座を待つ。魔王は歓迎の辞を述べ、葡萄酒、ビール、菓子、肉、などを持ちきたって、自らは上座につく。……一同は飲み、食い、かつ踊り、奏楽を聞く。別れにのぞんでは、いつのときも、みなみなかく言いあう——楽しきかな出会い、楽しきかな別離、いざいざ別れゆかん、と。

——ジョーゼフ・グランヴィル『勝ち誇るサドカイびと』より

〔ジョーゼフ・グランヴィル（一六三六〜八〇）＝イングランドの聖職者・哲学者。俗間の迷信に寛大な目を向け、スコラ哲学を攻撃するかたわら、霊魂先在の信仰について弁じた。『勝ち誇るサドカイびと』（Sadducismus Triumphatus）は魔術の信仰について弁護した著作〕

酔い痴れて

The Intoxicated

彼は、うわべは氷をとりにゆくように見せかけながら、そのじつ酔いをさましにひとりでキッチンへ出てゆける、ちょうどその程度にこの一家とは懇意の仲だった。酔ったからといって、居間のソファで正体なく寝こんでしまう、そこまで気のおけない間柄《あいだがら》ではないということだ。いま彼は、とくに未練もなくパーティーの座を抜けだした。客の一団は、ピアノをかこんで〈スターダスト〉を歌っているし、この家の女主人は、薄手のきらりと光る眼鏡をかけた、陰気な口つきをした青年を相手に、何事か熱心に話しこんでいる。彼は用心ぶかく食堂を横切っていった。背もたれのまっすぐな椅子にかけた四、五人の客が、なにやら仲間うちの問題らしきことを慎重に論じあっている。キッチンのドアは、手をかけるなり、唐突に内側にひらき、彼は白いエナメル塗装の、ひんやりと手に快い清潔なテーブルのそばに腰をおろした。塗装の表面に描かれた緑色のパターンの、ちょうどよい位置を選んでグラスを置き、やおら目をあげてみると、ひとりの若い娘がテーブルごしに思案げな目でこちらを見つめているのにぶつかった。

「やあ」と、彼は声をかけた。「きみ、ここんちのお嬢さん？」

「そう、アイリーンよ」と、娘。

彼の目には、どことなくぶくぶくして、不恰好に見える娘だ。きっと服のせいだろう。じっさい、近ごろの若い娘ときたら、妙ななりばかりしたがる――彼は酔った頭でぼんやりそんなことを思った。娘は髪を三つ編みにして、左右にたらし、若々しく化粧っ気のない顔に、服も普段着。セーターは紫色がかった色、髪は黒だ。

「その口ぶりだと、しらふみたいだな」彼はひとまずそう言った。これが若い娘相手に言う台詞として、ふさわしくないことには気づいていたが。

「コーヒーを飲もうとしてたとこなの」娘は答えた。「なんなら、あなたにもさしあげましょうか」

彼はあやうく笑いだすところだった。こんな小娘が小賢しくも、無作法な酔っぱらいを手ぎわよくなだめようというつもりか。

「ありがとう。それじゃいただこうかな」

彼はなんとか目の焦点を合わせようと努めた。コーヒーは熱く、娘が「ブラックのほうがいいでしょ？」と言いながらカップを前に置くと、彼はこれで頭がはっきりするといいがと願いながら、カップから立ちのぼる湯気のなかに顔をつきだし、目をしばたたいた。

「すてきなパーティーみたい」と、娘が熱のない口調で言った。「みなさん、きっと楽しんでらっしゃるんでしょうね」

「ああ、すてきなパーティーだよ」彼は舌の焼けるほど熱いコーヒーをすすりはじめた。彼女のおかげで気分が楽になった、と伝えたかった。頭がしゃっきりしてきて、彼女にはほえみかける余裕も出てきた。「だいぶ気分がよくなったよ、おかげさまで」

「きっと向こうの部屋が暑すぎたのね」と、彼女はなだめるような口調で言った。

ここで彼もついに声をあげて笑ってしまい、彼女は眉をひそめた。けれども、そのあとすぐに言葉をつづけたので、彼にも彼女が許そうとしてくれているらしいのがわかった。

「二階もすごく暑かったわ。それで、すこし涼もうと思って、ここへ降りてきたの」

「寝てたのかい？　ぼくらが騒いで起こしちゃったのかな？」

「いいえ、宿題をしてたとこ」

彼はあらためて相手を見なおし、ていねいに綴られた習字帳や課題作文、使い古された教科書や、机の列のあいだにはじける笑い声、などといった背景のなかにこの娘を置いてみようとした。

「すると、高校生？」

「ええ、最上級生」それについて彼がなにか言うのを待つふうだったが、やがて言葉をつづけた。「肺炎で一年休学したの」

適当な相槌を思いつくのがむずかしかった（ボーイフレンドのことでも訊くか？　でなきゃ、バスケットボールのことでも？）。そこで、客間のほうから聞こえてくるかすかな気配に耳をすますふりをした。

「すてきなパーティーだ」と、もう一度、あいまいにくりかえした。

「パーティーが好きみたいね」彼女が言った。

二の句が継げず、彼はからになったコーヒーカップの底を見つめてすわっていた。そういわれれば、なるほどたしかにパーティー好きではあるかも。彼女の口ぶりには、最初からどこか驚いているようなふぜいがあった――あたかも彼がつぎに口をひらくときには、剣闘士と猛獣とを闘わせる闘技場の建設とか、あるいは、庭で狂人にひとりだけの周回ワルツを踊らせるとか、そんなことに賛同しようとしている、とでも言わんばかりに。なあ娘さん、おれはあんたの二倍近い年齢なんだぜ、そう彼は内心でつぶやいた。もっとも、いまのあんたみたいに宿題をやらされてたのも、それほどむかしのことじゃないが。

「バスケットボールはやるかい？」彼はたずねた。

「ううん」と、彼女。

彼はいらだたしい思いにかられた。この娘のほうが、おれより先にキッチンにきてたんだし、この家の娘でもあるんだから、おれには会話をつづける義務がある。

「宿題って、どんなことをやってたの？」訊いてみた。

「論文を書いてたのよ、世界の将来についての」彼女は言い、にっと笑った。「ばかげて聞こえるでしょう？　わたしはばかげてると思う」

「たまたま向こうのパーティーの席でも、それが話題になってたとこだ。逃げだしてきたのは、それだからなのさ」けっしてそれだけが理由じゃないはずだ、そう彼女が考えているのは見てとれた。だから、急いでつづけた。「で、きみは、世界の将来についてどんなことを書こうとしてるの？」

「この世界にたいした将来があるとは思えないのよ、わたしは」娘は言った。「すくなくとも、いまわたしたちが生きてるような世界は」

「それでも、生きるのにはおもしろい時代じゃないのか？」彼は言った――まるでまだパーティーの席にいるみたいに。

「そうかしら。なんてったって、こうなることがあらかじめわかっていなかったってわけじゃなし」

彼はちょっとのあいだ相手を凝視した。娘は放心したように自分のサドルシューズの爪先を見つめて、ゆらゆらと足を前後に揺すりながら、その動きを目で追っている。

「おっそろしい世のなかになったもんだ――十六の女の子が、そんなことを考えなきゃならんなんて」おれが若かったころには、女の子なんて、カクテルとペッティングのことしか考えてなかったものだがね、そう茶化してやろうかと考える。

「十七よ、わたし」彼女は目をあげると、またもにっと笑いかけてきた。「十六と十七じゃ、えらいちがいがあるわ」

「ぼくの若かったころには」と、一語一語に過度に力点をおきつつ彼は言った。「女の子なんて、カクテルとペッティングのことしか考えてなかったものだがね」

「それも問題のひとつなのよ」娘はくそまじめに答えた。「あなたが若かったころ、みんながもうすこし真剣に、誠実に世のなかを憂《うれ》えていたなら、いま、これほどひどいことにはなっていなかったはずですもの」

それに答える彼の声音には、自分でも意図していなかったほどの刺があったし（「おれが若かったころ、だって？　へっ、よく言うよ！」）、さらに、答えながらなかばそっぽを向いて、なんとか子供にやさしくしてやろうとしている年長者、といったうわのそらの態度を見せつけようともした。「ぼくらだって、まんざら将来を憂えていなかったってわけでもないさ。十六の――十七の――子供なら、だれだってそれを憂えてるような気になるものだろう？　いってみれば、だれもが通過する過程のひとつなんだ――男の子に夢中になるのとおなじにね」

「わたしはね、わたしはずっと考えてるわ――これからの世のなかがどんなふうになるかって」彼を通り越した背後の壁のどこか一点にむかって、彼女は低く、低くささやくように、そのくせきわめて明瞭に言ってのけた。「なぜかしら、教会がまず真っ先にやられるという気がする――エンパイアステート・ビルよりも先にね。そのあとは、河のそばにずらっと建ってる大きなアパート群――それがみんな、住んでる人間ごと、ゆっくりと河のなかにくずれおちてゆくの。つづいて学校も――たぶん、ラテン語の授業のさいちゅうで、わたしがカエサルを読んでるとき」ここで彼女は、はじめて彼の顔に視線を移し、無関心ななかにも興奮の色がちらつく目で彼を見つめた。「授業でカエサルの新しい章を読みはじめるたんびに、ふっと考えるのよ――ひょっとしてこの章が、わたしたちの習う最後の章になるんじゃないか、って。ひょっとしてわたしたちのこのクラスこそ、カエサルを読む最後のラテン語のクラスになるんじゃないか、って」

「ふん、そいつはいいニュースだ」彼は快活に言いかえした。「ぼくもカエサルは大嫌いだったもんな」

「若いころは、だれだってカエサルなんていやがるもんだと思うけど」彼女はさらりと言う。

一呼吸してから、彼はつづけた。

「それにしても、そういった不健全なことばかりで頭がいっぱいだってのは、どういうものかね。人並みに映画雑誌でも買って、気分を落ち着けてみたらどうだろう」

「ほしければ、映画雑誌なんて、いくらでも手に入れられるようになるわよ」彼女は執拗にいままでの話題に固執した。「いいこと、地下鉄だってぺしゃんこになっちゃうんだから、ちっぽけな雑誌の売店なんか、ぜんぶつぶれちゃうわよ。ほしいものは、なんだって手にとりほうだい——キャンディーバーだって、雑誌だって、造花だって、なんでもコンビニから持ってこられるし、ドレスなんかは、大きなブティックから持ちだしたのが、通りにごろごろしてるようになるわ。毛皮のコートだって」

「ついでに酒屋もやられちまうとありがたいね」しだいにこの娘に苛立ちを感じはじめながらも、彼はそう相槌を打った。「そしたらさっそくにも乗りこんでって、ブランデーを一ケースいただいてくる——あとは世のなかがどうなろうと、知ったこっちゃないというわけだ」

「オフィスビルなんか、軒並みこわれた石材の山になっちゃうわ」大きく見ひらいた押しつけがましい目で、いまなお彼を見据えながら彼女はつづけた。「ただ、それが正確なところいつやってくるのか、それさえわかればいいんだけど」

「なるほど、わかった。あとは言わなくてもいい。わかったよ」

「それからは、なにもかも変わっていくわ。いまのこういう世のなかをつくってるもの、そういうものはなにもかもなくなるのよ。新しいルールができて、ひとの生きかたも新しくなる。ひょっとすると、家のなかに住んじゃいけないという法律だってできるかも。そうなれば、だれも他人の目からのがれることはできなくなるってわけ」

「いや、ひょっとすると、十七歳の娘たちはひとり残らず学校にとじこめて、分別ってものを教えこもう、てな法律ができるかもしれんぜ」彼は立ちあがりながら言った。

「学校なんて、どこにもなくなるのよ」娘はにべもなく言った。「だれもなにひとつ学ぶことなんかなくなるの。現在のわたしたちに逆もどりしないようにね」

「なるほど」彼は短い笑い声をたてながら、そう言った。「きみの話を聞いてると、なんだかばかにおもしろそうに聞こえるな。残念だよ、それを見るまで生きていられないなんて」食堂に通じる開き戸に肩をあてがったまま立ち止まる。なにかいかにもおとならしい、辛辣な台詞を投げつけてやりたくてうずうずしたが、そうすると、いままでの彼女の話を大まじめに拝聴していたかに受け取られかねない。それは癪だし、自分の若いころには、だれもそのての議論などしなかった、ということを知られるのもおもしろくない。結局、こう言った。「もしもラテン語でなにかわからないことでもあったら、いつでも喜んでお手伝いするぜ」

　相手はくすくす笑って、彼をぎょっとさせた。

「これでもいまはまだ、毎晩、ちゃんと宿題をやってるのよ」

　居間にもどってみると、客は相変わらず笑いさざめきながら室内にうずまいていた。ピアノをかこんだ一団は、いまでは〈峠のわが家〉を歌っていたし、この家の女主人は、紺のスーツを着た長身の品のよい男と、なにやら熱心に話しこんでいた。彼はあの娘の父親を見つけて、話しかけた。

「いままでお宅のお嬢さんと話をしてましてね――すこぶる興味ぶかい話を」

この家のあるじの目が、すばやく室内を見まわした。「アイリーンと？　あの子、どこにいる？」

「キッチンです。ラテン語をやってましたよ」

「〝ガリア・エスト・オムニア・ディヴィーサ・イン・パルテス・トレース〟（〝ガリアは全体で三つに分かたれ〟＝カエサル著『ガリア戦記』の冒頭の一節）」と、この家のあるじは無表情に唱えた。「わたしもむかしやったものだ」

「じつに変わったお嬢さんですね」

この家のあるじは、困ったものだと言いたげに、首を横にふった。

「近ごろの子供はみんなそうだよ」と、あるじは言った。

魔性の恋人

The Daemon Lover

　彼女は一晩じゅうまんじりともしなかった。夜中の一時半、ジェイミーが立ち去るのを見送って、未練たっぷりにベッドにはいったときから、朝の七時、ついにあきらめて起きだし、コーヒーを淹れることにしたときまで、とろとろとまどろんでは、またすぐにめざめ、おぼろな闇を見つめては、過ぎにし日のことどもを思い、そのうちいつかまた、熱に浮かされたような夢に沈みこんでゆく、そんなことをくりかえしてきたのだった。

　コーヒーを飲むのに、ほとんど一時間近くもかけた――ちゃんとした朝食は、途中でふたりそろって食べることにしていた――が、それも飲みおえてしまうと、早々と着替えをする気になりでもしないかぎり、もはやなにもすることがなかった。コーヒーカップを洗って、ベッドメークをすませ、着てゆくつもりでいるドレスを注意ぶかく点検し、窓べへ行って、晴れるかどうかとよけいな心配までした。いったんは腰をおろして、本を読みかけたが、それよりも妹に手紙を書いたほうがいいと思いなおし、とびきり念入りな文字で書きはじめた――

「親愛なるアン、あなたがこれを読むころには、わたしは結婚しているでしょう。こういうのって、なんだかへんに聞こえない？　じつはわたし自身、ほとんど信じられないんです。でも、どうしてこうなったのか、そのいきさつをお話ししたら、もっともっと不思議な話だってことがわかるはず……」

ペンを手にしてすわったまま、その先をどう書こうかとためらい、いま書いたところを読みかえして、結局、破り捨てた。立って、窓ぎわへ行き、どう見ても否定しがたい好天であることを確かめた。ふいに、着るつもりだったブルーのシルクのドレス、あれはふさわしくないかも、という気がしてきた。あまり簡素すぎて、ほとんどひとを寄せつけない感じだが、きょうは逆に、いかにも女らしく、やさしく見せたいのだ。クローゼットのなかのドレスを、端からあわただしく点検していったあげく、去年の夏によく着ていたプリントのドレスのところで手を止めた。襟ぐりにフリルがついていて、いまのわたしには若すぎるし、プリントのドレスを着るには、季節もまだ早い。とはいうものの……

二着のドレスを並べてクローゼットの扉の外につるすと、キチネットがわりに使っている小さな戸棚の、それまで小ぎれいに内部をおおいかくしていたガラス戸をあけた。コーヒーポットをかけたバーナーの栓をひねってから、また窓ぎわへ行った。まちがいなく、上々のお天気だ。コーヒーポットが沸騰しはじめると、もどって、洗ったばかりのカップにコーヒーをついだ。このままなにも固形物を食べずにいると、きっと頭痛がしてくるだろう――こうしてコーヒーばかりがぶがぶ飲んで、煙草をたてつづけに吸って、朝食らしい朝食を口にしないでいては。晴れの結婚式だというのに、頭痛では、あんまりだ。バスルームへ行って、そこの物入れからアスピリンのはいったブリキの缶をとりだし、ブルーのハンドバッグにすべりこませた。もしもプリントのドレスを着るのなら、茶色のハンドバッグに替えなくては。けれども、手持ちの唯一の茶色のバッグは、古びていて、見すぼらしい。途方に暮れて、ブルーのハンドバッグとプリントのドレスとを見くらべながらしばらくつったっていたが、やがてバッグを置いて、またもやコーヒーをとってくると、窓ぎわにすわってそれを飲みながら、一間きりのアパートのなかを客観的な目で見まわした。今夜、新婚夫婦はここにもどってくる予定だから、すべてがきちんとととのっていなくてはいけない。と、ふいに、ベッドのシーツをとりかえるのを忘れていたのに気がついて、思わずぞっとした。さいわい、クリーニングに出したものはつい二、三日前にもどってきたばかりだから、洗いたてのシーツとピロケースとをクローゼットの最上段の棚からとりだしてくると、ベッドカバーを剝がし、なぜいまこのシーツをとりかえるのかを意識せずにすむように、せわしなく立ち働いた。ベッドはソファ兼用タイプで、いかにもソファらしく見えるカバーがついている。それをかけてしまえば、たったいまシーツを清潔なのにとりかえたばかりだということ、そんなことはだれにもわかりはしない。汚れたほうのシーツとピロケースとをバスルームに持ってゆき、洗濯物のかごに押しこむ。ついでに、バスルームのタオル類もそこに押しこみ、きれいなタオルを出して、ラックにかける。仕事を終えて、リビングにもどったときには、コーヒーはとっくに冷めてしまっていたが、それでもとにかく飲みおえた。

ここでとうとう時計を見て、もはや九時をまわっていることを見てとると、彼女はようやく急ぎはじめた。バスを使い、さいぜんとりかえたばかりのきれいなタオルの一枚を使用したあと、それもまたかごに押しこむと、あらためてきれいなのをとりだし、かけかえた。つぎに、入念に身支度をととのえる。下着はぜんぶとりかえたし、そのほとんどはおろしたてだ。きのうまで着ていたものを、寝間着もなにもぜんぶひっくるめて、かごに押しこむ。いよいよドレスを着る段になって、クローゼットの扉の前でしばしためらった。ブルーのドレスはたしかに上品で、嫌味がなくて、まずまずよく似あう。けれども、もう何度かジェイミーと会ったときに着ているし、結婚式の日らしい改まった感じはどこにもない。それにひきかえ、プリントのほうは華やかだし、これを着たところはジェイミーもまだ見たことがない。とはいうものの、こんなに早い季節にプリントを着るのは、いかにも気が早すぎるようで、ためらわれる。最後にようやく心が決まった——きょうはわたしの結婚式なのだから、わたしの着たいものを着たっていいはずだ。そこで、プリントのドレスをハンガーからはずした。頭からかぶると、軽くさわやかな心地がしたが、鏡でそれを着た姿を確かめてみたとき、ふと思いだした——このドレスの襟ぐりのフリルは、喉のあたりをあまりひきたたせてみせてはくれないんだっけ。それに、大きくひろがって揺れるスカートも、明らかに若い女性向きのものだ。惜しげもなく膝小僧をむきだして駆けまわり、ダンスし、一歩ごとにヒップを揺すり、裾をひるがえす、そんなだれかのためのもの。鏡のなかの自分の姿を見ているうちに、苦い反発が胸にひろがった——これではまるで、わたしが彼のためにだけ、本来のわたし以上にきれいに見せかけようと骨折ってるみたい。さだめし彼は、彼が結婚してくれるというので、わたしがせいぜい若づくりにしようとしている、とでも思うことだろう。いきなり彼女はそのドレスを脱ぎ捨てた。もはや一刻の我慢もならないとばかりに、むしりとるように脱いだので、脇の下の縫い目がほころびてしまったほどだ。古いブルーのドレスに着替えると、むかしなじみに出あったようにほっとした。だが、およそわくわくする感じはしない。問題は着るものなんかじゃないのよ、ときびしく自分に言い聞かせながらも、気落ちして、もう一度クローゼットに向きなおると、ほかになにか着てゆけそうなものはないかと探してみた。が、わずかながらもジェイミーとの結婚にふさわしいと思えるものは、ひとつとしてない。一瞬、急いで近くの小さな店へでも行って、新しいドレスを買ってこようかという考えが頭をかすめたが、時計はもう十時近くをさしているし、これではどうにか髪を結って、メークをするだけの時間しかない。髪は後ろにひっつめて、うなじでまとめるだから簡単だが、メークのほうはちと厄介だ。服装とおなじく、できるだけきれいに見せたい反面、できるだけ普段どおりに、飾らぬ感じにする、この兼ね合いがむずかしい。きょうばかりは、黄ばんで血色の悪い肌も、目のまわりの皺も、あえて隠そうとしてはならないのだ――たんに結婚するからという、ただそれだけのためにそうしている、そう思われかねないから。だがそれでいて、あのジェイミーが、やつれた感じの、皺のある女と結婚する、そう考えるだけでたまらない。所詮、あんたは三十四歳、それ以上でも以下でもないんだから、とバスルームの鏡にむかって冷酷な言葉をつきつける。三十歳、と免許証にはあるけれども。

十時二分過ぎ。服装にも、化粧にも、室内のたたずまいにも、なにひとつ満足できぬまま、もう一度コーヒーを温め、窓ぎわの椅子にすわった。もはやなにも手を打てることなどない。時間ぎりぎりのいまになって、なんであれ手を加えようと試みるのは無理だ。

あきらめて、腰を据え、ジェイミーのことを思い浮かべようとしたものの、彼の顔も、声も、はっきりとは浮かんでこなかった。いつもそうなのだ、わたしが恋に落ちる相手って、そう内心でつぶやいて、あとは思いがうつろうままに、きのうからきょうへ、さらに遠い未来へと心を遊ばせた。いつかジェイミーが文筆で生活できるようになり、わたしも勤めを辞めて、家庭にいられる日。先週来ふたりして考えてきた〝田舎に家を持てる〟ような黄金の未来。「わたしね、以前はお料理が得意だったのよ」と、ジェイミーに自慢したっけ。「すこし時間をかけて練習すれば、きっとエンジェルフード・ケーキのつくりかたも思いだせるわ。フライドチキンだって」その言葉がどのようにジェイミーの心に刻みつけられるだろうかを計算したうえで、なかばおどおどした調子で言ったものだ。「それからオランデーズソースもね」

十時半。立ちあがると、いかにも目的ありげにつかつかと電話機に歩み寄った。ダイヤルをまわし、待つ。金属的な女性の声が、「……ただいま時刻は十時二十九分になるところです」と告げた。なかば無意識に、彼女は時計を一分遅らせた。ゆうべ、この部屋の入り口で言っていた自分の声が、いまでも耳に残っている――「じゃあ十時に。支度しとくから。ほんとにほんとなのね？」

そして笑いながら廊下を遠ざかってゆくジェイミー。

十一時。ほころびたプリントのドレスの縫い目を繕い、針箱をきちんとクローゼットのなかにかたづけおえていた。それから、繕ったドレスをまとって、窓ぎわにすわり、またもコーヒーを飲んだ。いまとなってみると、身支度にもっと時間をかけていてもよかったはずだとわかる。とはいえ、いまさらどうにもならない。彼がいつやってくるかわからないし、いったんなにかに手をつけはじめたら、結局は最初からやりなおすことになってしまうだろう。いまこの部屋には、食べるものはなにひとつない。あるのは、ふたりの新生活のために、慎重にたくわえておいたものだけ――封を切っていないベーコンのパッケージ、一ダース入りのパックにはいった卵。封を切っていないパンと、封を切っていないバター。どれもあすの朝食のためのものだ。伝言メモをドアに貼って、一走り階下のドラッグストアまで、なにか食べにいってこようか、という気が動いた。それから、やはりもうすこし待ってみようと思いなおした。

十一時半になると、眩暈《めまい》と脱力感とが襲ってきて、結局、階下へ行かざるを得なくなった。もしもジェイミーのところに電話があれば、たぶんこの時点で彼に電話していただろう。だが、それができないので、かわりにデスクをあけ、短いメモをしるした――「ジェイミー、一階のドラッグストアへ行っています。五分でもどります」。インクが漏れて、手が汚れたので、バスルームへ行って、手を洗い、きれいなタオルを使用して、またそれをとりかえた。メモを画鋲でドアに留め、あらためて室内を見まわして、すべてがきちんとととのっていることを確かめてから、ドアをしめたが、万が一、留守に彼がきたときのことも考えあわせて、ロックはせずにおいた。

だがいざドラッグストアにはいっていってみると、またしてもコーヒーを飲む以外に、なにも口にしたくないのがわかり、しかもそのコーヒーすら半分しか飲まずに、店を出た。とつぜん、ジェイミーが階上の部屋にきていて、すぐにも出かけたいと、じりじりしながら待っていそうな気がしてきたからだ。

けれども、階上の部屋では、なにもかももとどおりにしんと静まりかえっていたし、メモは読まれぬままにドアに残り、朝から吸いすぎた煙草のため、室内の空気はいくらか濁っていた。窓をあけて、そのそばにすわったが、そのままついうとうとしてしまったらしく、はっと気がついてみると、時刻ははや一時二十分前になっていた。

ここにいたって、とつぜん彼女は恐慌をきたした。なんの心の用意もなく、ふとまどろみからさめてみると、部屋はすっかり用意をととのえて、待機の態勢のままになっているし、室内のすべては清潔で、十時以降は手を触れたあともない、そうとわかって、急に愕然とし、いてもたってもいられないほどの焦燥にかられたのだ。立ちあがるなり、ほとんど走るようにバスルームへ行くと、冷たい水でじゃぶじゃぶ顔を洗って、きれいなタオルで拭い、今度はそれをとりかえようともせず、無造作にもとのラックにもどした。とりかえるつもりなら、あとでいくらでも時間はある。帽子もかぶらず、プリントのドレスのままで、上にコートだけひっかけ、色の合わないブルーの、アスピリンのはいったバッグをつかむなり、部屋を出て、今度は伝言のメモも残さず、ドアをロックした。階段を駆けおりて、角でタクシーを拾い、運転手にジェイミーの住所を告げた。

たいした距離ではなかった。これほど気力が萎えていなかったら、当然、歩いていけただろう。ところが、タクシーに乗っているうちに、このままあつかましくジェイミーの住まいの前まで車を乗りつけ、彼を呼びだすのは、あまりにも無謀ではないかという気がしてきた。そこで、ジェイミーの住まいのひとつ手前の角で降ろしてくれるように運転手に頼み、料金を支払ったのち、車が走り去るのを見届けて、ようやく歩きだした。ここへくるのは、きょうがはじめてだった。めざす建物は、古風な趣《おもむき》のある瀟洒《しょうしゃ》なアパートだったが、ジェイミーの名は、入り口の郵便受けには見あたらず、呼び鈴の上にもなかった。いったん外に出て、番地を確かめた。まちがいない。そこでやっと意を決して、〈管理人〉としるされた呼び鈴を鳴らした。ややあって、ブザーが鳴ったので、ドアを押しあけて、なかの暗い廊下に足を踏み入れた。しばらくそこでためらっていると、ようやく廊下のつきあたりのドアがひらき、だれかが、「はい？」と答える声がした。

そのとたんに、なにをたずねるべきなのか、まったく白紙の状態だったことに思いあたり、やむなく彼女は、戸口の明かりを背にして立っているその人影のほうへ、おずおずと近づいていった。すぐそばまで行ったとき、その人影がもう一度、「はい？」と言い、ようやく彼女にもそれが、シャツ姿の男であるのがわかった。こちらから向こうの姿がよく見えないのと同様に、向こうもこちらがよく見てとれないらしい。

ふいに、われながら意外なほどの勇気が湧いてきて、彼女は言った。「じつは、こちらにお住まいの、ある男のかたに会いたいんですけど、外にお名前が見あたりませんので」

「なんて名前のひとです？」男が問いかけてきたので、どうしても答えざるを得ないと彼女は覚悟した。

「ジェームズ・ハリス。ハリスです」

　男はしばらく無言のままでいたが、ややしばらくして、「ハリスねえ」とつぶやくと、明かりに照らされた戸口からくるりと奥を向き、「おおいマージー、ちょっときてくれ」と呼ばわった。

「なんですよ、いったい」奥から声が聞こえ、やがて、安楽椅子からやおら身を起こすくらいの間があってから、女が戸口にあらわれ、男と並んで暗い廊下をのぞいた。

「こちらのご婦人のおたずねなんだ。ハリスという男を探しておいでなんだと。ここに住んでるんだそうだ。そんなひと、いたっけ？」

「いませんよ」女は言下に答えた。どこやらおもしろがっているような口ぶりだ。「ハリスなんてひと、ここにはいません」

「すみませんね、お気の毒さま」そう言って、男はドアをしめかけた。「きっと住所がまちがってるんでしょう」それから小声で、「でなきゃ、まちがった相手を探してるか」そして女と声を合わせて笑った。

　ドアがほとんどしまりかけ、暗い廊下にひとり取り残されかかったとき、まだわずかに明かりの漏れてくる細い隙間にむかって、彼女はとりすがるように言った。「でも、まちがいない、いなくここに住んでるんです。ちゃんと聞いてきたんです」

「ほらね。いつだってこうなんだから」そう言いながら、女がもう一度、わずかにドアをあけた。

「誤解なさらないでください」彼女は言った。声音が急に凜としてきて、三十四年間の積もり積もったプライドがのぞいた。「わたし、あなたがたがお考えのような女じゃけっしてありません」

「その男って、見た目はどんなふうでした?」女がうんざりしたようにたずねた。ドアは依然として半分ほどひらいているだけだ。

「わりに背が高くて、金髪です。いつも紺のスーツを着てます。作家なんです」

「知りませんねえ」女は言い、それから、ふと思いついたようにつけくわえた。「ひょっとして、三階に住んでたあのひとかしら」

「さあ、そのへんはなんとも」

「そういえば、そんなひとがいましたっけ」女は記憶をさぐるように言った。「よく紺のスーツを着てましたよ。三階でしばらく暮らしてました。ロイスターさんご夫妻が、北部にお住まいの奥さんのご親戚をお訪ねになるあいだ、そのひとに部屋を貸してらしたんです」

「そのひとかもしれません。ただ、わたしの聞いたところでは……」

「たいがいいつも紺のスーツでしたよ、そのひとなら。でも、背の高さまではわからないわね。いたのは一カ月ほどだったし」

「一カ月ほどって、それはいつごろ――」

「ロイスターさんにお訊きになってください」女は言った。「ちょうどけさ、お帰りになったところですから。部屋は3Bです」

ドアが決定的な音をたててしまった。廊下はことのほか暗く、階段はさらに暗く感じられた。

二階には、はるか上方の小さな天窓から、かすかに明かりがさしこんでいた。この階の住戸のドアは四つ、どれもよそよそしく、ひっそりと押し黙って並んでいる。2Cのドアの前に、牛乳瓶がぽつんと一本、置かれている。

三階まであがったところで、ちょっとためらった。3Bのドアの奥では、音楽が流れ、ひとの声も聞こえてくる。やっと意を決して、ドアをノックし、すこし待ってから、またノックした。ドアがひらき、流れでてきた音楽が、どっとばかりに全身を洗った。午後早い時間の、クラシック音楽の放送。

「ごめんください」戸口に立った女性に、彼女はていねいに挨拶した。「ロイスターさんの奥様ですね？」

「そうですけど」女はゆったりしたハウスコートを着て、顔にはゆうべのメークがまだそのまま残っている。

「おそれいりますけど、ちょっとお話しできません？」

「どうぞ」ロイスター夫人は言ったが、戸口を動こうとはしない。

「ハリスさんのことなんですけど」

「ハリスさん？」と、ロイスター夫人。なんの感情もこもらない平板な口ぶりだ。

「ジェームズ・ハリスさんです。以前こちらのお部屋を借りてらしたかた」

「あ、そう」ここではじめてロイスター夫人は、まともに目をあけたようだった。「あのひとがどうかしたの？」

「いえ、べつに。ただ、連絡したいと思いまして」

「あ、そう」ロイスター夫人はくりかえした。それから、ドアを多少ひろくあけ、「じゃおはいんなさい」と言ってから、「ラルフ！」と声をはりあげた。

室内には、さらに大音量の音楽が充満していて、荷ほどきなかばのスーツケースが、ソファといわず、椅子といわず、床の上といわず、いたるところにほうりだしてある。隅のテーブルには、朝食だか昼食だかの残りが散らばり、そこにすわっていた若い男――わずかながらジェイミーを髣髴《ほうふつ》させる――が立ちあがると、こちらへやってきた。

「なんですか？」

「ロイスターさん」彼女は切りだした。大音量の音楽に逆らってしゃべるのには、困難を感じた。「階下の管理人さんから、ジェームズ・ハリスさんがこちらに住んでらしたとうかがったんですけど」

「まあね。それがあの男の名前ならば、そうなんでしょう」

「このお部屋をハリスさんに貸していらしたんじゃありませんの？」驚いて、彼女は問いかえした。

「ぼくはあの男のことなんか、なんにも知りませんよ」ロイスター氏は言った。「ドッティーの友達ですからね、あれは」

「やだ、あたしの友達なんかじゃないわよ。あたしの友達なんかじゃないわ」ロイスター夫人が言った。いつのまにかテーブルの席にもどって、パンにピーナッツバターを塗っている。それを一口ぱくりと食べると、ピーナッツバターのついたパンを夫にむかってふりながら、もぐもぐとくりかえした。「あたしの友達なんかじゃないわよ」

「あいつを拾ってきたのはおまえじゃないか――どこやらのくそいまいましいパーティーかなにかで」そう言って、ロイスター氏はラジオのそばの椅子からスーツケースを押しのけ、かたわらの床に落ちていた雑誌を拾いあげながら、その椅子に腰をおろした。「とにかくぼくは、あいつとほんの十言《とこと》もしゃべっちゃいないからね」

「ここをあのひとに貸してもいいって言ったじゃない」言いかえしたロイスター夫人は、もう一口、パンにかぶりついた。「なんにしても、反対するようなことは一言も言わなかったわ」

「ぼくはな、おまえさんの友達についちゃ、なんにも言わないことにしてるんだ」と、ロイスター氏。

「なに言ってるのよ、もしあのひとがわたしの友達だったら、それこそ百万だら文句を聞かされたに決まってるわ」ロイスター夫人はぶつくさ言って、もう一口、パンにかぶりつくと、つづけた。「ええそうよ、ぜったい百万だら文句を並べたてたに決まってる」

「もうたくさんだ、いいかげんにしろ」ロイスター氏が雑誌の向こうから言った。「これ以上は聞きたくないね」

「ほらね」ロイスター夫人はピーナッツバターつきのパンで夫をさした。「いつだってああなんだから。夜も昼も」

しばらく沈黙があった。ロイスター氏のかたわらのラジオが、ここを先途とがなりたてているばかりだ。ややあって、このやかましさのなかだとはたして聞こえるかどうかとあやぶみながら、彼女は口をひらいた。「じゃあ、もういないんですね？」

「だれが？」ピーナッツバターの瓶から目をあげながら、ロイスター夫人が問いかえしてきた。

「ジェームズ・ハリスさんです」

「彼？　彼ならけさ出てったんじゃないかしら。あたしたちが帰ってくる前に。どこにもなにひとつ残っていないわ」

「行ってしまったんですね？」

「でも、なにもかもちゃんとしてるわよ。きちんとかたづいてるし。ねえ、言ったとおりでしょ？」と、ロイスター夫人は今度は夫にむかって、「あのひとならなにも問題ない、きれいに使ってくれるはずだって、そう言ったでしょ？　ちゃんと保証できるんだから、いつだって」

「そりゃ運がよろしゅうございましたねえ、だ」と、ロイスター氏。

「ものの置き場もぜんぜん変わってないし」そう言ってロイスター夫人は、ピーナッツバターつきのパンを漫然とふってみせた。「ぜんぶあたしたちが出かけたときのまんまになってるわ」

「どこへ行ったか、お心あたりでもありません？」

「いいえ、まるっきり」ロイスター夫人は快活に言ってのけた。「でもね、いまも言ったとおり、とにかくなにもかもきれいにしてってくれたわ」それから唐突に、「なぜ？　なぜあのひとを探そうとしてるの？」

「とても大事な用がありまして」

「そう、ここにいなくて残念だったわね」ロイスター夫人は言い、訪問者が背を向けて戸口へ向かいかけると、いちおう作法どおりに送りだすそぶりを見せた。

「ひょっとして、管理人が見かけてるかもな」と、ロイスター氏が雑誌から目もあげずに言った。

ドアがしまると、廊下はまた真っ暗になったが、同時にラジオの音もやんだ。二階への階段をなかばまで降りたとき、もう一度ドアがひらいて、ロイスター夫人が吹き抜けに顔をつきだし、呼びかけてきた。「もしも彼に会うことがあったら、あなたが探してたって伝えてあげるわ」

さて、どうしたものだろう？　通りに出たところで、彼女は思案に暮れた。いまさらひとりで家に帰るなんてこと、できるもんじゃない——ジェイミーがここと、あそこと、その中間のどこかにいるはずなのに。あまりに長いこと歩道にたたずんでいたので、通りの向かいの窓から身をのりだしていた女が、後ろを向いて、室内にいるだれかに、ちょっときてごらんよ、と声をかけた。たまりかねて、彼女は衝動的に歩きだし、いま出てきたばかりの建物の隣りの、小さなデリカテッセンにはいった。ここから彼女自身のアパートまでは、まっすぐ一本道だ。店内では、小柄な男がひとり、カウンターに寄りかかって新聞を読んでいたが、彼女がはいってゆくと、顔をあげて、カウンターのなかにはいり、彼女と向かいあった。

コールドミートやチーズなどを並べたガラスのケースごしに、彼女はおずおずと切りだした。「じつは、このお隣りのアパートにいた男のひとを探してるんですけど、もしやそのひとをご存じじゃないかと思いまして」

「だったら、隣りのひとにじかに訊いてみちゃどうなんです？」男は言った。目を細くして、じろじろこちらを観察している。

きっとわたしがなんにも買わないせいだわ、そう思って、急いで言葉をつづけた。「すみません。訊いてはみたんです。でも、だれも知らないみたいで。けさ出てったらしいと言うんですけど」

「いったいこのあたしにどうしてほしいとおっしゃるんで？」早くも何歩か新聞のほうへもどりかけながら、男は言った。「あたしゃね、なにも隣りに出入りする男を見張るために、ここでこうしているわけじゃありませんぜ」

彼女は追いすがるように言った。「もしかしたら、お見かけになったんじゃないかと思いまして。それだけのことなんです。そのひと、十時ちょっと前に、このお店の前を通っていったはずですので。わりに背が高めで、よく紺のスーツを着てるひとです」

「いいですか奥さん、毎日いったい何人ぐらいの紺のスーツの男が、この前を通りかかると思ってるんです？」男はつっかかるように言った。「そもそもあたしが、それほど暇だとでも――」

「ごめんなさい」

店を出しなに、男が聞こえよがしに、「ちっ、まったく」と舌打ちするのが聞こえた。角へむかって歩いてゆきながら、彼女はとつおいつ思案した。彼がこの道をきたことはまちがいない。わたしのうちへくるのには、どうしてもこの道を通らなくてはならないはずだ。歩いてうちへこようとすれば、道はこれ以外にはありえないのだから。ジェイミーの身になって考えてみようとした——わたしが彼なら、どこで通りを横断するだろう？彼は実際のところどういうたぐいの人間なのか——住んでいるアパートのすぐ前で、通りをつっきるだろうか、ブロックの途中で、行きあたりばったりに横断するだろうか、それとも角まで行って、そこで渡るだろうか。

ちょうどその角に、新聞や雑誌の売店があった。ひょっとすると、店の男が彼を見ているかもしれない。急いでそこへ近づいてゆき、ひとりの男客が新聞を買い、つづいて女客が道をたずねるあいだ、じっと待ち受けた。店の男がこちらへ向きなおったところで、彼女は声をかけた。「あの、ひょっとしてけさの十時ごろ、わりと背が高くて、紺のスーツを着た若い男のひとが、ここを通りませんでした？」男は目を丸くして、わずかに口をあけ、まじまじとこちらを見かえしただけだ。それに気づいて、さては冗談か悪戯のたぐいと思われているらしいとさとり、あわててつけたした。「とても大事なことなんです。どうか信じてください。けっしてからかってるわけじゃありません」

「しかしねえ、奥さん」売店の男が言いかけたが、彼女はなおも急《せ》きこんでつづけた。

「そのひと、作家なんです。ここで雑誌を買ったかもしれないんですよ」

「そのひとになにかご用でも？」店の男はたずねた。笑顔をこちらに向けているが、ふと彼女は、自分の後ろにもうひとり男の客が待っていて、その笑顔は後ろの客にも向けられたものなのに気づいた。

「いえ、もういいんです」彼女は立ち去ろうとしたが、売店の男が、追いかけるように声をかけてきた。

「お待ちなさい、おたずねのひとは、ほんとにここにきたかもしれませんよ」男の笑顔は訳知りめいていたし、視線はせわしなく動いて、彼女の肩ごしに後ろの男客に向けられていた。とつぜん、プリントのドレスが若づくりすぎるのがひどく気になってきて、あわてて彼女はコートの胸もとを強くかきあわせた。売店の男は、ことさら重々しく、分別くさい口調でつけたした。「もちろん、そのひとだったと断言はできませんがね。それでもけさ、たしかに奥さんのお友達らしいひとがここを通ったかもしれない」

「十時ごろ？」

「十時ごろです」売店の男は肯定した。「背が高くて、紺のスーツを着ていた。あれがそのひとだったとしても、わたしは驚きませんね」

「どっちの方角へ行きました？」彼女は急きこんでたずねた。「アップタウンですか？」

「アップタウンです」売店の男はうなずきながら言った。「ええ、そう、アップタウンへ向かいましたよ。まちがいありません。ところで、なにをさしあげますか、旦那？」

彼女はコートをかきあわせながら後ろにさがった。背後の男が肩ごしに彼女をながめ、それから、売店の男と目くばせをかわした。ほんの一瞬、彼女は売店の男にチップをやろうかとも考えたが、男ふたりがそろってぷっと吹きだしたのを見て、逃げるようにその場を立ち去った。

アップタウンか、それならそれでいい。彼女は思案にふけりながら歩きだした。アップタウンに向かった以上は、ここで大通りを渡る必要などなかったはずだ。まっすぐ北へ六ブロック歩いて、わたしの住んでる通りへ折れればいいのだから。一ブロックほど先で、とある花屋の前を通りかかった。ウィンドーのなかに、結婚式用の花が陳列してある。なんてったって、きょうはわたしの結婚の日なのだから、ひょっとすると彼は、わたしに花でも持ってきてくれようとしたかもしれない。そう考えて、店にはいった。あるじが如才なくほほえみながら奥から出てきた。客だと思われないうちに、彼女はあるじの機先を制して言った。「すごく大事なことなんですけど、ある男のひととぜひ連絡をとりたいんです。けさ、こちらのお店で花を買ったかもしれないんです。すごく大事なことなんです」

そこまで言って、一息入れたところで、花屋のあるじが言った。「ほう。で、どういう花でした?」

いきなり言われて、とまどった。「さあ、わかりません。彼、花なんか一度も——」口ごもって、言いなおした。「若くて、わりと背が高くて、紺のスーツを着てました。けさの十時ごろです」

「ははあ、なるほど。しかしねえ、正直なところ、それだけじゃなんとも……」

「とても大事なことなんです。ひょっとするとそのひと、急いでいたかもしれません」なんとか思いだしてもらおうと、そう言い添えた。

「なるほど」花屋のあるじは言い、よくそろった小粒な歯をすっかり見せて、愛想よくほほえんだ。「ご婦人のために急いでたってわけですか」それからカウンターのところへ行き、大きな帳簿をひろげた。「ええと、どこへ配達することになってました？」

「あの、配達していただいたんじゃないと思います」彼女は言った。「つまり、その、彼はうちへくるところだったんです――ですから、つまり、自分でそれを持ってこようとしたはずだと……」

「いいですか奥さん」あるじは鼻白んで言った。いままでの笑顔が非難がましいそれに変わった。「はっきり言いますがね、無理ですよ、それは――なにか手がかりがないことには……」

「お願いします、なんとか思いだしていただけません？」彼女は哀願した。「背が高くて、紺のスーツを着た若いひとです。けさの十時ごろなんです」

花屋のあるじは目をつむり、くちびるに指を一本あてがって、じっと考えこんだ。それから、かぶりをふって、言った。「やっぱり無理ですね、思いだせません」

「どうもお世話さまでした」気落ちしてそう言い、入り口のほうへ歩きだしたとき、あるじがかんだかい、素っ頓狂な声で呼びかけてきた。

「待って！　ちょっと待ってくださいよ、奥さん」彼女が向きなおると、そこでまたしばらく考えこんで、やがて意を決したように言った。「菊じゃありませんでしたか？」上目づかいに、詮索するようにこちらを見ている。

「いえいえ、とんでもない」彼女は言った。声がわずかにふるえ、しばし気を落ち着けてから、やっとつづけた。「きょうの場合は、菊ということはありえません（菊は西欧では葬儀に飾る花）」

花屋のあるじはくちびるをへの字に結び、冷ややかに目をそらした。「まあね、もちろんわたしには、それがどんな場合だかわかりませんがね。しかしいずれにしろ、ちょうど奥さんのおたずねのかたらしい紳士が、けさがたここに見えて、菊を一ダースお買いあげになった、これはほぼ確実です。配達はお望みじゃありませんでした」

「まちがいありません？」彼女はたずねた。

「ありませんとも」あるじは一語一語に力をこめて言いきった。「ぜったいにそのひとです」

そして彼は晴れやかににっこりと笑い、彼女もほほえみかえした。

「そうですか。ありがとうございました、ほんとに」

あるじは入り口まで彼女を追ってきた。「すてきなコサージュはいかがです？　赤い薔薇は？　くちなしの花は？」

「ご親切に、いろいろありがとうございました」店の入り口で、彼女はまた言った。

「ご婦人ってのは、いつの場合も、花をつけてるときがいちばんきれいに見えるものなんですよ」花屋は近々と彼女のほうへかがみこみながら言った。「なんなら、蘭などいかがです?」

「いえ、結構です」

彼女が答えると、花屋は、「大事なかたが見つかるといいですがね」と言い、その言葉に底意地の悪い響きをこめてみせた。

通りを北へと向かいながら、彼女は思った――どの相手もどの相手も、これをひどく滑稽なことのようにしか考えないんだ。つい力がこもって、手がコートをいっそう強くかきあわせたので、外から見えるのは、プリントのドレスの裾のフリルだけになった。

交差点に警官が立っていた。いっそ警察へ行ったらどうだろう――失踪人を探すのであれば、普通は警察へ行くものだ。そうは思ったものの、すぐ考えなおした――警察に駆けこんだりすれば、どれだけ愚かに見えることだろう。どこかの警察署の一室で、つったったまま訴えている自分の姿が目に浮かぶ。「ええ、きょう結婚することになってたんです。なのに、相手があらわれなくて」そして警官たちの姿も――三、四人が立ったまままわりをとりかこんで、訴えを聞くふりをしながら、じろじろ彼女をながめ、プリントのドレスをながめ、派手すぎるメークをながめ、たがいに目顔でこっそり笑いあっている。そんな警官たちにたいして、いま言ったこと以外に、こちらはなにも言ってやれない。たとえばこんなふうに言ってやるわけにはいかないのだ――「ええ、ええ、ばかげてみえるのはわかっています。せいいっぱいめかしこんで、結婚の約束をしてくれた若い男を探しまわってるなんて。でもね、あなたがただって、なにもかも心得てるわけじゃない。わたしはけっしてこれだけの人間じゃありません。あなたがたには見えないものだって持ってるんです。才能？　おそらく。ある種のユーモアも。それにわたしはレディーですし、プライドだって、情だって、デリカシーだってそなえてる。男性を満足させ、意欲的にさせ、幸福感を与える生活とはどういうものか、それについての見解だって、わたしなりにちゃんと持っている。あなたがたはわたしを見て、こういう女だと決めつけてるでしょうけど、でもわたしには、それ以上のものがあるんです」

そう、ジェイミーのことはこのさい措《お》くとしても、警察は明らかに問題外だ。それに、わたしが警察に行方を探させたと知ったら、彼はいったいなんと思うだろう。

「だめ、それはだめ」思わず急ぎ足になりながら、声に出してそう言った。すれちがっただれかが足を止めて、そんな彼女を見送った。

つぎの四つ角——彼女の住む通りから三ブロック手前——に、靴磨きのスタンドがあった。老人がひとり、ぽつねんと腰かけにすわって、こくりこくり舟を漕いでいる。彼女はその前に立ち止まり、黙って待った。ややあって、老人は目をあけると、ほほえみかけてきた。

「ねえ」なにも考えないうちに、すらすら言葉が出てきた。「お邪魔してごめんなさい。

ひとを探してるの。けさ十時ごろ、この道をやってきたはずの若い男のひとなんだけど、ひょっとして見かけなかったかしら」そのあとは例の決まり文句をくりかえす。「背が高くて、紺のスーツを着て、花束をかかえてるひと」

彼女が言いおわらぬうちに、老人はうなずきはじめていた。「見ましたよ。奥さんのお友達？」

「そうよ」彼女は言い、知らずしらず老人にほほえみかけていた。

老人は目をしょぼつかせて言った。「こう思ったのを覚えてるんだ――若い衆、おまえさん、恋人に会いにいきなさるんだね、って。みんなそうなのさ、若い衆は――みんな恋人に会いにいくんだ」そして、まあ大目に見てやろうとでも言いたげに、首を横にふった。

「どっちへ行ったかしら、そのひと。この道をまっすぐ行った？」

「行きましたよ」と、老人。「ここで靴を磨いてね。花束をかかえて、すっかりめかしこんで、えらく急いでた。恋人が待ってるんだね、って、そうあっしは思ったものさ」

「ありがとう」そう言って、彼女はポケットの小銭をさぐった。

「あのようすだと、相手の女の子もさぞかし喜んだこったろうて」

「ありがとう」彼女はもう一度そう言い、手を空手のままポケットから出した。

今度こそ、彼が待っていてくれるという確信が持てた。そこで、残る三ブロックは、コートの下でプリントのドレスの裾をひるがえしながら小走りに歩きとおし、住まいのある通りへと折れた。そこの角からは、自室の窓は見えず、待ちわびたジェイミーがその窓からのぞいている、といったようすも見えなかったから、一刻も早く彼を安心させてやろうと、その最後の一ブロックはほとんど駆け足になった。階下の入り口のドアをあけるときには、キーが指のなかでかちかちふるえたが、通りすがりにちらとドラッグストアをのぞきこむと、けさがたそこでコーヒーを飲みながら、すっかりパニックにとりつかれていた自分が思いだされて、つい笑いだしたくなった。自室の前まで行ったときには、もはや待ちきれず、ドアをあける前から、声をはずませて言いはじめていた——

「ジェイミー、帰ったわよ。ずいぶん心配したわ」

部屋は彼女を待っていた。黙りこくった、がらんとした部屋。午後の光が窓から長くさしこんでいる。ちょっとのあいだ、ぽつんと置かれたからのコーヒーカップしか目にはいらず、やはり彼はここにきたのだ、ここにきて待っていたのだ、という思いが頭のなかを駆けめぐったが、じきに、それは自分の使ったカップで、朝からそこに置きっぱなしになっていたのだと気がついた。彼女は住まいのなかを隅々まで見てまわった。クローゼットものぞき、バスルームものぞいた。

「いいえ、見かけませんでした」と、階下のドラッグストアの店員は言った。「まちがいありません、花束を持ってればすぐに気がついたはずですから。そういう風体のひとは、ひとりもきませんでした」

靴磨きスタンドの老人は、ふたたび目をさまして、前に立っている彼女を認めた。「やあ、またですかい？」そう言って、にっこりする。

「あの話は確かなの？」いきなり噛みつくように訊いた。「ほんとに彼はこの道をまっすぐ行ったのね？」

「この目で見てたんですぜ」彼女の口調にむっとしたのか、老人は威厳をつくろって答えた。「こう思って見てたんだ――ああ、いいなあ、若い衆がいそいそと恋人に会いにいくよ、って。だから、しっかり見ていた、最後に彼が家にはいるところまでね」

「どの家？」彼女は冷ややかに言った。

「あそこでさ」老人は言い、身をのりだして、ゆびさした。「このつぎのブロックで。花束をかかえて、靴を光らせて、いそいそと恋人に会いにいった。そしてまっすぐ彼女の家にはいってった」

「どの家よ？」彼女はまた言った。

「あのブロックのまんなかへんでさ」老人は答え、それから胡散くさそうに彼女を見あげて、言った。「けど、どっちにしろ、それを知って奥さんはどうしようってんで？」

老人に礼を言うことすら忘れて、ほとんど駆けださんばかりに彼女は歩きだした。つぎのブロックまで小走りに急ぎながら、どこかの窓からジェイミーがのぞいていはしないかと探しもとめ、どこかの家から彼の笑い声が聞こえてきはしないかと聞き耳をたてた。

とある家の前に、ひとりの女がすわっていた。そばに乳母車を置き、それを単調なリズムで、腕の長さいっぱいに押したり引いたりしている。乳母車のなかの赤ん坊も、それにつれて前へ後ろへと揺られながら、すやすや眠っている。

質問はいまでは流暢に口に出た。「おそれいりますが、ひょっとしてけさの十時ごろ、若い男のひとがこのへんの家にはいるのをお見かけになりませんでしたか？　背の高い、紺のスーツを着たひとです。花束を持ってたはずなんですけど」

十二ばかりと見える少年が、通りがかりにふと足を止めて、耳をそばだてた。ふたりの女のやりとりを聞きながら、熱心に双方を見くらべては、ときおりちらりと赤ん坊に目を向ける。

「さあねえ、十時にはこの子をお風呂に入れてましたからね」と、乳母車の女は大儀そうに答えた。「かりに知らない男がそこらを歩いてたって、あたしにわかるはずなんかないでしょ？」

「大きな花束をかかえたひとだろ？」だしぬけに少年がそう言いながら、彼女のコートをひっぱった。「大きな花束を持ってたんだろ？　おれ、見たよ」

見おろすと、少年はこまっちゃくれた顔でにやりと笑いかけてきた。

「そのひと、どのうちにはいってった？」ぐったりしながら、彼女はたずねた。

「おばさん、あのひとと離婚するんだろ？」少年がしつこい口調で問いかけてきた。

「おばさんにそんなこと訊いちゃ失礼ですよ」と、女が乳母車を揺すりながら言った。

「ねえ。おれ、見たんだって。あそこにはいってったよ」そう言って少年は隣りの家をゆびさした。「あとをつけてみたんだ。そしたら、二十五セント玉を一個くれた」少年は声を低めて、おとなの声色を真似てみせた。「〝きょうはぼくにとって記念すべき日なんだぜ、坊や〟、そう言って、二十五セントくれたんだ」

彼女は少年に一ドル札を渡した。「どの階？」

「いちばん上の階。二十五セントもらうまで、ちゃんとあとをつけてったんだ。いちばん上の階まで、ずっと」一ドル札を握りしめたまま、少年は歩道をあとずさり、彼女の手の届かぬあたりへ逃げた。それから、また言った。「ねえってば、あのひとと離婚するんだろ？」

「そのひと、花を持ってたのね？」

「うん」少年は言い、それからとつぜんけたたましく叫びたてはじめた。「おばさん、あのひとと離婚すんだよな？　あのひとになんか文句があんだよな？」そしてなおもわめきたてながら、体を傾けて飛ぶような姿勢で通りを走り去っていった。「あのおばさん、あいつになんか文句があんだってよォ」そして乳母車を揺すっている女が、声をあげて笑った。

通りからそのアパートへの出入り口には、錠がおりていなかった。玄関ホールにも呼び鈴はなく、表札も出ていなかった。階段は狭く、むさくるしかった。最上階には、ドアがふたつ並んでいたが、手前のほうのが、めざすそれにちがいなかった。ドアの前に、くしゃくしゃに丸められた花屋の包装紙と、蝶結びにしたままのリボン飾りがひとつ——まるで手がかりのように、この紙まき鬼ごっこ《ペーパーチェース》で撒き散らされた、最後の紙の一片のように。

彼女はノックした。なかで話し声が聞こえたような気がしたが、そのとたん、にわかにパニックにとらえられてしまった。もしもジェイミーがこの部屋にいたら、ノックに答えて戸口に出てきたら、いったいなんと言えばいいのだろう？　急に話し声がやんでしまったように思えた。もう一度ノックしてみたが、応答はなく、わずかにどこやら遠いところで、笑い声らしきものが聞こえたきりだった。ひょっとすると彼は、窓からわたしを見ていたのかもしれない。この部屋は建物の正面側にあたるし、おまけにあの少年がまた、とてつもない声でわめきたてるんだもの。さらにしばらく待ち、あらためてノックをくりかえしてみたが、やはりしんとしている。

ついに意を決して、並んだドアのうちのもうひとつのほうへ行き、ノックした。手が触れるや、ドアがいきなりひらき、無人の屋根裏部屋が目にはいった。壁は剝落《はくらく》して、下地の木舞《ラス》がむきだしになっているし、床板の塗装も剝がれたままだ。一歩なかに踏みこんで、周囲を見まわしてみた。いたるところに漆喰《しっくい》の袋やら、古新聞の束やら、こわれたトランクやらが積んである。ここでふいに、さっきから聞こえていた妙な音のもとが鼠だとわかり、と同時に、音の主が目にとびこんできた。すぐ足もとの壁ぎわにうずくまり、油断のないこすからそうな顔に、目ばかり大きく光らせて、じっとこちらを観察している。あわてて外へ出たはずみに、しまりかけたドアにぶつかり、プリントのドレスの裾がはさまって、びりりと裂けた。

隣りの部屋に、だれかがいることはまちがいなかった。低い話し声にまじって、ときおりくすくすと笑う声まで聞こえてきたからだ。だから彼女は、それからも何度となく——最初の一週間は連日——ここを訪れた。朝には出勤の途中に立ち寄り、夕べにはまた、ひとりぼっちの食事に出る途中に立ち寄った。けれども、どれほど頻繁に、どれほど執拗にノックをくりかえそうと、戸口へ出てくるものはだれもいなかった。

おふくろの味

Like Mother Used to Make

デーヴィッド・ターナーは、万事にこせこせした、落ち着かない男で、いまもせわしない足どりで、バス停留所から自宅のある通りにむかって歩いていた。角の食料品屋の前まできたとき、ふとその足が止まった。なにか買うものがあったっけ。そう、バターだ、思いだしてよかった。けさ、出勤の途中、バス停へむかって歩きながら、しきりにバターのことを自分に言い聞かせていたのだ。今夜、帰りにバターを買うのを忘れるなよ。食料品屋の前を通るとき、バターのことを思いだせよ。店にはいっていった彼は、並んで順番を待ちながら、棚の缶詰めを仔細に観察した。ポークソーセージの缶は、あの後ろか。コーンビーフハッシュもおなじ。ロールパンをいっぱいに盛ったトレイが目にとまった。そのとき、前に並んでいた女性が出てゆき、店員は彼のほうに向きなおった。

「バターはおいくら？」デーヴィッドは慎重に訊いてみた。

「八十九セントです」こともなげに言う店員。

「八十九セント?」デーヴィッドは眉をひそめた。

「はい、そうですよ」店員は言い、デーヴィッドをとばして、つぎの客を見た。

「じゃあ四分の一ポンドもらおう」デーヴィッドは言った。「それと、ロールパンを半ダース」

包みをかかえてわが家へ急ぎながら、思案する——じっさい、あの店で買い物をするのはもうやめるべきだな。ふりの客じゃあるまいし、もすこしましな応対をされてもいいはずだ。

郵便受けには、母からの手紙がはいっていた。それをロールパンの袋につっこむと、三階までの階段を歩いてあがった。マーシャの部屋には明かりがついていなかった。デーヴィッドの部屋を除けば、この階にある部屋はそこだけだ。自分の住まいへ向かい、鍵をあけると、ぱちんと明かりをつけながら、なかにはいった。今夜もまた、いつも帰宅したときに感じるように、部屋は温かく、親しみぶかく、心地よく感じられた。こぢんまりした入り口の間には、小ぎれいな小テーブルと、四脚の手入れの行き届いた椅子が置かれ、デーヴィッドが自分で塗った薄緑色の壁によく映える、小ぶりのマリーゴールドの鉢が飾ってある。その奥がキチネット、そのさらに奥が、日ごろデーヴィッドが居間兼寝室として使っている広い部屋だが、あいにくこの部屋の天井は、彼には絶えざる悩みの種となっている。天井の一角から漆喰がぽろぽろ剝がれ落ち、いかなる力をもってしても、それをめだたぬようにすることができないのだ。その漆喰のことでは、たえずこう考えて自分を慰めている――古い褐色砂岩のアパートになど住まなければ、漆喰が剝がれ落ちて困ることもないだろうが、反面また、自分に払える程度の金では、入り口の間や広い部屋のほかに、キチネットまでついたアパートを所有することなど、どこへ行っても無理だろう、と。

買い物の包みをテーブルに置くと、バターを冷蔵庫に、ロールパンをパンケースに入れた。からになった袋をたたんで、キチネットの引き出しにしまったあと、コートを入り口の間のクローゼットにかけ、自分では居間と呼んでいる広い部屋にはいって、卓上スタンドをつけた。この部屋にたいする彼なりの表現は、〝チャーミング〟だった。いつの場合も黄色と茶色を偏愛してきた彼は、自らデスクと書棚とサイドボードを好みの色に塗り、さらに壁までも自分で塗ったうえ、町じゅうを探しまわって、心に思い描いているのとぴったりの、ツイードふうの褐色のカーテンを手に入れた。部屋のたたずまいは、彼を満足させた。絨毯は豊かな濃い褐色、カーテンの織り地のなかの、いちばん濃い糸と色目を合わせたもの。家具はほとんどが黄色だが、ソファベッドのカバーとスタンドの笠だけはオレンジ色。窓框《がまち》に並べた植木鉢は、部屋に欠けているグリーンを多少なりとも補ってくれている。しばらく前から、サイドボードに飾る置物を探しているところだが、デーヴィッドの意中にあるのは、浅い半透明のグリーンの水盤――やはりマリーゴールドを生けるための――で、そのての品は、銀器に次いで高価だから、とても彼には手が出ない。この部屋にはいるときには、これこそ自分のいままでに所有したもっとも快適な住まいだ、との感慨を持たずにはいられなかった。今夜もまたいつものように、ソファからカーテンへ、さらに書棚へとゆっくり視線をめぐらしてゆき、サイドボードの上に置かれたグリーンの水盤を心に思い描いてから、そっと吐息をもらして、デスクに向きなおった。ペン立てからペンをとり、デスクの奥の整理棚に鎮座ましましている小ぎれいなノートから紙を一枚抜きとると、ていねいに書きつけた――

「親愛なるマーシャ、今夜、夕食にくることを忘れないように。六時ごろお待ちしています」。

それに〝D〟とサインした彼は、デスクの上のペン皿からマーシャの住まいのキーをとりあげた。彼がマーシャの住まいのキーを預かっているのは、たとえばクリーニング屋がくるとか、あるいは冷蔵庫だの電話機だの窓だのの修理屋がくるときに、きまって彼女が不在だからであり、しかも管理人はわざわざマスターキーを持って三階まであがってくるのを嫌うため、だれかが上で業者を入れてやらねばならないからなのだ。マーシャのほうは、デーヴィッドの住まいのキーを預かろうとはけっして言いださなかったし、彼のほうも、彼女に預かってほしいと持ちかけたことなどなかった。わが家へはいるための唯一のキーが自分の手もとにあるということ、それが無事にポケットにおさまっているということとは、彼を安心させてくれた。キーはかっちりとして小さく、彼にとっては心地よい感触を持っている──彼の温かく快適な住まいに通ずる唯一の道であるそのキー。

玄関のドアをあけはなったまま、暗い廊下をもうひとつの住戸まで行くと、持ってきたキーでドアをあけ、明かりをつけた。この部屋にはいるのは、彼としてはあまりうれしくなかった。造りは彼のところとまったくおなじで、入り口の間からキチネット、居間とつづいているのだが、ここにくると、きまっていまの住まいに移ってきた、その最初の日のことを思いださせられる。入念に一歩一歩かたちづくられてゆくはずのわが家庭づくり、その前途多難さを思って、ほとんど絶望に近いものを味わったあの日のことを。

マーシャの住まいは寒々として、雑然たる感じだった。最近、ある友人から譲られたアップライトのピアノが、なかば入り口の間をふさぐかたちで斜めに置かれている。この入り口の間は狭すぎるし、広い居間のほうは散らかりすぎていて、どこにもぴったりおさまらないのだ。マーシャのベッドは乱れたままで、汚れた洗濯物が床に山をなしているし、窓は一日じゅうあけっぱなしだったのか、新聞が床一面に散乱している。窓をしめたあと、散乱した新聞を見おろしてしばし思案したものの、そのまま足早に居間を出た。ピアノの鍵盤の上に、先ほどしるしたメモを置き、廊下に出て、後ろ手にドアをとざした。

自分の部屋にもどると、浮きうきと夕食の支度にかかった。昨夜の食事に、ポットローストを少々つくったのだが、その大半がまだ冷蔵庫のなかに残っていたので、それをきれいに薄くスライスし、パセリをあしらって皿に盛りつけた。皿はオレンジ色、ソファベッドのカバーとほぼ同色で、そのオレンジ色の皿にレタスを敷き、薄切りの胡瓜とともにサラダを盛りあわせるのは、心楽しい作業だった。つぎにコーヒーを火にかけ、じゃがいもを薄く切って、揚げ油に入れてしまうと、揚げ物のにおいを逃がすために窓をあけ、料理がつつがなく進んでいることに満足しながら、愛情をこめてテーブルセッティングにとりかかった。まずはテーブルクロスをひろげる。色はもちろん淡いグリーン。つづいて二枚の明るいグリーンのナプキン。オレンジ色の皿に、ちょうどおなじ色のカップと受け皿、それを両方の席に一組ずつ。ロールパンの皿は中央に、それからこちらは半端物の塩入れと胡椒入れが、さながら二匹の雨蛙のように並ぶ。つぎにグラスを二個——十セント均一ストアで買ったものだが、ぐるりに細い緑色の線がはいっているところが気に入っている。そして最後に、細心の注意を払って、銀器のセットをとりだす。長年かかって慎重に買い足して、すこしずつ完全なセットに仕立ててきたものだ。はじめは慎ましく二人前から始めて、だんだんにそれをふやしてゆき、いまではサラダ用のフォークとスープのスプーンが足りないため、完全な六人前のセットにはちょっと不足するものの、それでも四人前には優にまにあうだけのものがそろっている。どのようなテーブルセッティングにも合うように、落ち着いた渋い意匠のものが選んであり、毎朝、食事をとるたびに、彼は恍惚たる思いにつつまれる。食事はまず光った銀のスプーンで、グレープフルーツを食べることから始まり、トーストにはコンパクトなバターナイフ、茹で卵の殻を割るのには、堅固で重いナイフ、そして最後のコーヒーには、またべつの銀のスプーンを使って、砂糖もそれ専用の形の異なるスプーンで入れる。

　この銀器のセットは、錆よけの箱に入れて、もっぱらそれだけのための高い棚にのせてあり、いまデーヴィッドは慎重にその箱をとりおろして、二人分の食器を出した。それらがテーブルに並んだところは、なんとも豪勢なながめだった。ナイフとフォーク、サラダ用のフォーク、べつにパイ用のフォークと、スプーンが一本ずつ、それらを両方の席に配置する。ほかに、サービス用の特殊なものもいくつか――砂糖用のスプーン、ポテトとサラダを取り分ける大きなサービススプーン、切った肉を取り分けるフォークと、パイを取り分けるフォーク。ふたりでは使いきれないほどの銀器がテーブルに並んでしまうと、彼は箱をもとの棚にもどし、二、三歩後ろにさがって、万事遺漏《ばんじいろう》のないことを確かめるかたわら、清潔に光り輝いているテーブル上のながめを楽しんだ。それから、居間へ行き、母からの手紙を読みながらマーシャを待ちはじめた。

　じゃがいもはマーシャのこないうちに揚がった。やがて、ドアがいきなり勢いよくひらいたかと思うと、マーシャがけたたましい叫び声と、新鮮な空気と、無秩序な雰囲気とをお供に、とびこんできた。背がすらりと高く、目鼻だちのくっきりしたボーイッシュな女性で、大きな声で元気よくしゃべる。薄汚れたレーンコートを着たまま、とびこんでくるなり、言った。「忘れなかったわよ、デーヴィー。例によって、ちょっぴり遅れただけ。なにをごちそうしてくれるの？　怒っていないわよね？」

デーヴィッドは立ってゆき、彼女のコートを脱がせた。

「メモを置いてきたんだけど」と、遠まわしに言う。

「見なかったわ」と、マーシャ。「うちには寄らなかったもの。あら、すてきなにおいがする」

「ポテトフライだよ。準備はすっかりできてる」

「すごいじゃん」マーシャは手近の椅子にどすんと腰をおろすと、脚を思いきり前へ突きだして、両腕をぶらぶらさせた。「疲れたァ。外は寒いわよ」

「ぼくが帰ってきたころから、だんだん冷えこんできたんだ」デーヴィッドはテーブルに料理を並べはじめた。肉の大皿、サラダ、ポテトフライを盛った深皿。そのたびにマーシャの脚をよけながら、キチネットとテーブルとのあいだを足音もたてずに往復した。「たしかきみ、ぼくがこの銀器を買ってから、ここへくるのははじめてだったね？」

マーシャは椅子ごとぐるりと向きなおって、スプーンの一本を手にとった。線刻された文様を指でなぞりながら、「きれいね」と言う。「すてきだわ、これでごちそうが食べられるなんて」

「さあ、できたよ」デーヴィッドは言った。そして彼女の席から椅子をひいてやり、彼女がそこにすわるのを待った。

マーシャはいつも腹をすかせている。卓上のサービス用銀器を使いながらも、それについてお世辞ひとつ言うでなく、さっさと自分の皿に肉とポテト、サラダを取り分け、脇目もふらずに食べはじめた。「すばらしいわ、なにもかも」と、途中で一度だけ言う。「お料理もおいしいし、ねえデーヴィー」

「お気に召してよかった」デーヴィッドは言った。手のなかのフォークの感触が心地よかったし、マーシャの口と皿とを往復するフォークを見ているのも楽しかった。

マーシャはおおざっぱに手をふりまわした。「わたし、全体のことを言ってるのよ。家具も、お部屋のようすも、お食事も、なにもかも」

「ぼくはこんなふうにしてるのが好きなんだ」と、デーヴィッド。

「そのことは知ってるわ」マーシャの口ぶりは物悲しげに聞こえた。「わたしもすこしはだれかさんを見習わなくちゃね」

「きみはもうすこし部屋をきちんとしとくべきだな」デーヴィッドは言った。「せめてカーテンぐらいはつけて、窓もしめておくべきだ」

「いつも忘れちゃうのよ。ねえデーヴィー、あなたって、世界一すばらしいコックだわ」皿を押しやって、満足げに溜め息をつく。

デーヴィッドはうれしそうに顔を赤らめた。「気に入ってくれて、よかった」と、また言い、それから、とってつけたように笑った。「ゆうべなんか、パイもつくったよ」

「パイ？」一瞬、まじまじと彼を見つめていてから、マーシャは言った。「パイって、アップルパイ？」

デーヴィッドはかぶりをふり、彼女が、「パイナップルの？」とたずねると、今度もまた首を横にふったものの、それ以上は黙っていられなくなって、自分から言った。「チェリーのだよ」

「わあすごい！」マーシャは席を立って、彼のあとからキッチンへやってくると、パイを注意ぶかくパンケースからとりだす彼の手もとを、肩ごしにのぞきこんだ。「ねえ、パイをつくるのって、これがはじめて？」

「いや、前に二度ばかりつくったことはある」デーヴィッドは答えた。「だけど、なんとなくこれがいちばんよくできたような気がするな」

彼が大きくパイを切り分け、それをべつのオレンジ色の皿に移すのを、彼女は目を輝かせて見まもった。それから、自分の皿を持ってテーブルにもどると、一口食べて、無言で賞賛の身ぶりをした。デーヴィッドも自分の皿のパイを味わい、それから批評家ぶった口調で言った――

「ちょっと酸っぱすぎるな。あいにく砂糖を切らしちゃったもんでね」

「あら、上等よ」マーシャは言った。「わたしって、むかしからほんとうに酸っぱいチェリーパイが好きだったの。これだって、まだ酸味が足りないくらいだわ」

デーヴィッドはテーブルの上をかたづけ、コーヒーをついだ。ちょうどコーヒーポットをガスレンジにもどそうとしているとき、マーシャが言った。「うちの呼び鈴が鳴ってるみたい」彼女は入り口のドアをあけて、耳をすまし、今度はふたりとも、たしかに彼女の部屋の呼び鈴が鳴っているのを聞きとった。彼女は階下のドアがあくようにと、デーヴィッドの部屋のブザーを押し、やがて、どこか遠くで重い足音が階段をのぼりはじめるのが聞こえた。こちらの部屋の入り口をあけっぱなしにしたまま、マーシャはテーブルのコーヒーにもどった。「きっと大家さんよ。また部屋代が未納になってるの」そう言った彼女は、まもなく足音が階段をのぼりきると、すわったまま体をのけぞらせて外の廊下に目をやり、「はあい、なんでしょう？」と叫んだ。それから、あわてたようすで、「まあ、ハリスさん」と言って立ちあがると、入り口へ行って、片手をさしだした。「ようこそ、どうぞおはいりになって」

「ちょっと寄ってみようかと思っただけなんだ」そうハリス氏は言った。ひときわ大柄な男で、その目が好奇心たっぷりにテーブルの上のコーヒーカップや、からになった皿などを見まわした。「しかし、お食事ちゅうを邪魔しちゃ悪いな」

「いえいえ、ぜんぜんかまいませんのよ」マーシャはそう言いながら、ハリス氏とやらを部屋にひっぱりこんだ。「どうせデーヴィーがいるだけですもの。デーヴィー、こちらはハリスさん、おなじ会社のかた。こちらはターナーさん」

「はじめまして」デーヴィーは丁重に言ったが、相手はじろじろと彼を見て、「いや、どうも」と言っただけだった。

「ささ、どうぞ、おかけになって、おかけになって」マーシャが椅子を押しやりながら言っていた。「デーヴィー、ハリスさんにコーヒーをさしあげちゃ、いかが？」

「ああいや、お構いなく」ハリス氏が急いで口をはさんだ。「ただちょっと寄ってみただけだから」

デーヴィッドがもう一組、カップと受け皿を用意し、棚の上の銹よけの銀器の箱からスプーンを一本とりだしていると、マーシャがまた言った。「自家製のパイはお好き？」

「なんとまあ」と、ハリス氏がうっとりした面持ちで答える。「わたしなんか、自家製のパイがどんなふうなものだったかも忘れちまったよ」

「ねえデーヴィー」と、マーシャが快活に呼びかけてきた。「ハリスさんにさっきのパイを一切れ切ってさしあげたら？」

デーヴィッドは無言でまた銀器の箱からフォークを一本とりだし、オレンジ色の皿をもう一枚出してきて、それにパイを一切れのせた。今夜はこのあとどう過ごすか、彼にはいたって漠然たる計画しかなかった。もしもあまり寒くなければ、映画にでも行くか、でなければせめてマーシャの住まいの状態について、ちょっとした話し合いをしてもいい、そんなふうに考えていたのだが。いまやハリス氏はすっかり椅子に腰を落ち着けていて、デーヴィッドが黙ってパイの皿を前に置くと、しばらく感心したように見とれていてから、フォークを手にとり、一口食べた。

「うーん、これはいける」ややあってそう言い、それからマーシャを見た。「ほんと、この味はたしかになかなかのものだよ」

「お気に召しました？」マーシャは慎ましやかに言った。そして目をあげてデーヴィッドを見、ハリス氏の頭ごしに彼にほほえみかけた。「いままでパイなんか、二回か三回しかつくったことありませんのよ、わたし」

デーヴィッドは手をあげて異議をさしはさもうとしたが、そのときハリス氏がこちらを見て、高飛車に言った。「あんた、こんなにうまいパイを食ったこと、ありますかね？」

「デーヴィーはあまり気に入らなかったみたい」マーシャが悪戯っぽく言った。「どうも彼にはちょっと酸っぱすぎたみたいで」

「へええ、わたしは酸っぱいほうが好きだな」そう言ってハリス氏は、デーヴィッドを胡散くさげにじろりと見た。「チェリーパイは、なんてったって酸っぱくなくちゃいかん」

「ともあれ、お気に召してなによりでした」マーシャが言った。ハリス氏はパイの最後の一口を食べおえ、コーヒーを飲みおえて、おもむろにすわりなおした。「やっぱり寄ってみてよかった」と、マーシャに言う。

ハリス氏を追いだしたいというデーヴィッドの気持ちは、しだいしだいに、彼らをふたりとも追いだしたいという強い欲求に変わっていった。彼の清潔な住まい、彼のたいせつな銀器、これらはいまマーシャとハリス氏とが演じているような、恥知らずな茶番劇の道具としてあるのではない。ほとんど乱暴なと言ってもいい動作で、彼はマーシャがテーブルごしに長々とのばした腕から、大事なコーヒーカップをひったくって、キチネットへ運んでゆき、もどってくるなり、今度はハリス氏のカップに手をかけた。

「あら、ほっといてちょうだい、デーヴィー、ほんとに」マーシャが言った。そして目をあげて、またもやにっこりほほえみかけた——まるで自分とデーヴィーとが、ハリス氏にたいして陰謀をたくらんでいる同士ででもあるかのように。「わたしがあした、ぜんぶかたづけるからいいのよ、ハニー」

「たしかにそうだ」ハリス氏がそう言って、立ちあがった。「そんなものはうっちゃっておけばいい。それよりも、どこかゆっくりくつろげるところへ席を移そうじゃないか」

マーシャは立ちあがると、先に立ってハリス氏を居間へと案内した。そして、ふたり並んでソファベッドに腰をおろした。「ねえデーヴィー、あんたもこっちへきたら？」と、呼びかけてくる。

デーヴィッドをひきとめたのは、愛するきれいなテーブルが、汚れた皿と、煙草の灰とでおおわれている光景だった。皿やカップや銀器をキチネットへ運んだ彼は、それらをシンクのなかに積み重ねたが、そこで、それらがだんだんかたくこびりついてゆく汚れを残したまま、シンクのなかに鎮座ましましているさまを想像すると、もはやそれ以上は堪えられなくなり、手ばやくエプロンをつけると、ていねいにそれらを洗いはじめた。洗って、ふいて、収納しているあいだに、ときどきマーシャが彼を呼び、何度か、「デーヴィーったら、いったいなにをしてるのよ?」とか、「デーヴィー、いいかげんにこっちへきて、すわったらどう?」などと声をかけてきたし、一度は、「ねえデーヴィー、いつまでもそんなことやってると、わたし、怒るわよ」とも言ったが、ハリス氏がそれを制して、「まあやらせとけよ。本人はあれで楽しんでるんだから」と言うのが聞こえた。

きれいになった黄色のカップと受け皿とを、デーヴィッドは食器棚にもどした——これでもう、ハリス氏の使ったカップがどれか、見分けはつかなくなった。棚にきちんと並べられた清潔なカップの列からは、どれがハリス氏の使ったもので、どれがマーシャの口紅で汚されたものか、どれがデーヴィッド自身の、キチネットで飲みおえたコーヒーがはいっていたものか、識別することはできないのだ。最後に、錆よけの箱を棚からとりおろして、銀器をそれにしまう。まずはフォーク、二本ずつまとめて浅い溝に並べる——やがてセットが完成したあかつきには、それぞれの溝に四本ずつ並ぶことになる。つづいてスプーン、専用の溝のなかに、たがいにきちんと重なるように置く。それからナイフ、ていねいにそろえて、刃をぜんぶ同一方向に向け、箱の蓋の裏に張られた特殊なテープにはさみこむ。バターナイフと取り分け用スプーン、それにパイナイフ、これらもそれぞれ定めの位置におさまったところで、燦然《さんぜん》と輝いているセットを愛でつつ、そっと蓋をおろし、それから箱を棚の上にもどす。布巾をゆすいで、布巾掛けにかけ、エプロンをはずしてしまうと、もはやすることはなく、デーヴィッドはしかたなくのろのろと居間へはいっていった。マーシャとハリス氏とはぴったり寄り添ってソファベッドに腰かけ、何事か熱心に話しこんでいる。

「うちの父もジェームズっていう名前だったんです」ちょうどマーシャが、なにやら議論に決着でもつけるように言っているところだった。デーヴィッドがはいってゆくと、ふりかえって、言った。「デーヴィー、すまないわね、ひとりでお皿をぜんぶ洗ってくださって」

「いや、どういたしまして」デーヴィッドはかたくるしく言った。ハリス氏がそんな彼をいらだたしげな目で一瞥《いちべつ》した。

「お手伝いしなきゃいけなかったのに」マーシャが言った。ちょっとした沈黙があり、それからマーシャが言葉を継いだ。「おかけにならない、デーヴィー？　さあどうぞ」

デーヴィッドはその口調を聞きわけた。それはパーティーなどで女主人が、ほかに言うことが見つからないときとか、あるいは客が早くきすぎたか、遅くまで居残りすぎたかしたとき、そんなときに使う口調だった。いま、デーヴィッド自身がハリス氏にたいしてこそ使ってやりたかった口調だ。

「いまジェームズと話してたところなんだけど……」マーシャが言いかけて、ふと口をつぐみ、それから声をあげて笑った。「あらやだ、なんの話をしてたんでしたっけ？」と、ハリス氏のほうをふりむきながら訊く。

「なに、たいしたことじゃないよ」ハリス氏が答える。その目はいまだにデーヴィッドをじろじろ見ている。

「そうね、じゃあ」マーシャが言い、意味ありげに語尾をとぎらせた。それからデーヴィッドのほうを向き、にこやかにほほえみかけてから、もう一度、「じゃあ」と言った。

ハリス氏がサイドボードから灰皿をとりあげ、それを自分とマーシャとのあいだ、ソファベッドの上にじかに置いた。ポケットから葉巻を一本とりだして、マーシャに、「吸ってもかまわないか？」と問いかけ、マーシャがうなずくと、そっと包みを剝がして、端を嚙み切った。葉巻をくわえたままでもごもごと、「葉巻の煙は植木の養分になるんだぜ」そう言いながら火をつけ、マーシャがまた声をあげて笑った。

デーヴィッドは立ちあがった。一瞬、「ハリスさん、お立ち寄りくださって、わざわざどうも……」で始まるたぐいの台詞を投げつけてやろうかと思ったが、実際にマーシャとハリス氏とがそろって向けてくる視線を浴びて、どぎまぎしながら口に出せたのは、「どうやらぼくはもうおいとましたほうがよさそうだ、マーシャ」であった。

ハリス氏は間髪を入れず立ちあがると、威勢よく言った。「いやまったく、お目にかかれて愉快でした」そして手をさしだし、デーヴィッドは力なくその手を握った。

「どうやらもうおいとましたほうがよさそうだ」マーシャにむかってもう一度おなじことをくりかえすと、彼女も立ちあがって、「そう、残念だわ、まだ時間は早いのに」と応じた。

「いろいろ仕事があってね」と、デーヴィッドは自分で思っていたのよりずっと穏やかな口調で言い、マーシャはまたしても共謀者同士のような笑顔を向けてくると、デスクのところへ行きながら、言った。「ほら、キーを忘れちゃだめよ」

虚を衝かれて、デーヴィッドは呆然と彼女の手から彼女の部屋のキーを受け取り、ハリス氏におやすみと挨拶してから、廊下へのドアへ向かった。

「おやすみなさい、デーヴィー・ハニー」マーシャが呼びかけてき、デーヴィッドはそれに、「いや、ほんとにありがとう、マーシャ。すばらしいディナーだった」と答えて、後ろ手にドアをとざした。

そのまま廊下を歩いてゆき、マーシャの部屋にはいった。ピアノは依然として斜めになっていたし、新聞は床に散乱したまま、洗濯物は散らばったまま、ベッドも乱れたままだった。そのベッドにぐったりすわりこんで、デーヴィッドは周囲を見まわした。寒々として、不潔な部屋だ。そうしてそこにすわり、自分の温かく快適な部屋のことをみじめに思いめぐらしているとき、廊下づたいにかすかな笑い声と、椅子を動かすきいっという音が聞こえてきた。それから、なおいっそうかすかに、彼自身のラジオの音も。デーヴィッドはものうげに手をのばすと、新聞のうちの一枚を床から拾いあげた。それから、やおら、一枚また一枚と、それらを拾い集めはじめた。

決闘裁判

Trial by Combat

　ある夜、勤めから帰って、化粧台の引き出しからいちばん上等のハンカチが三枚なくなっているのを知ったとき、エミリー・ジョンソンは即座に、だれがそれを盗んだのか、それについてどんな手を打つべきかをはっきりとさとった。この家具つきの部屋へ越してきて、まだ六週間にしかならないのに、ここ二週間ばかりというもの、細かな品物がちょくちょく紛失している。まずハンカチが数枚、それから、安物雑貨店で買ったきり、めったに使用したことのないイニシャル入りのブローチ。そして一度は香水の小瓶と、磁器製の犬の置物のセットのうちの一匹。それらを盗んでいるのがだれなのかは、しばらく前からわかっていたが、今夜はじめて、なんとかしなければ、と思いたったのだ。これまでも、家主に苦情を持ちこむことには二の足を踏んでいた。なにぶん、被害がごく軽微なものだし、遅かれ早かれ、自分で事態を処理する手だてが思いつけると信じていたからだ。そも最初から、だれよりも疑わしいのが、この下宿屋の住人のうち、一日じゅう在宅している人間にほかならないことはわかりきっていた。しかも、そうこうするうち、ある日曜の朝のこと、日光浴を終えて屋上から降りてきたエミリーは、何者かが自分の部屋からあらわれて、階段を降りてゆくのを目撃し、それがだれであるかに気づいたのだ。今夜こそは、なんとか手を打たなければ、そう思った。帽子とコートを脱ぎ、買い物の包みをかたづけてしまうと、電熱プレートにのせた缶詰めのタマーレが温まるのを待ちながら、言うべきことを反芻《はんすう》してみた。

食事をすませたあと、部屋のドアをきっちりしめて、錠をおろし、階下へ降りた。自室の真下にあたる部屋のドアを軽くたたき、「どうぞ」という返事を聞いたところで、「ミセス・アレン、おいでになります？」と声をかけ、それからそろそろとドアをあけて、なかにはいった。

室内のようすは、一見してわかったが、エミリー自身の住まいとほとんど変わらなかった。おなじ幅の狭いベッドに、淡褐色のカバー、おなじ楓《かえで》材の化粧台と肘かけ椅子。クローゼットはエミリーの部屋とは反対側にあるが、窓はそのクローゼットとおなじ位置関係にある。アレン夫人は、肘かけ椅子にすわっていた。年は六十がらみ。わたしの二倍以上の年齢だわ、とエミリーは戸口につったったままで考えた。しかもその年でいまだにレディーらしさを失ってもいない。しばらくその場で逡巡しながら、アレン夫人のきれいにととのえた銀髪と、こざっぱりしたダークブルーのハウスコートをながめていたが、ややあって、意を決して、言った。「ミセス・アレン、わたし、エミリー・ジョンソンです」

アレン夫人は、読んでいた《ウーマンズ・ホーム・コンパニオン》を置くと、ゆっくりと立ちあがった。「それはそれは、お目にかかれてうれしゅうございます」と、愛想よく言う。「もちろん、何度かお見かけしておりますし、そのたびに、なんて感じのいいかたかしらと思っておりましたの。なにせ、このようなところで、ほんとに――」と、わずかに口ごもって、「――ほんとに感じのいいかたとお知り合いになれるなんて、めったにないことでございますからねえ」

「わたしも奥さんとお近づきになりたいと思っていましたわ」エミリーは言った。

アレン夫人は、いままですわっていた椅子を指し示した。「おかけになりません？」

「ありがとうございます。でも、どうぞ奥さんがおかけになってください。わたしはベッドにかけますから」エミリーはにっこりした。「なんだか自分の部屋にいるみたい。わたしのところも、これとまるきりおんなじなんです」

「困ったことですわ」アレン夫人はあらためて椅子にかけなおしながら言った。「大家さんにももう何度も申しあげているんですよ――どのお部屋にもおなじ家具を入れておくのでは、とうていみなさんをアットホームな気持ちにさせてあげることなどできませんよ、って。でもあのひとは、この楓材の家具がいちばん見栄えがして、しかも安上がりだという考えを変えないんです」

「それでも、たいていのものよりはましなんじゃないですか？　それに奥さんはわたしのところのなんかより、ずっとすてきに見えるようにしてらっしゃる」

「もうここにきて三年になりますからね」と、アレン夫人。「あなたはまだ一カ月そこそこでしょう？」

「六週間です」

「大家さんからあなたのことをうかがいましたよ。ご主人は軍隊にいらっしゃるんですって？」

「ええ。わたしのほうは、このニューヨークに勤めを持っております」

「わたしの夫も軍隊におりましたのよ」そう言ってアレン夫人は、楓材の化粧台に置かれた何枚かの写真をゆびさしてみせた。「もちろん、ずっとむかしのことですけどね。夫はかれこれ五年前に亡くなりました」

エミリーは立ってゆき、写真をながめた。そのうちの一枚は、軍服を着た長身の、威厳のある男性を撮ったものだった。ほかの何枚かは、子供たちの写真だった。

「とてもりっぱなかたですのね」と、エミリーは言った。「それで、こちらはお子さんがたですか？」

「わたしには子供はおりません、生憎《あいにく》なことですけど」老婦人は答えた。「その写真は、夫の甥や姪たちのものです」

エミリーは化粧台の前に立ち、室内を見まわした。「あら、お花もあるんですね」そう言って窓ぎわに行き、そこに並べられた鉢植えをながめた。「お花はわたしも好きです。きょうもいくらか住まいを明るくしようと思って、アスターをどっさり買ってきたんですけど、あれって、すぐにしおれてしまうのが困りもので」

「まさにそれだからなんですよ、わたしが鉢植えのほうが好きなのは」アレン夫人は言った。「でも、お花を長持ちさせたければ、水にアスピリンをお入れになるとよろしいのに。ずっと寿命が延びますよ」

「あいにく、お花のことはあまりよく知らないんです」エミリーは言った。「たとえばその、水にアスピリンを入れるといい、なんてことも存じませんでした」

「わたしはいつもそうしていますよ、切り花のときは」と、アレン夫人。「とにかくお花があると、お部屋がなごやかに見えますからね」

エミリーはしばらく窓ぎわに立ちつくし、アレン夫人が毎日見ている景色をながめた。向かいのビルの非常階段、下の道路の斜めに切りとられた断片。ややあってエミリーは深く息を吸いこむと、室内に向きなおった。

「ミセス・アレン、じつはわたし、ちょっと理由があってうかがったんです」

「お近づきになることのほかに、ですか？」アレン夫人はほほえみながら言った。

「どうしたらいいものか、自分でもよくわからないんです」エミリーは言った。「かといって、大家さんにはなにも話したくありませんし」

「あのひともいざというときには、あまり頼りになるひとじゃありませんからねえ」と、アレン夫人。

エミリーはまたベッドのそばにもどると、腰をおろして、つきつめた表情でアレン夫人を見つめた——どこから見ても上品で、穏やかな老婦人を。

「些細なことですけど、じつはだれかがちょくちょくわたしの部屋にはいりこんでるんです」

アレン夫人は目をあげた。

「ものが紛失することもあります」エミリーは言葉をつづけた。「ハンカチとか、安物のアクセサリーとか。べつに高額なものじゃありません。でも、だれかが留守にわたしの部屋にはいりこんで、そういったものを持ちだしてることは確かなんです」

「それは困ったことですわねえ」と、アレン夫人。

「ごたごたを起こすのは、わたしとしてもいやなんです」エミリーはつづける。「要するに、だれかがわたしの部屋に侵入するというだけのことですから。べつに高価なものが紛失したわけでもありませんし」

「わかります」アレン夫人が言う。

「気がついたのは、つい四、五日前のことです。そのあと、こないだの日曜ですけど、屋上から降りてくると、あるひとがわたしの部屋から出てゆくのが見えました」

「そのひとがだれだったか、お心あたりがおありだとでも？」アレン夫人が問うた。

「ええ、あるつもりです」

エミリーが答えたあと、アレン夫人はしばし無言だった。それから、おもむろにたずねた。「大家さんには話したくないと、そういうお気持ちだと受け取ってもよろしいんですね？」

「もちろんです」エミリーは言った。「ただ、今後こういうことはやめてほしいというだけで」

「当然ですわね」と、アレン夫人。

「あのう、これはつまり、だれかがわたしの部屋のキーを持ってるってことでしょう？」

エミリーは訴えるように言った。

「この家ではね、ぜんぶのキーがぜんぶのドアをあけられるんですよ」アレン夫人は言った。「なにぶん旧式な錠前ですからね、どれも」

「でも、なんとかやめてもらわなければ」エミリーは言った。「かりに今後もこれがつづくようなら、わたしとしても、ほかの手段に訴えるしかありません」

「よくわかりますよ」と、アレン夫人。「とにかく、じつに不愉快な出来事です」立ちあがる。「おそれいりますけど、わたし、とっても疲れやすくて、早めに休まなくてはなりませんの。わざわざお訪ねいただいて、ほんとにありがとうございました」

「やはりおうかがいしてよかったと思います」エミリーも言って、ドアへ向かった。「これでもう、二度といやなことがありませんように。じゃあおやすみなさい」

「おやすみ」アレン夫人が言った。

あくる晩、勤めからもどったエミリーは、安物のイヤリングが紛失しているのを発見した。いっしょに化粧台の引き出しに入れておいた煙草二箱もなくなっている。その夜は、ひとりぽつんと自室にすわり、長いこと思案にふけって過ごした。そのあと、夫に宛てて手紙を一通したためた。それから床にはいった。翌朝、起床して身じまいをすませると、街角のドラッグストアへ行き、そこの公衆電話から勤め先に電話して、体調がすぐれないので、きょうは欠勤すると伝えた。電話を終えると、住まいにもどって、かれこれ一時間近く、ドアを細めにあけたままで待ち受けた。やがて、アレン夫人の部屋のドアがあき、夫人が出てきて、ゆっくりと階段を降りてゆく気配が聞こえた。夫人が外の通りまで出たころあいを見はからって、自室のドアに鍵をかけ、そのキーを手に握ったまま、アレン夫人の部屋へ降りていった。

ずっと自分に言い聞かせていたのは、できるだけ自然に、あたかもそこが自分の部屋ででもあるように見せかけなければ、ということだった。そうすれば、万が一だれかがきあわせても、階をまちがえたと言い訳することができるから。実際に、ドアをあけたあとしばらくは、まさしく自分の部屋にいるような気がした。ベッドはきちんとととのえられ、窓には日よけがおりている。ドアの錠はおろさぬままにして、まっすぐ窓へ行き、日よけをあげた。室内が明るくなったところで、あらためて周囲を見まわす。と、ふいに、アレン夫人にたいしておさえきれぬほどの親近感が湧いてき、同時に、夫人もやはりわたしの部屋で、おなじように感じているのにちがいないと直感した。あらゆるものが整然として、質素なたたずまいだ。まずのぞいたのは、クローゼットだったが、そこには、見覚えのあるアレン夫人のブルーのハウスコートと、一、二着の地味なドレスがかかっているきりだった。つぎに化粧台に向かったエミリーは、ちょっとのあいだアレン夫人の夫の写真を見つめていてから、やおら最上段の引き出しをあけ、なかをのぞいた。ハンカチはそこにあった。きちんと積み重ねられ、小さな山になっている。そしてその隣りに、煙草とイヤリング。引き出しの片隅には、小さな磁器製の犬がちょこんとおさまっている。なにもかもここにそろっている、そうエミリーは思った。ぜんぶきれいに整理され、かたづけられている。その引き出しをしめ、ほかのふたつの引き出しをあけてみた。どちらもからだった。もう一度、最上段の引き出しをあけた。エミリー自身の持ち物を除けば、黒い木綿の手袋が一組あるきりだった。それと、積み重ねられた彼女のハンカチの下に、飾りのない白いハンカチが二枚。ほかに、クリネックスが一箱と、小さな缶入りのアスピリン。たぶん花を生けるときにでも使うのだろう。

ハンカチの枚数を数えているとき、背後で物音がした。ぎくりとしてふりかえると、アレン夫人が戸口に立ち、静かにこちらを見まもっている。手にしていたハンカチをとりおとして、エミリーは二、三歩あとずさった。頬がかっと燃え、手がふるえているのがわかった。さあ、いまよ、いまこそまっすぐに相手を見て、言ってやるのだ、そう自分を励ました。「あの、よろしいですか、ミセス・アレン」言いさして、それきり口ごもった。

「はい?」アレン夫人は穏やかに言った。

ふと気がつくと、エミリーはアレン夫人の夫の写真を見つめていた。なんと謹厳な、思慮に富んだ風貌だろう、そう思った。きっとこの夫婦の一生は、すばらしくしあわせな、非の打ちどころのないものだったにちがいない。そしていま、生き残った妻は、わたしとおなじような部屋に住み、引き出しにたった二枚のハンカチしか持っていないのだ。

「はい?」アレン夫人がくりかえした。

エミリーは思った――このひとはわたしにどう言ってもらいたいのだろう? これほど上品なレディーらしい態度で待っているもの、それはいったいなんであれば、いちばんふさわしいだろう?

「あのう、わたし」言いかけて、エミリーはまたためらった。あら、わたしの声だって、この相手に負けないくらい上品じゃない、そんな気がした。「じつは、ひどい頭痛がしますので、アスピリンをお借りしようと降りてきたんです」早口につづけた。「もう、我慢できないほどの痛みで、あいにくお留守だとわかったものですから、ちょっとアスピリンをお借りするだけなら、奥さんもお気になさらないんじゃないかと思いまして」

「まあまあ、それはお気の毒に」と、アレン夫人は答えた。「それにしても、光栄ですこと、あなたがそれほどこのわたしに親しみを持ってくださってたなんて」

「もちろん、これほどひどい頭痛でさえなければ、勝手にはいりこもうなんて夢にも思わなかったでしょうけど」エミリーは弁解した。

「もちろんそうでしょうとも」と、アレン夫人。「さ、このことはもうなかったことにしましょうね」そのまままっすぐ化粧台のところへ行き、引き出しをあける。すぐそばに立っているエミリーには、夫人の手が重ねたハンカチの上を通り越し、アスピリンをとりあげるのがよく見えた。「いますぐ二錠飲んで、一時間ばかり安静にしてらっしゃるといいですよ」夫人が言う。

「ありがとうございます」エミリーは戸口へ向かいかけた。「どうも、ほんとにご親切に」

「なにかほかに、してさしあげられることでもございましたら、なんなりとおっしゃってくださいまし」

「ありがとうございます」もう一度そう言って、エミリーはドアをあけた。そしてそこでちょっと立ち止まり、それから向きなおって、自室へあがる階段へと向かった。

「あとでお寄りしてみますよ」そうアレン夫人が言った。「ちょっとお加減を見させていただくだけですけどね」

ヴィレッジの住人

The Villager

ミス・クレアランスは、六番街と八丁目の交差点で足を止め、腕の時計を見た。二時十五分、思ったより早い。〈ウィーランズ〉の店内にはいり、カウンターにすわると、手にしていた《ザ・ヴィレジャー》誌をカウンターにのせ、その横にハンドバッグと『パルムの僧院』とを並べて置いた。この本ははじめの五十ページばかりは熱心に読んだが、あとはただ恰好をつけて持ち歩いているだけだった。チョコレートフロストを注文し、店員がそれを調製しているあいだに、煙草売り場へ行って、クールを一箱買った。ソーダカウンターにもどると、封を切って、一本に火をつけた。

ミス・クレアランスは三十五歳余り、グレニッチ・ヴィレッジにはかれこれ十二年も住んでいる。二十三歳のとき、舞踊家を志して、州北部の小さな町から出てきた。当時は、舞踊だの、彫刻だの、書物の装幀だの、その種の芸術を学びたいものは、争ってグレニッチ・ヴィレッジにやってきたものだ。たいていは、実家からの仕送りで生活し、それぞれの芸術に専念できるだけの金が稼げるようになるまでは、メイシーズとか、どこかの書店とかで働くつもりでいる。ミス・クレアランスは、さいわい速記とタイプを身につけていたから、石炭やコークスを扱うある燃料会社で、速記者として働きはじめた。十二年後のいま、彼女はおなじ会社の社長秘書となり、ワシントン・スクエア公園に程近いしゃれたヴィレッジのアパートに住み、気のきいた服を買えるだけの収入も得ている。いまでもときどき同僚の女性たちとダンスのリサイタルに出かけるし、故郷の町の友人に手紙を書くときには、〝頑固なヴィレッジ信奉者〟などと名乗ることもある。ともあれ、こうした暮らしぶりについて多少なりと考えてみることでもあれば、まずたいていは、自分で自分の良識に祝福を向けることになる。実入りのよい仕事を有能にこなし、りっぱに自立して、故郷の町にいたならば及びもつかないだろうような、よい暮らしをしているのだから。

　グレイのツイードのスーツに、襟にはヴィレッジの宝石店で購入した銅の打ち出し細工のブローチをつけ、自分がすっきりと垢抜けして見えるのをじゅうぶんに意識しながら、ミス・クレアランスはフロストを飲みおえ、もう一度、時計を見た。勘定を払って、六番街へ出ると、アップタウンへむかってきびきびと歩きはじめた。予測はあたっていて、めざす家は六番街のすぐ西にあり、彼女はちょっとのあいだ自己満足にひたりながら、その家の前に立って、いま住んでいる見苦しからぬアパートとそれとを比較してみた。現在の住まいは、絵のような煉瓦と化粧漆喰仕上げの現代住宅、こちらは古びた木造で、玄関だけがとびぬけて新しい。上の建物を見あげて、世紀の変わり目ごろのものらしいそのたたずまいを見るまでは、ついだまされてしまいそうな新しさだ。もう一度、《ザ・ヴィレジャー》に出ている広告の所番地と見くらべてから、その玄関の扉をあけ、すすぼけたホールにはいった。ロバーツ家の部屋番号は、4B。溜め息をついて、ミス・クレアランスは階段をあがっていった。

三階の踊り場でいったん立ち止まり、一息入れながら、二本めの煙草に火をつけた。めざす部屋に効果的にはいってゆくための演出のひとつだ。つぎの階段をのぼりきると、4Bはすぐに見つかった。タイプで打ったメモが一枚、ドアに画鋲で留めてある。それをはずして、明るいところへ持っていった――

ミス・クレアランス――

よんどころない用事が出来《しゅったい》し、しばらく留守にします。三時半までにはもどるつもりですので、どうかおはいりになって、それまでご自由にごらんになっていてください。家具にはどれも値段がつけてあります。ほんとうにすみません。

ナンシー・ロバーツ

ドアノブをつかんで、揺さぶってみた。鍵はかかっていない。メモを手にしたまま、なかにはいって、後ろ手にドアをとざした。室内は混乱の極を呈していた。書類や書物が半分ほどはいった箱がそこらじゅうにころがり、カーテンははずされ、なかば荷造りされたスーツケースや衣類などが、家具の上に山と積んである。ミス・クレアランスがまず真っ先にしたことは、窓ぎわへ行くことだった。ここは四階だから、それなりの眺望が望めるはずだと思ったのに、案に相違《そうい》して、目にはいるのは薄汚れた屋根ばかり、あとは、はるか左手に、屋上に花壇のある高いビルがひとつ見えるだけだ。いつかきっとあそこに住んでやる、そう自分に言い聞かせて、ふたたび室内に向きなおった。

つぎにキッチンへ行った。バーナーがふたつついたガス台、その下に組みこまれた冷蔵庫、いっぽうに小さな流しがあるだけの、ちっぽけな部屋だ。ほとんど料理はしないと見える。ガス台なんか、一度も掃除された形跡がない。冷蔵庫のなかには、瓶入りの牛乳が一本と、コカコーラが三本、それに半分からになったピーナッツバターの容器が一個あるきりだ。三食とも外食しているらしい。食器戸棚もあけてみた。グラスが一個と、栓抜きがひとつ。もうひとつのグラスは、バスルームにあるのだろう。カップもない。このひとは朝、コーヒーも淹れないみたいだ。戸棚の戸のすぐ内側に、ごきぶりが一匹。ミス・クレアランスはあわてて戸をしめると、居間にもどった。つづいてバスルームの戸をあけ、なかをのぞきこんだ。猫足つきの旧式な浴槽、シャワーはなし、しかも全体に不潔だ。ここにもきっとごきぶりがいることだろう、そう思った。

最後にようやく散らかった居間そのものに注意を向けた。椅子のひとつからスーツケースとタイプライターをどかし、帽子とコートを脱いで、三本めの煙草に火をつけながら腰をおろした。すでに、どの家具も使い物にはならないと判断していた。二脚の椅子とベッド兼用の長椅子は、楓材で、ミス・クレアランスのいわゆる〝ヴィレッジ・モダン〟様式。小さなサイドボード兼用の本棚は、家具としては悪いものではないが、あいにく、表面に長い引っ掻き傷が一本、さらにグラスの跡も何個か。十ドルと値札がついているが、これだけ出す気になれば、新しいのが一ダースも買えるわ、と胸のうちでつぶやく。勤め先の燃料会社にたいして、いまではそこはかとない嫌悪感を持ちはじめているミス・クレアランスは、いま住んでいる閑静なアパート全体を、ベージュとオフホワイトで統一していた。そこにこれらのぴかぴかした楓材のものを持ちこむなど、考えただけでおぞけが走るというものだ。ひとりの若いヴィレッジの住人を、彼女はてっとりばやく脳裏に思い描いてみた。足しげく書店にかよい、楓材の家具にだらっとすわりこんで、ラム・アンド・コークを好んで飲む。そして所構わずそのグラスを置きっぱなしにする。

ちょっとのあいだ、ミス・クレアランスは本を何冊か買おうかと考えた。だが、いくつかの箱のいちばん上に詰めてある本は、ほとんどが美術書か画集だった。何冊かは、表紙の内側に〝アーサー・ロバーツ〟と記名してある。アーサーとナンシー・ロバーツか。気のいい若夫婦なのだろう。してみると、アーサーは画家、そしてナンシーは――ほかの本を四、五冊ぱらぱらとめくって、モダンダンスの写真集を見つけた。もしかしてナンシーは舞踊家なのだろうか、となんとなく温かな気持ちで考えてみた。

電話が鳴った。部屋の反対側にいたミス・クレアランスは、ちょっとためらってから、電話のところへ行き、受話器をとった。もしもしと言うと、男の声が言った。「ナンシーか？」

「いいえ。彼女はいまお留守です」ミス・クレアランスは言った。

「あんた、だれ？」声が言う。

「ミセス・ロバーツをお待ちしているものです」

「なるほど。ぼくはアーティー・ロバーツ、ナンシーの夫です。彼女がもどったら、ぼくのところへ電話するように伝えてくれませんか？」

「ロバーツさん」ミス・クレアランスは言った。「なんなら、あなたでもよろしいのですけど。わたし、家具を見にきたものなんです」

「お名前は？」

「クレアランス、ヒルダ・クレアランスです。こちらの家具を譲っていただこうかと思って、それでうかがったんですけど」

「なるほど。で、ヒルダ、お気に召しましたか？　どれも状態はいいでしょう？」

「まだなんとも決めかねているところでして」と、ミス・クレアランス。

「ベッド兼用の長椅子なんか、新品同様ですよ」アーティー・ロバーツはつづけた。「じつはぼく、今度パリへ行く機会をつかんだものですからね。それで家具を売ろうというわけです」

「まあ、それはすばらしいですわね」

「ナンシーはシカゴの親元へ帰る予定です。ごく短期間に、家具だのなんだのを売り払ったり、身の回りの整理をしたりしなきゃならないんで、てんてこまいしてますよ」

「わかります。たいへんですわね」ミス・クレアランスは言った。

「まあそんなわけでしてね、ヒルダ」アーティー・ロバーツはつづけた。「ナンシーのやつが帰ってきたら、そのへんのことはあいつがすっかりお話しするはずです。お買いになって、ぜったいご損はありませんよ。ご満足いただけることはぼくが保証します」

「わかりました」

「じゃあ、ぼくに電話をくれるように、伝えていただけますね？」

「かしこまりました、きっとお伝えします」ミス・クレアランスは言った。

それから別れの挨拶を述べ、電話を切った。

さいぜんまでかけていた椅子にもどると、彼女は時計を見た。三時十分過ぎ。きっかり三時半まで待って、それで帰ってこなかったら、引き揚げよう。さっき目にしたダンスの写真集をとりあげ、漫然とページをくった。ふと、一枚の写真が目にとまり、そこまでページをめくりもどした。こんな写真、もう何年も見たことがなかった、そう思った――マーサ・グレアムそのひと。ふいに、二十歳のころの自分、ニューヨークに出てきたときよりもっと前の自分が、その舞踏家とおなじポーズをとっているところが目に浮かんだ。ミス・クレアランスは写真集を床に置いて立ちあがると、腕をあげてみた。むかしのように楽じゃない。肩のあたりがぎくしゃくする。肩ごしに写真集を見おろしながら、腕の形を正しく決めようと四苦八苦しているとき、ノックの音がして、いきなりドアがひらいた。若い男――アーサーと同年配かと思える――がはいってきて、ドアのすぐ内側で、申し訳なさそうに立ち止まった。

「すこしあいてたもので、それではいってきました」と言う。

「はい？」腕をおろしながらミス・クレアランスは応じた。

「あなたがミセス・ロバーツ？」と、青年。

ミス・クレアランスはそれには答えず、できるだけ自然に歩こうと努めながら、もとの椅子にもどった。

「家具を見にきたんです。椅子を見せていただけるかと思って」青年が言う。

「どうぞごらんください」ミス・クレアランスは答えた。「どれにも値段がつけてあります」

「ぼくはハリスといいます。ニューヨークに出てきたばかりで、部屋の調度をそろえようとしてるところなんです」

「この節は、なんでも手にはいりにくくなりましたからねえ」

「これでたしか十軒めになりますよ。ファイル・キャビネットと、大きな革張りの椅子を探してるんですが」

「あいにく……」言いさして、ミス・クレアランスは手真似で周囲を指し示した。

「なるほど」ハリスは言った。「近ごろでは、その種のものを持ってるひとってのは、めったに手ばなしたがらないようですね。ぼくはものを書いています」と、つけたす。

「へええ？」

「というか、より正確には、書きたいと願っています」と、ハリス。丸い感じのいい顔をしていて、そう言いながら、ついつりこまれてしまいそうな魅力的な笑顔を見せた。「ここでなにか仕事を探して、夜は執筆に専念するつもりなんですが」

「あなたならきっとうまくいきますわよ」と、ミス・クレアランス。

「お宅は絵描きさんなんですか？」

「ロバーツがね」ミス・クレアランスは言う。

「ほう、運のいいひとだ」ハリスは言い、窓ぎわへ行った。「いつの場合も、文章を書くのよりは絵を描くほうがたやすいものでしてね。この部屋なんかも、ぼくのところよりは数等倍上等だ」窓の外を見ながら、唐突にそうつけくわえる。「ぼくの住まいなんざ、壁の穴みたいなものですよ」

言うべき言葉が見つからず、ミス・クレアランスはただ黙っていた。ハリスはまた向きなおり、好奇心たっぷりに彼女をながめた。

「あなたも絵描きさんですか？」

「いいえ」ミス・クレアランスは言い、それから深く息を吸いこんだ。「舞踊家です」

ハリスはふたたび快活に微笑した。「じゃないかと思ってましたよ、はいってきたときからね」

ミス・クレアランスは慎ましく笑った。

「おもしろいでしょうね」ハリスが言う。

「重労働ですわ」と、ミス・クレアランス。

「当然そうでしょうね。ところでどうです、これまでのところうまくいってますか？」

「いいえ、あまり」ミス・クレアランスは言った。

「どんなことでも、はじめはそうらしいですね」ハリスは言って、ぶらぶらと部屋を横切ってゆくと、バスルームのドアをあけた。彼がなかをのぞきこんだとき、ミス・クレアランスは身のすくむ心地がした。彼はなにも言わずにドアをしめると、つづいてキッチンのドアをあけた。

　ミス・クレアランスは立ちあがると、彼のそばへ歩いていって、並んでキッチンをのぞきこみ、「あんまりお料理はしないんです」と言った。

「だれも非難はできませんよ。どこへ行ってもレストランがあるんですから」彼はドアをしめ、ミス・クレアランスはもとの椅子にもどった。「といっても、朝食だけはぼくも外ではできませんね。そればっかりはとうてい無理です」

「じゃあご自分で用意なさるんですか？」

「まあ真似事だけは。世界一へたくそなコックですよ、ぼくは。それでも、外で食うよりはましです。ま、ぼくに必要なのは、女房ってことになりますかね」またしてもにっこり笑ってみせてから、ハリスは戸口へ向かった。「家具のことは、どうも生憎でした。なにか適当なのが見つかれば、とも思ったんですが」

「いえ、どうかお気づかいなく」

「所帯をたたまれるおつもりなんですか？」

「いっさい合財、処分しなきゃならないんです」そう言ってから、ミス・クレアランスはちょっとためらった。それから思いきって言った。「アーティーがパリへ行くことになりましたので」

「ほう、うらやましいな」ハリスは溜め息まじりに言った。「では、おふたりともどうかお元気で」

「あなたも」ミス・クレアランスは言い、彼が出ていったあと、のろのろとドアをとざした。彼の足音が階段を降りてゆくのにしばらく耳をすましていてから、あらためて腕の時計を見た。三時二十五分。

とつぜん彼女はあわただしく動きだした。自分宛てのナンシー・ロバーツの置き手紙を探しだすと、箱のひとつから見つけた鉛筆で、その裏に書きつけた――

親愛なるミセス・ロバーツ――

三時半までお待ちしました。生憎ですけど、家具はわたしの見たところ、どれもお話になりません。

ヒルダ・クレアランス

鉛筆を手にしたまま、彼女はしばらく思案した。それから、書きたした――

追伸――ご主人からお電話がありました。おりかえしお電話をいただきたいとのことです。

ハンドバッグと『パルムの僧院』と《ザ・ヴィレジャー》誌をかかえると、ドアをしめた。画鋲はまだそこに刺さったままになっていたので、それを抜きとって、いまの置き手紙をそれで留めつけた。それから向きなおり、階段へ、わが家へと向かった。肩がしきりに痛んだ。

II

およそ、無知なる傍観者は、絵師が絵画の基礎的要素として描く一見ぞんざいな線や殴り書きから、彼の意図をくみとることはできない。数式をあらわす数字もまた、その仕組みを教えられていないものには無意味であり、でたらめにひかれたダッシュにも等しい。われわれはだれしも、他者の意図ないし目的については、盲目も同然なのだ。日常の些細な営為のひとつひとつに、隠された意味合いがあまた含まれており、それらはどれほど明敏な審問官にたいしても、やすやすとその企図を告白することなどないのである。

——ジョーゼフ・グランヴィル『勝ち誇るサドカイびと』より

魔　女

The Witch

その車室はほとんどがら空きだったから、幼いながらも少年は座席ひとつをひとりで占領し、母親は通路をへだてた反対側の席に、少年の妹と並んですわっていた。妹はまだ赤ん坊で、片手にトーストの一片を、もういっぽうの手にガラガラを握っていた。まっすぐすわって、周囲を見まわせるように、その体は紐でしっかりシートにくくりつけられ、動きまわって、徐々にシートからずりおちかけても、母親が気づいてまっすぐすわりなおさせるまで、紐が赤ん坊を支えているのだった。少年は窓の外をながめながら、一枚のクッキーをかじり、母親は、ときおり少年の投げかける質問に目もあげずに答えながら、静かに本を読んでいた。

「川を渡ってるよ」少年が言った。「これは川、いまその川を渡ってる」

「そう、よかったわね」母親が相槌を打った。

「川にかかった橋を渡ってる」少年は自分に言い聞かせるように言った。

ほかのわずかな乗客は、いずれも車室の向こう端の席にいた。そのうちのだれかが、席を立って、通路をこちらへきかかるようなことがあると、そのつど少年は顔をそちらへ向けて、「こんにちは」と声をかける。おとなたちもたいがい、「こんにちは」と挨拶を返し、ときには、汽車に乗って楽しいか、とか、お利口さんだね、坊や、などと言う。だがこの種のお愛想は少年をとまどわせ、彼はそれきりまたぷいと窓のほうを向いてしまうのだった。

「牛がいるよ」と、少年はときおり歓声をあげる。かと思うと、溜め息まじりに、「まだあとどれくらい乗るの？」などと訊く。

「もうすこしよ」と、母親もそのつどおなじ返事をする。

途中で一度、それまでずっとおとなしくして、ガラガラをふったり、母親がたびたびとりかえてくれるトーストをしゃぶったりしていた赤ん坊が、大きく横に倒れすぎて、頭をぶつけたことがある。赤ん坊は泣きだし、ちょっとのあいだ、けたたましいその声と、あわただしく動きまわる気配とが、母親の席を中心に交錯した。少年は自分の座席からすべりおりると、通路を横切っていってそのそばへ駆けつけ、妹のあんよを軽くたたきながら、よしよし、泣くんじゃないよ、とあやした。やがてようやく赤ん坊が機嫌を直して、笑顔でトーストをしゃぶりはじめると、少年も母親から棒つきの飴をもらって、また窓のそばにもどった。

「魔女がいたよ」しばらくすると、少年は母親に告げた。「大きくておばあさんで皺くちゃでおばあさんで悪くておばあさんの魔女が、外にいるのが見えた」

「そう、よかったわね」と、母親。

「大きくておばあさんで皺くちゃの魔女なんだ。こっちにくるなって言ってやったら、いなくなっちゃった」小声で自分に説いて聞かせるように、少年はつづけた。「魔女がやってきて、『おまえを食ってやるぞ』って言うから、『なにを、おまえなんかに食われるもんか』って言いかえして、追っぱらってやった。悪くておばあさんですっごく意地悪な魔女なんだ」

少年がふと口をつぐんで、向こうを見たのは、客車の外側のドアがあいて、ひとりの男がはいってきたからだった。年配の男で、白髪の下に陽気な赤ら顔、紺のスーツは、長時間の汽車旅にもかかわらず、ほとんど着くずれた跡がない。手には葉巻が一本。そして少年が例によって、「こんにちは」と声をかけると、その葉巻をふってみせて、「やあ、元気だね、坊や」と応じた。そのまま少年の座席のそばで足を止めた男は、シートの背に寄りかかって少年を見おろし、少年も首をねじまげて男を見あげた。「窓の外になにを探そうとしてるんだい？」と、男はたずねる。

「魔女さ」即座に答える少年。「悪くておばあさんですっごく意地悪な魔女だよ」

「なるほど」と、男。「たくさんいるのかい？」

「ぼくのおとうさんも葉巻を吸うよ」いきなり少年が言った。

「男ならみんな葉巻を吸うさ」男が答える。「坊やだって、いつかそのうちに葉巻を吸うようになる」

「もうおとなだよ、ぼく」と、少年。

「ほう、いくつだい？」と、男。

この紋切り型の質問に出あって、少年はしばし胡散くさそうに男を見つめていたが、やがて言った。「二十六。八百と四十八十」

母親が読んでいた本からちらりと顔をあげた。「四つでしょ」と、息子にほほえみかけながら言う。

「ほう、そうかそうか」と、少年にむかって男は丁重に言った。「きみは二十六歳か」それから、通路の向こうの母親のほうへあごをしゃくってみせた。「あれはきみのおかあさんか？」

少年は身をのりだしてそちらを見、それから言った。「そうだよ、あれがおかあさん」

「坊や、名前はなんていうんだい？」男がたずねる。

少年はまたもや胡散くさそうに男をながめた。「イエス様だよ」と、答える。

「ジョニー！」少年の母親が言い、少年の視線をとらえて、きびしく睨む真似をした。

「あれはぼくの妹」少年が男に言った。「十二ヵ月と半なんだ」

「妹はかわいいか？」男がたずね、少年は目を凝らして男を見つめた。男は座席の横をまわってゆくと、少年の隣りのシートに腰をおろした。「どうだ、おじさんの妹の話をしてあげようか」

男が息子の隣りにすわったとき、母親はこころもち不安げに顔をあげたが、すぐまた何事もなかったように、読書にもどった。

「おじさんの妹の話、聞かせてよ」と、少年がうながした。「その子、魔女だったの？」

「かもな」

少年はうれしそうに笑い声をあげ、男はシートの背にもたれて、すぱすぱと葉巻をふかした。

「むかしむかし、わしには小さな妹がいた」と、男は語りはじめた。「ちょうど坊やの妹のような子だ」少年は一語一語に大きくうなずきながら、男を見あげている。「妹はとてもかわいくて、とてもきれいな子だったから、わしは世界じゅうのなににも替えられないくらい、彼女を愛していた」男はつづけた。「で、それからどうしたか、話して聞かせようか？」

少年はますます勢いよくうなずきかえし、母親も本から目をあげて、ほほえみつつ聞き入った。

「わしは妹に揺り木馬だのぺろぺろキャンディーだのをどっさり買ってやった。それから、妹をつかまえて、両手を彼女の首にかけ、息の根が止まるまでぎゅうぎゅう締めつけ、締めあげた」

少年は息をのみ、母親は笑みを消して、あわてて向きなおった。そしてなにか言いたそうにしたが、そこで男が先をつづけたので、あけかけた口をまたとじた。

「それからわしは妹をおさえつけて、首を切り落とした。そしてその首を持って――」

「妹をばらばらにしちゃったの？」少年が息をはずませてたずねた。

「首を切り落として、それから手と足と髪と鼻もぜんぶ切りとった」男はつづけた。「そして薪ざっぽうで殴りつけて、殺しちまった」

「あの、ちょっとすみません」母親が言った。だがちょうどそのとき、赤ん坊がまた横向きに倒れかかったので、母親がようやくそれをすわりなおさせ、向きなおったときには、男はすでに話をつづけていた。

「で、わしは妹の頭をつかんで、髪の毛をぜんぶむしりとって、それから――」

「おじさんのちっちゃないもうとの？」少年が目を輝かせて先をうながした。

「わしのちっちゃな妹のだ」男はきっぱりと言いきった。「それからその頭を熊の檻にほうりこんでやると、熊は喜んでぺろりとたいらげちまった」

「ぜんぶ食べちゃったの？　おじさんの妹のあたまをぜんぶ？」少年がはしゃいで言った。

母親が手にしていた本を置いて、通路を横切ってきた。そして男のすぐそばに立ちはだかると、「いったいどういうつもりなんですか、そんな話をなさって」となじった。男が丁重に彼女を見あげると、彼女は押しかぶせるように言った。「たったいまこの車室から出てってください」

「おやおや、わしはきみをこわがらせちまったかな?」男は言って、少年を見おろし、肘で少年をこづいた。そして男と少年は声を合わせて笑った。

「このおじさん、妹をばらばらにしちゃったんだって」と、少年が母親に言った。

「なんなら車掌を呼びますわよ」母親が男に言った。

「車掌さん、きっとママを食べちゃうよ」少年が言った。「ぼくたち、ママの首をちょんぎっちゃうんだ」

「ついでに坊やの妹の首もな」男が言い、立ちあがった。彼が座席から出られるよう、母親はちょっと後ろにさがった。

「もう二度とこの車室にはもどってこないでください」

「ママがおじさんを食べちゃうからね」少年が男にむかって言った。

男は笑い、少年も笑った。それから男は、「では失礼」と、母親に言い、彼女のそばをすりぬけて、車室から出ていった。彼の背後で扉がしまると、少年は言った。

「ねえ、まだあとどれくらい、このぼろっちい汽車に乗ってなきゃいけないの?」

「あとすこしよ」母親は答えて、しばらく立ったままなにか言いたげに少年を見おろしていたが、やがて言った。「さあ、もうおとなしくそこにすわって、いい子にしてらっしゃい。そしたらまたキャンディーをあげますからね」

少年は急いで座席からすべりおりると、母親を追って、向こうの席まで行った。母親はハンドバッグのなかの袋から棒つきの飴をとりだし、少年に与えた。

「さあ、ありがとうは？」

「ありがとう」少年は言った。「でもさあ、あのおじさん、ほんとにちっちゃな妹をばらばらにしちゃったのかな？」

「いいえ、からかって、ああ言ってただけよ」母親は言い、それから念を押すように強い口調でつけくわえた。「ただからかってただけ」

「かもね」少年は言うと、キャンディーをしゃぶりながら自分の席にもどり、すわりなおして、また窓の外を見る姿勢にもどった。「もしかしたらあのひと、魔女だったのかも」

背教者

The Renegade

　朝の八時二十分。双子はぐずぐずとシリアルを食べていて、ウォルポール夫人は片目を壁の時計に、片目はもう何分もしないうちに、その外をスクールバスが通るだろうキッチンの窓へと向けながら、いつも学校に遅れそうな朝に感じる、あの理由のない苛立ちを味わっていた。子供たちを急《せ》きたてたいとじりじりしているときの、まるで糖蜜のなかでも歩むようなあの感じ。

「急がないと、歩いていくことになるわよ」これでたぶん三度めだろう、ウォルポール夫人は脅すように言った。「バスは待っててくれませんからね」

「あたしは急いでるわ」ジュディーが言って、おつにすました目つきで、まだほとんど減っていないミルクのグラスをながめた。「これでもジャックよりは早いもん」

　ジャックは自分のグラスをテーブルごしに押しやり、ふたりは残ったミルクの量をきっちりと、正確に比較しあった。

「嘘ばっかり」と、ジャックが言った。「見ろよ、おまえのほうがずっとたくさん残ってるじゃないか」

「さあさ、たいしたちがいはないでしょ」ウォルポール夫人は言った。「どっちにしてもたいしたちがいはないわ。さあジャック、早くシリアルをおあがりと言ったら」

「ジュディーのなんか、最初っからぼくのよりもすくなかったんだ」と、ジャック。「ねえママ、そうでしょ、ジュディーのがぼくのより多かった？」

けさはどうしたことか、いつもの七時に目覚まし時計が鳴らなかったのだった。二階でシャワーの音がしはじめたのを耳にして、ウォルポール夫人はあわただしく計算した。コーヒーもけさはいつもより時間がかかっているし、茹で卵はこころもちやわらかすぎる。自分のためにはフルーツジュースを一杯つぐだけの時間しかなく、しかもそれすらまだ飲めずにいる。このようすだと、きっとだれかが——ジュディーかジャックかそれともウォルポール氏かが——遅刻することになりそうだ。

「ジュディー。さあジャック」ウォルポール夫人は機械的にくりかえした。

ジュディーのおさげ髪は、きちんと編まれていなかった。ジャックはジャックで、まずハンカチを忘れてゆくだろう。そしてウォルポール氏は、当然のように、苛立ちを隠そうともしないだろう。

黄色と赤に塗りわけたスクールバスの巨体が、キッチンの窓の外の道路をふさいだ。ジュディーとジャックとは、シリアルを食べ残したそのうえに、たぶん教科書も持たずに、横っとびにすっとんでいった。

ウォルポール夫人は勝手口まで追ってゆきながら、後ろから呼びかけた。「ジャック、ミルクのお金を忘れちゃだめよ。お昼になったら、まっすぐ帰ってらっしゃい」

子供たちがスクールバスに乗りこむのを見送ったあと、せかせかとひきかえして食卓をかたづけ、新たにウォルポール氏のための席を用意しはじめた。自分の朝食は後刻、九時過ぎにちょっと息抜きのひまができたときに食べよう。ということは、洗濯物を干す時間が先へ延びるということであり、もしも午後に雨が降るようだと――まず確実に降るだろうが――洗濯物はいっさい乾かないということになる。

夫がキッチンにはいってくると、ウォルポール夫人は努めて自分をおさえながら、「おはよう、あなた」と声をかけた。夫は顔もあげずに、「ああ」とだけ言い、ウォルポール夫人は、「あなたったら、他人には感情というものがないとでも――」で始まる尻切れとんぼの台詞を胸のうちにあふれさせながら、辛抱づよく夫の前に朝食を並べはじめた。卵立てに立てたやわらかすぎる茹で卵二個、トースト、コーヒー。新聞に読みふけっているウォルポール氏を横目に見ながら、なおも強い調子で、「あなたったら、わたしがまだ食べるひまもなかったってこと、気がつきもしないみたい――」そう言ってやりたいところをぐっとこらえて、ウォルポール夫人はできるだけ静かに皿を並べていった。

すべてが三十分遅れではあったが、まずまず順調に流れだしたころ、電話が鳴った。ウォルポール家では共同電話に加入していたから、普段ウォルポール夫人は、それがまちがいなくわが家への電話だとわかるまで、ベルが二度くりかえして割り当ての回数だけ鳴りおえるのを待つことにしていた。けれどもけさは、まだ九時前だし、ウォルポール氏は朝食を半分も終えていない。となると、ベルを鳴らしっぱなしにしておくのは、うるさすぎる。そこで、しぶしぶ電話のところへ行き、「もしもし」と、険悪な口調で答えた。

「ミセス・ウォルポール？」先方の声が言った。「はい？」ウォルポール夫人が答えると、その声——女の声——はつづけて、「お騒がせしてすみません。こちらは——」と、よく聞きとれない名を名乗った。ウォルポール夫人はもう一度、「はい？」と答えた。夫が自ら二杯めのコーヒーをつごうと、ガス台からコーヒーポットをおろしている気配が聞こえた。

「お宅、犬を飼ってらっしゃいます？　茶色と黒の猟犬ですけど？」と、電話の向こうの声がつづけた。

〝犬〟という言葉を聞いたとたん、ウォルポール夫人は、「ええ」と答えるまでのほんの一瞬のあいだに、田舎で犬を飼うことに伴う数かぎりない側面を思い浮かべていた（不妊手術代として六ドル。夜半の野放図な遠吠え。双子の寝室の二段ベッドのかたわらで、床置きのラグに眠る黒いシルエットの与えてくれる安心感。たとえば暖房とか、玄関のポーチとか、あるいは地元のローカル新聞の購読などと同様に、一家を構えるためには欠かせない犬の存在感。さらに、これらのなににも増して、飼っている犬それ自身——ご近所では、ジャック・ウォルポールやジュディー・ウォルポールとまったく同格に、レイディー・ウォルポールとして知られている犬。そのおとなしさ、賢さ、かぎりない忍耐強さ、等々）。そうして思い浮かべたあまたの特質の、そのどこにも、こんな朝っぱらから、いまはじめて気がついたが、自分自身の声にも劣らず険悪な女の声で、電話をかけてこられねばならぬ理由など、あるとは思えない。

「ええ」ウォルポール夫人は手みじかに答えた。「犬なら飼ってますけど。どうしてですか？」

「大型の茶と黒の猟犬？」

レイディーの体のきれいな斑点、その風変わりな顔つき。「ええ」そう言うウォルポール夫人の声は、ますますとがってきた。「そうです。たしかにうちの犬ですけど。それがどうかしました？」

「うちの鶏を殺すんですよ」相手の声にはいまや、してやったり、という響きがまじっていた。

何秒かのあいだ、ウォルポール夫人は追いつめられた。ウォルポール夫人は黙りこんだままだった。そこで相手の声が、「もしもし？」と、返事をうながしてきた。

「そんなの、まったくばかげてます」ウォルポール夫人は言った。

「けさのことですけどね」と、声はいまにも舌なめずりでもしそうな調子で言った。「お宅の犬がうちの鶏を追いかけてたんですよ。八時ごろ、鶏たちの騒ぐのが聞こえたので、主人がようすを見にいったところ、鶏が二羽死んでいて、大型の茶と黒の猟犬が鶏を追いかけまわしてたんです。主人は棒切れで犬を追い払いましたけど、そこで、ほかにも二羽、鶏の死んでるのを見つけました。主人が言うには」と、声はにべもない言いかたで、「ようすを見にいくときにショットガンを持ちだすことを思いつかなかったのは、ラッキーだったとか。だって、もしそうしてたらお宅の犬、いまごろはもういないわけですからね。それにしても、目もあてられない惨状でしたよ——血やら羽根やらがそこらじゅうに飛び散って」

「なんでそれがうちの犬だとわかるんですか？」ウォルポール夫人は消え入りそうな声で言った。

「ちょうどジョー・ホワイトが——お宅のご近所のはずですけど——あのひとが、主人が犬を追っぱらってるところへ通りあわせて、お宅の犬だと証言したんです」

ホワイト老人は、ウォルポール家から一軒おいた隣りに住んでいるが、これまでいつもウォルポール夫人は、彼にたいして礼儀正しくふるまうように意識的に努めてきた。通りがかりに彼の姿をポーチに認めれば、お体のぐあいはいかがですかと愛想よくたずね、オールバニーに住む彼の孫たちの写真を見せられれば、感嘆のていで丁重に拝見してきたつもりだ。

「わかりました」ウォルポール夫人は、唐突に論点をずらした。「まあ、それほどはっきりおっしゃるのでしたら。ただわたしとしては、それがうちのレイディーだとは、どうしても思えないんですけど。とてもおとなしい犬なんですよ」

ウォルポール夫人の懸念にこたえて、相手の声もわずかにやわらいだ。「ほんとに困ったことですわね。こういうことになって、こちらもどれほどお気の毒に思ってるか。ただねえ……」と、意味ありげに語尾をとぎらせる。

「もちろん賠償はさせていただきます」ウォルポール夫人は急いで口をはさんだ。

「いえ、いえ、そうじゃないんです」女はほとんど詫びるような口調で言った。「そこまでお考えになることはありませんよ」

「でも、もちろんこのままというわけには――」ウォルポール夫人はとまどいがちに言いかけた。

「犬なんですよ、問題は」と、声が言う。「あの犬をどうにかなさらなきゃいけません」

ふいに、重く動かしがたい恐慌がウォルポール夫人をとらえた。けさは、あらゆることがちぐはぐだった。まだわたしはコーヒーすら飲んでいない。だというのに、これまで出あったこともない最悪の事態に直面していて、しかもその相手の声は、その声音は、抑揚は、「どうにか」などという言葉で、わたしをふるえあがらせる。

「では、どうすればいいと？」ウォルポール夫人はやっとの思いで言った。「その、つまり、わたしにどうしろとおっしゃってるんですか？」

電話の向こうでは短い沈黙があり、それから、相手の声がきびきびと言った。「どうしろなんて、あたしにもわかりませんよ、奥さん。ただね、聞くところによると、いったん鶏を殺す癖がついたら、犬にそれをやめさせる方法ってのは、ないんだそうですよ。とにかくいまも言ったように、問題にするほどの損害があったわけじゃないんです。げんに、お宅の犬が殺した鶏は、とうに羽根をむしられて、オーブンにはいってますからね」

喉が締めつけられるような心地がして、ウォルポール夫人はちょっとのあいだ目をつむった。けれども相手の声は容赦なくつづいた。

「要するに、犬をどうにかしていただければ、それ以上のことをお願いするつもりはありません。かといって、よその犬がうちの鶏を殺すのを、このままほっとくわけにもいかない。これは当然でしょう？」

返事を要求されていることに気づいて、ウォルポール夫人は言った。「え、ええ、当然ですわね」

「だったら……」声が言った。

受話器ごしに、夫がかたわらをすりぬけてドアへ向かうのを、ウォルポール夫人は見送った。夫は軽く手をふり、夫人もうなずきかえした。いまからでは、きっと遅刻だろう。出がけに夫に頼んで、シティーの図書館に寄ってきてもらうつもりだったのだが。あとで電話でもかけるしかなさそうだ。電話口にむかって、ウォルポール夫人はややけわしく言った。「もちろん、なによりも先に、それがまちがいなくうちの犬かどうかを確かめなきゃなりませんけど。もしもうちの犬にまちがいないとわかったら、そのときは二度とお宅にご迷惑をおかけしないことをお約束します」

「お宅の犬にまちがいありませんってば」相手の声には、田舎者特有の押しの強さがあらわれかけていた。もしもウォルポール夫人が闘うつもりなら、まさに一筋縄ではいかないつわものを相手に選んでしまったこと、それをその声は示していた。

「じゃあ失礼します」ウォルポール夫人は言った。このままこの女と喧嘩別れするのはまずい、ここはぐっと我慢して、しつこいほどに詫び言をくりかえし、なんとか愛犬の助命をこの愚かな女に――自分の愚かな鶏をこんなにも大事がっているこの愚かな女に――請わねばならないと、それを百も承知していながら。

そのままきっぱり受話器を置き、ウォルポール夫人はキッチンへもどった。そしてコーヒーをつぎ、トーストを用意した。

このコーヒーを飲んでしまうまでは、いまの電話のことで頭を悩ませたりは、ぜったいにすまい。そうかたく自分に言い聞かせて、トーストに多めのバターをのせると、背中を椅子に預け、肩の力を抜いて、なんとかくつろごうとした。まだ朝の九時半だというのに、こんな気分になるなんて。こんなのは、夜の十一時にこそふさわしい気分だ。外の明るい日ざしさえ、いつもほどには気分をひきたててくれない。とつぜん、洗濯なんかあしたまで延ばしたってかまわない、そう心が決まった。洗濯を火曜日にするという不面目を許しがたい罪悪と考えるほど、ウォルポール一家は田舎生活が長くはない。自分たちはいまなお都会人であり、おそらくは終生、都会人のままだろう。鶏殺しという癖の悪い犬を飼う人種。火曜日に洗濯をする人種。土地と食物と天候という、田舎に住むものなら当然と考えている狭く限定された世界を相手に、自力でうまくやってゆくこともできない人種。今度の場合も、他のあらゆる問題――たとえば、ごみの処理法とか、隙間風防止の目張りとか、エンジェルフード・ケーキの焼きかたなど――と同様に、いやでも他人の助言をもとめなければならないだろう。なにかの用事のために、〝ひとを頼む〟ということは、田舎では極度にむずかしい。ウォルポール夫妻にしても、ごく早いうちから、何事も隣人たちに相談する習慣を身につけている――都会でなら、当然のように管理人とか、用務員とか、ガス会社の係員とかの管轄になるだろう問題について。いま、ふと視線が流しの下に置かれたレイディーの飲み水の容器に落ちたとき、ウォルポール夫人は、言うに言われぬ虚脱感にとらわれて、ついと立ちあがるなり、ジャケットをはおり、頭にはスカーフをかぶって、隣家へと向かった。

隣家の主婦ナッシュ夫人は、ドーナツを揚げているところだった。あけっぱなしの戸口にウォルポール夫人の姿を認めると、手にしたフォークをふって、「おはいんなさい、いまちょっと手がはなせないんでね」と、呼びかけてきた。

言われるままにナンシー夫人のキッチンへ足を踏み入れながら、ウォルポール夫人は、汚れた皿が流しに積み重なっているわが家のキッチンを意識して、胸がちくりと痛むのを感じた。目にしみるほど清潔なハウスドレスを着たナッシュ夫人は、キッチンも隅々までぴかぴかに磨きあげている。ドーナツを揚げても、キッチンが散らかったり汚れたりすることはけっしてない、それがナッシュ夫人という人物なのだ。

軽くウォルポール夫人にうなずいてみせただけで、いっさいの前置き抜きでナッシュ夫人は言った。「男ってのは、お昼に揚げたてのドーナツを食べるのが好きでねえ。いつも前もってたくさんつくっておこうとするんだけど、けっして数が足りたことがない」

「わたしも奥さんみたいにドーナツがうまくつくれればいいんだけど」ウォルポール夫人は言った。ナッシュ夫人が愛想よくテーブルの上のまだ温かいドーナツの山をフォークで指し示したので、ウォルポール夫人は、これでまた消化不良になるわ、などと思いながらも、ひとつつまんだ。

「どういうわけか、揚げおわるころには、みんな食べられちまってるのさ」そう言いながらナッシュ夫人は、鍋のなかのドーナツの揚がりぐあいを確かめ、ちょっとのあいだなら目を離してもよいと判断したのか、自分もひとつとって、ガス台のそばに立ったまま食べはじめた。それから言った。「なにかあったのかね？　けさは顔色が冴えないよ」

「じつはね」ウォルポール夫人は言った。「うちの犬のことなの。だれかがけさ電話をかけてきて、うちの犬が鶏を殺してるって言うのよ」

ナッシュ夫人はうなずいた。「ああ、上《かみ》のハリスのとこだろ？　聞いてるよ、それなら」

当然だわね、このナッシュ夫人なら、いまごろはとうに聞いているはずだ、そうウォルポール夫人は内心でひとりごちた。

「よく聞く話だけどさ」と、またドーナツのほうに向きなおりながら、ナッシュ夫人は言った。「鶏殺しの癖がついた犬だけは、どうにもならないんだそうだよ。あたしの兄がむかし飼ってた犬が、羊を殺したことがあってさ。やめさせようとみんながあれこれ手を尽くしたけど、もちろんうまくいかなかった。だめなんだね、いったん血の味を覚えちゃうと」揚げ鍋から金色に揚がったドーナツを器用にすくいあげ、油を切るために、褐色の包装紙の上に置く。「そうなると、むしろ餌狙いよりは殺すために殺すっていうふうになるらしい」

「それにしても、わたしの場合はいったいどうしたらいいの？」ウォルポール夫人は言った。「なにか打つ手はないのかしら」

「そりゃね、やってみることはできますさ、なんなりと」と、ナッシュ夫人。「いちばんてっとりばやいのは、つないどくことだね。しっかりした頑丈な鎖で、常時つないどくこと。そうすれば、すくなくとも当分のあいだは、鶏を追っかけまわすこともなくなるだろうし、奥さんも泣く泣く犬を殺させる手数が省けるってものさ」

ウォルポール夫人は気乗りせぬままにのろのろと立ちあがると、スカーフをかぶりなおしにかかった。「どうやら、雑貨屋で鎖を買ってくるのがいちばんよさそうだわ」

「下《しも》のほうへ行くかね？」

「子供たちがお昼に帰ってくる前に、買い物をすませてきたいんだけど」

「店でドーナツを買うのはおよしよ」ナッシュ夫人が言う。「あとで一皿届けてあげるからさ。犬の鎖を買うんなら、丈夫でしっかりしたやつにすることだね」

「ありがとう」ウォルポール夫人は言った。

ナッシュ夫人の勝手口からさしこむ明るい日の光、幾皿ものドーナツが置かれたどっしりしたテーブル、揚げ油の香ばしいにおい、どれもがある意味でナッシュ夫人の揺るがぬ城の象徴であり、一個の生活様式への彼女なりの自信のあらわれであり、鶏殺しとも、都会の恐怖とも無縁でいられる気楽さと、おおいなる安定感、そして清潔そのものの暮らしのゆとりをあらわすものなのだ。そのゆとりは非常に大きく、そのためナッシュ夫人は、すすんでそのお余りをウォルポール一家にまで分かち与えようと、ドーナッツを持ってきてくれたり、ウォルポール夫人の汚れたキッチンをも、見て見ぬふりをしてくれたりする。

「ありがとう」ウォルポール夫人はもう一度、力なくくりかえした。

「すまないけどトム・キトレッジに、あとであたしがポークローストをもらいにいくと伝えておくれよ」ナッシュ夫人が言った。「あたしが行くまでとっといて、って」

「ええ、伝えるわ」ウォルポール夫人は戸口でちょっと逡巡し、ナッシュ夫人はそんな彼女にむけて、フォークをふってみせた。

「じゃあね、またあとで」と、ナッシュ夫人は言った。

ホワイト老人は、玄関先のポーチにすわって、日向ぼっこをしていた。ウォルポール夫人を見かけると、大口をあけてにやりと笑い、声高に呼びかけてきた。「犬はもう飼おうとは思いなさるまいね？」

愛想よくしなければ、とウォルポール夫人は内心でつぶやいた。こういう田舎の尺度でゆけば、老人はけっして裏切り者でも、悪人でもないのだから。鶏殺しの犬を知っていれば、だれだって知っていると言うだろう。だがそれにしても、なにもこれほど愉快そうに言うこともあるまいに。そう思いながらも、なんとか明るい声を取り繕って挨拶した。

「おはようございます、ホワイトさん」

「射殺するのかね？　ご亭主は銃を持っていなさるのか？」ホワイト老人は訊いてきた。

「じつはそのことでいろいろ頭を痛めてますの」ウォルポール夫人は言った。そしてポーチの下の歩道にたたずみ、心中の嫌悪感を顔にあらわすまいと努めながら、ホワイト老人を見あげた。

「かわいそうにな、あんないい犬を」と、ホワイト老人。

すくなくともこのひとは、わたしを非難しようとはしていない、そう思った。「ほかになにか打つ手とか、ありませんかしら」ウォルポール夫人は言った。

ホワイト老人は思案した。「そうさな、ないでもない。うまくいけば、鶏殺しの癖が矯正できるかもしれん。まず、死んだ鶏を手に入れて、そいつをやっこさんの首っ玉にくくりつける。ぜったいふりはなすことができないようにだ。わかるな？」

「首に、ですか？」思わず問いかえすと、老人はうなずいて、歯のない口をあけてにやりとした。

「そこでだ、どうしてもそいつをふりはなせないとわかると、最初、やっこさんはそいつをおもちゃにしようとするが、そのうち邪魔っけになってくる。そこで今度は地べたに寝っころがって、そいつをはずそうとするが、それでもとれない。つぎに噛み切ろうとするんだが、やっぱりとれない。どうやってもとれないってことがわかると、やっこさん、もうぜったいにそいつから逃げられないと思いこんで、いいかね、おびえはじめる。そうなったらもう、尻尾を肢のあいだにはさんで、あとずさりするばかりだ。首っ玉には、そのしろものがぶらさがったきり。しかもぶらさがったままで、だんだん、だんだん傷みはじめる」

ウォルポール夫人は、思わず片手をポーチの手すりにかけ、体を支えた。「それからどうなりますの？」

「そうさな」ホワイト老人は答える。「わしの聞いたかぎりでは、いいかね、鶏はだんだん、だんだん腐って、変質していくが、犬はいやでもそいつを見たり、嗅いだり、触れたりするわけで、そのたびに、いいかね、だんだん鶏が憎らしくなっていく。なんせ、どうやってもそいつから離れられないんだから。わかるね？」

「でも、そうすると、犬は——」ウォルポール夫人は言った。「——つまりうちのレイディーのことですけど、いったいいつまでその鶏を首にくりつけておかなきゃなりませんの？」

「それだがね」ホワイト老人は一膝のりだしながら言った。「おそらくは、腐るところまで腐って、自然に落ちるまで、そのままにしとくんじゃないかな。つまりさ、腐った首がもげて……」

「わかりました」と、ウォルポール夫人。「で、うまくいきますかしら」

「さあ、どうかな。なんせ、自分でやってみたことはないから」と、ホワイト老人。その口ぶりは暗に、自分は鶏を殺すような犬を飼っていたことはないから、と語っていた。

ウォルポール夫人はだしぬけにその場を離れた。ホワイト老人さえいあわせなければ、レイディーが鶏殺しの犯人と名指しされることなどなかったのに、そんな思いがどうしてもふっきれなかった。一瞬、自分たち都会人への悪意から、老人が故意にレイディーを告発したのではないか、そんな考えが頭をよぎったが、すぐにそれを打ち消した。よその飼い犬のことで、わざわざ虚偽の証言をするひとなど、この近辺にはいないはずだ。

食品雑貨店にはいっていったとき、店にはほとんど客の影はなく、男がひとり、金物のカウンターにいるほかは、べつの男が食肉売り場のカウンターにもたれて、店主のキトレッジ氏と雑談しているきりだった。ウォルポール夫人を認めると、キトレッジ氏は店の向こうから大声で呼びかけてきた。「おはよう、ウォルポールの奥さん。いい天気だね」

「ええ、ほんとに」

そう答えたウォルポール夫人に、店主は重ねて言った。「犬のことは気の毒だったね」

「どうしたらいいかって、思案《しあんな》投げ首《くび》なのよ」

ウォルポール夫人が言うのを聞いて、店主と話していた男が反射的に彼女を見、それから店主に視線をもどした。

「けさ、上のハリスのとこで、鶏を三羽殺したんだ」店主が男に言い、男はしかつめらしくうなずいてみせてから、言った。「ああ、そのことなら聞いた」

ウォルポール夫人は食肉売り場に近づいてゆくと、声をかけた。「ミセス・ナッシュがロースト用のポークをとっといてくださいって。あとでとりにくるそうよ」「ちょうどあっちのほうへ行く用事があるから、おれが届けてやろう」店主のそばにいる男が言った。

「ああ、頼む」と、店主。

男はあらためてウォルポール夫人に目を向けてから、言った。「さだめし犬は射殺するつもりでいるんだろうね？」

「できればそうしたくないのよ」ウォルポール夫人はつきつめた口ぶりで言った。「うちではみんなあの犬をとてもかわいがってるから」

男と食品雑貨店のあるじは、ちょっとのあいだ目を見あわせていたが、やがて店主が分別くさい語調で言った。「そりゃいけないよ、ウォルポールの奥さん。鶏殺しの犬を生かしとくってわけにはいかないんだ」

そばの男も言った。「まずもって、だれかに鹿玉でもごっそり撃ちこまれるのがおちだろうな。そうすりゃ奥さんが手をくださなくても、家へもどってくることは二度とないわけだ」そして店主と声をそろえて笑った。

「そういう癖を矯正する方法かなにか、そういうのはないのかしら」ウォルポール夫人は訊いた。

「あるともさ」男が言った。「一発浴びせれば、それですむ」

「鶏の死骸を首っ玉にくくりつけるという方法もあるな」店主が言いだした。「うまくいけば、効き目があるかもしれん」

「そういえば、そんなことをやったやつもいるとか聞いたな」そばの男が言った。

「それでうまくいったんですか？」ウォルポール夫人は急きこんでたずねた。

男はゆっくりと、だが反論を許さぬ強さで、きっぱりかぶりを横にふった。

「まあ聞きなさい」店主が言った。そして食肉カウンターに肘をつき、ぐっと身をのりだす。もともと、人一倍、多弁な男なのだ。「まあ聞きなさい」と、くりかえす。「むかし、うちの親父が飼ってた犬のなかに、卵を盗み食いするのがいたと思《おぼ》し召《め》せ。鶏小屋に侵入しては、卵を割って、中身をなめちまう。たぶん、うちで産まれる卵の半数は、そいつに食われてたんじゃないかな」

「そいつはひどいな」そばの男が言う。「卵を食う犬とは、驚きだね」

「ああ、ひどいもんさ」店主が相槌を打つ。ウォルポール夫人は、自分までがつられてうなずいているのに気づいた。「そのうち、とうとう親父が業を煮やした。なんせ、産まれる卵は半分がた食われちまうんだから」店主はつづけた。「そこであるとき、卵を一個とってきて、ガス台の奥に置き、そのまま二、三日ほっといた。卵はいいころ加減に温まって、〝完熟〟して、傷みだして、最後には鼻の曲がりそうな悪臭を放ちはじめた。そこを見すまして――って、あたしも現場にいたんだ。まだ十二か十三のがきだったけど――親父はその犬を呼んだ。犬の野郎、喜び勇んで駆けつけてきたね。そこであたしがそいつの首根っこをおさえつける。親父が無理やり口をこじあけて、卵を押しこむ。火傷しかねないほど熱くなって、天国まで届きそうな強いにおいがぷんぷんしてるやつ。そいつを押しこんで、犬の口をとじさせ、そのまま上下のあごをがちっとおさえこむ。犬の野郎、口があけられないから、卵を吐きだすこともならず、目を白黒させて飲みこむしかなかった」

店主は声をあげて笑うと、むかしをなつかしむように、何度か首をふった。

「それでも、卵の盗み食いはもう二度としなかったろう？」そばの男が言った。

「食うどころか、さわりもしなかったよ」店主がきっぱり言う。「そいつの目の前に、卵を置いてやる。するとやっこさん、それこそ悪魔に追われてでもいるみたいに、きゃんきゃん鳴いて逃げだすのさ」

「でもその犬、あなたがたのことをどう思ったかしら」ウォルポール夫人はここで口をはさんだ。「それからあと、あなたがたのそばに寄ってくるってこと、ありました？」

店主ともうひとりの男とは、そろってまじまじと彼女を見つめた。「というと、どういう意味？」店主が言う。

「またもとのように、あなたがたになついてくれました？」

「うーん」店主は言って、考えこみ、ややあって、答えた。「いいや。そういえば、その後はぜったいなつこうとしなかったね。もっとも、どっちみちたいした犬じゃなかったけど」

「もうひとつ手がある――ぜひためしてみるべき手がね」ここでもうひとりの男が、いきなりウォルポール夫人に言った。「奥さん、本気で犬を矯正しようって気があるんなら、こいつをためしてみない手はないよ」

「それはどういうもの？」ウォルポール夫人はたずねる。

「まずその犬をひっぱってこなくちゃいけない」男は片手で身ぶりをまじえながら、大きく身をのりだして言った。「ひっぱってきて、鶏小屋へ連れていく。そしてめんどりが卵を抱いてるところへ押しこんでやるのさ。めんどりが仕事を終えるころには、もう二度とやっこさん、鶏を襲おうなんて癖はなくしてる」

店主が笑いだし、めんくらったウォルポール夫人は、店主ともうひとりの男とをぼんやりと見くらべた。男はにこりともせずに彼女を見つめていて、その目は猫の目さながら、まんまるで黄色く光っていた。

「どうしてそうなるのかしら」ウォルポール夫人はあやふやにたずねた。

「目ん玉をつつきだされちまうのさ」店主が簡潔に言ってのけた。「目が見えないとなると、もう鶏を襲うのは無理だろう」

急に気が遠くなるのをウォルポール夫人は自覚した。ぶしつけに見えないよう、肩ごしに笑顔を見せながら、足早に食肉カウンターから遠ざかり、店の反対側の奥へ向かった。

背後では、店主がいまなお食肉カウンターのなかで、もうひとりの男としゃべりつづけている。店の奥で一分ほど時間稼ぎをしてから、ウォルポール夫人は外に出て、深く息をした。きょうはこのまままっすぐ帰宅して、昼食の時間まで横になって休むとしよう。買い物は午後になってからすればいい。

だが帰宅してみると、朝食のテーブルをかたづけ、皿洗いをすませてしまうまでは、とうてい横になることなどできそうもないとわかった。そしてようやくそれを終えたときには、もうはや昼食の支度にかかる刻限だった。食品室の棚の前に立ち、さてなにをつくろうかと、とつおいつ思案しているとき、ひとつの黒い影が戸口にさしこむ日ざしのなかを横切り、レイディーが帰ってきたのがわかった。ちょっとのあいだ彼女は、そこに立ちすくんだままレイディーを見まもっていた。レイディーは、午前ちゅうをずっと草原で友達と遊びたわむれて過ごしてきたかのように、音もたてずに、なにくわぬ顔ではいってきた。けれども、その肢には点々と血痕がこびりついていたし、はいってくるなりまっすぐ飲み水のところへ行くと、むさぼるように水を飲んだ。とっさにウォルポール夫人の感じた衝動、それは、レイディーを叱りつけ、引き据えて、思いきり打擲《ちょうちゃく》してやりたい、というものだった。レイディーのおかげでわたしのこうむった、故意の、悪意から発せられた苦痛――レイディーのようなきれいで愛すべき犬までが、この家ではかくも巧妙に隠しおおせてきた残忍な獣性――それらすべてにたいして、腹の虫が癒えるまで懲らしめてやりたい。けれども、レイディーがそっと足音もたてずに歩いてゆき、ストーブのそばの定位置に丸くなるのを見ているうちに、その衝動もいつか消え失せ、彼女は力なくそちらに背を向けると、最初に目についた缶詰めを食料室の棚からとりおろし、テーブルへと運んでいった。

レイディーはそのままストーブのそばでひっそり眠ったようにうずくまっていたが、子供たちが例によって騒々しく昼食をとりに帰ってくると、いきなりぱっと身を起こして、ふたりにとびついていった。その歓迎ぶりたるや、あたかも自分のほうこそがこの家の先住民であり、子供たちのほうは外来者であるとでも言わんばかり。と、ジュディーがそのレイディーの耳をひっぱりながら言った。

「ただいま、ママ。あのねえ、レイディーがなにをしでかしたか、ママ、知ってる？」そ れからレイディーにむかって、「レイディーや、おまえは悪い、悪い犬だよ。いまに射殺されるからね」

またしても気が遠くなるのを感じて、ウォルポール夫人は手にしていた皿をあわててテーブルに置いた。「ジュディー・ウォルポール」と、きびしい口調でたしなめる。

「でも、ほんとだもん、ママ。レイディーは射殺されることに決まってるんだ」

子供たちにはわからないのだ、とウォルポール夫人は自分に言い聞かせた。死というものはこの子たちにとって、まだまだ遠い非現実の出来事でしかない。「さあ、もうすわって、お昼をおあがんなさい、ふたりとも」と、静かに言い聞かせる。

「でもさあ、おかあさん」ジュディーが不服そうに言い、ジャックもそばから、「ほんとだってば、ママ」と口をそろえる。

双子は騒々しく食卓についたが、しゃべるのに夢中で、ろくに手もとを見もせずナプキンをひろげると、むしゃむしゃ食べはじめた。

「シェパードさんがなんて言ったか、ママ、知ってる?」ジャックが口いっぱいにものをほおばったままで言う。

「あのねえ」ジュディーも言う。「シェパードさんがなんて言ったか、教えたげる」

シェパード氏というのは、ウォルポール家の近所に住む温和な人物で、平素は子供たちに五セントずつくれたり、男の子たちを集めて、釣りに連れていってくれたりする。

「シェパードさんはね、レイディーはきっと射殺されるって言うんだ」と、ジャック。

「でもさ、大釘のことがあるじゃない。あれのことを話しなさいよ」と、ジュディー。

「うん、大釘だっけ」と、ジャック。「いいかい、マミー。シェパードさんは言うんだ、レイディーに首輪を買ってやらなきゃいけない、って……」

「うんと丈夫な首輪よ」と、ジュディー。

「でもって、でかくて太くて長い釘、まるでスパイクみたいなのを買って、それを首輪に打ちつけるんだって」

「ぐるっとよ」と、ジュディー。「ジャックったら、あたしにも話させてよ。その太い釘をぐるっと打ちつけて、先っぽがスパイクみたいに首輪の内側に突きでるようにするんだって」

「でも、そいつはゆるいんだよ」と、ジャック。「ここんところはぼ、ぼくに話させろって。首輪はゆるくって、そいつをレイディーの首に巻きつけるんだって――」

「すると――」ジュディーが片手を喉にあてがって、絞め殺されるような声をたててみせた。

「ま、まだだよ、まだだってば、ばか」ジャックが割りこむ。「まずその前に、うんと長い、長い、長い、長いロープを見つけてくるんだ」

「ほんとうに長い、長いロープだよ」ジュディーが補足する。

「でもって、そのロープを首輪に結びつけて、それから首輪をレイディーにはめるんだ」

ジャックがつづけた。レイディーはそのジャックの足もとにすわっていて、ジャックはこのところで身をのりだすと、「いいかい、そのおっかない、とんがったスパイクの突きでた首輪を、ぼくらはおまえの首に巻きつけてやる」と言い、話のあいだ、ずっと忠実に彼を見あげていたレイディーの、その頭のてっぺんにキスした。

「それからね、それからレイディーを鶏小屋に連れてくの」と、ジュディーが話をひきとった。「それでもって、レイディーに鶏たちを見せてやって、それから放してやるの」

「で、鶏を追いかけさせるんだ」と、ジャック。「それからね、それからレイディーが鶏のすぐそばまで近づいたところで、思いっきりロープをぎゅうぅぅうっとひっぱる――」

「そうすると――」ジュディーがまた例の絞め殺されそうな声をたてた。

「そうすると、とんがった釘が、レイディーの首をちょんぎっちゃうんだ」ジャックがドラマティックに話を締めくくった。

双子は声をそろえて笑いだし、レイディーはせわしなく視線をそのいっぽうからいっぽうへと移しながら、まるでいっしょになって笑ってでもいるように、舌を出してはあはあえいだ。

ウォルポール夫人はじっと彼らをながめた。ごつごつした手に、日焼けした顔をして、声をそろえて笑っている自分のふたりの子供。いまだに血痕を肢にこびりつかせたまま、いっしょになって笑っているわが家の飼い犬。彼女は勝手口へ行き、かなたにひろがる涼やかな緑の丘の連なりと、やわらかな午後の微風に揺れている林檎の枝のそよぎを見やった。

「おまえの首をちょんぎっちゃうぞ」と、ジャックが言っていた。

日ざしのなかで、すべては眠ったように静かで、美しかった。穏やかな空、山並みの描くなだらかな線。ふいに、荒々しい手が自分を引き据え、とがった金属の先端が喉に食いこんでくるのを感じて、ウォルポール夫人は知らずしらず目をつむったのだった。

どうぞお先に、アルフォンズ殿

After You, My Dear Alphonse

ウィルスン夫人がちょうどオーブンからジンジャーブレッドをとりだしたとき、外でジョニーがだれかと話している声が聞こえた。

「ジョニー」夫人は呼んだ。「遅かったじゃないの。早くはいって、お昼をおあがり」

「ちょっと待って、おかあさん」ジョニーが言った。それから、「どうぞお先に、アルフォンズ殿（漫画『アルフォンズとギャストン』のなかの台詞。張りあっている同士が、やたら儀礼的に、しかも執拗に先を譲りあう）」

「そちらこそ、どうぞお先に、アルフォンズ殿」もうひとつの声が言った。

「いやいや、そちらこそ、どうぞお先に、アルフォンズ殿」と、ジョニーが言う。

ウィルスン夫人はドアをあけた。「ジョニー、なにしてるの？　すぐにはいって、お昼をおあがり。遊ぶのは、食べたあとでもいいでしょ？」

ジョニーは母のあとについて、のろのろとはいってきた。「ねえおかあさん、ボイドをお昼に連れてきたんだけど」と言う。

「ボイド?」ウィルスン夫人はちょっと考えた。「ボイドって子、会うのはたしかはじめてよね。まあとにかくお通ししなさい、もうお誘いしちゃったんだから。お昼はできてますよ」

「ボイド!」ジョニーは呼んだ。「おいボイド、はいってこいってば!」

「うん、いま行く。ちょっとこいつをおろさなきゃならないんだ」

「なんだ、さっさとしろよ。ぐずぐずしてると、うちのおかあさん、怒るぞ」

「ジョニーったら、そういう言いかたはお友達にたいしても、おかあさんにたいしても失礼ですよ」ウィルスン夫人は言った。「さあさ、ボイド、こっちへきておかけなさい」

すわる席をボイドに教えようとしてふりかえったとき、夫人ははじめてボイドが黒人の少年だと気づいた。ジョニーと同年配だが、だいぶ小柄で、腕には焚きつけのような木切れをどっさりかかえている。「なあジョニー、これ、どこに置こうか」と、たずねる。

ウィルスン夫人はジョニーに目を向けた。「ジョニーったら、いったいボイドになんて真似をさせてるの? この木切れはなんなの?」

「日本兵の死骸さ」と、ジョニーはこともなげに言ってのける。「これを地面に立てて、戦車で押しつぶしてやるんだ」

「こんにちは、ウィルスンのおばさん」と、ボイドが言う。

「こんにちは、ボイド。あなた、ジョニーの言いなりになって、これだけの木切れをぜんぶひとりで運ばされたりしちゃ、だめよ。さあ、もうすわって、お昼をおあがんなさい、ふたりとも」

「なんでこいつにこの木を運ばせちゃいけないのさ、おかあさん。これ、こいつのなんだよ。自分のうちから持ってきたんだ」

「ジョニー」ウィルスン夫人はたしなめる。「黙ってさっさとお昼をおあがりなさい」

「はあい」ジョニーは言って、スクランブルエッグの皿をボイドにさしだした。「どうぞお先に、アルフォンズ殿」

「そちらこそ、どうぞお先に、アルフォンズ殿」と、ボイド。

「いやいや、そちらこそ、どうぞお先に、アルフォンズ殿」と、ジョニー。そしてふたりはそろってくすくす笑いだした。

「ボイド、あなた、おなかすいてる？」ウィルスン夫人はたずねた。

「ええ、おばさん」

「だったら、ジョニーに邪魔されるままになってちゃ、だめよ。この子ったら、いつだって食べながらふざけるんだから。かまわずに、たっぷりおあがんなさい。おかわりはいくらでもあるから、好きなだけ食べても平気よ」

「ありがとう、おばさん」

「さあ食えよ、アルフォンズ」ジョニーが言って、自分の皿のスクランブルエッグの半分を、ボイドの皿に移した。そのそばにウィルスン夫人がトマトシチューの皿を置くのを、ボイドはまじまじと見まもった。

「ボイドはトマト食べない《ボイド・ドント・イート・トメイトーズ》よ。だよな、ボイド?」

「〝ダズント・イート・トメイトーズ〟ですよ、ジョニー。それに、自分がトマトを嫌いだからって、ボイドも嫌いだなんて決めつけちゃいけません。ボイドならなんだって食べますよ」

「でも、食べないんだもん」ジョニーはスクランブルエッグをむしゃむしゃ食べながら言った。

「ボイドはね、なんでも食べて、大きくなって、力持ちになって、どしどし働けるようにならなきゃいけないのよ」ウィルスン夫人は言った。「ボイドのおとうさんだって、トマトシチューならきっと喜んで食べるはずだわ」

「うちのおとうさんは、好きなものならなんでも食べます」ボイドが言った。

「うちのおとうさんもだ」と、ジョニー。「ときどきは、ほとんどなんでも食べないことがあるけど。そのくせチビなんだ。蚤の一匹も殺せやしない」

「うちのおとうさんもチビだよ」ボイドが言った。

「でも、力持ちでしょう?」ウィルスン夫人は言い、それからちょっとためらった。「おとうさんは……働いてらっしゃるの？」

「もちろん」ジョニーが言った。「工場で働いてるんだ、ボイドのおとうさんは」

「ほらごらんなさい」と、ウィルスン夫人。「だから、当然、力持ちでなきゃいけないのよ——工場で重いものを持ちあげたり、運んだりするためにはね」

「ボイドのおとうさんはそんなことしないよ」ジョニーが言う。「だって、現場の監督だもん」

ウィルスン夫人は鼻白んだ。「じゃあおかあさんはなにをなさってるの、ボイド？」

「うちのおかあさん？」ボイドは目を丸くした。「なにって、ぼくたち子供の世話をしてますけど」

「あらそう、じゃあ働いてはいないのね？」

「なんで働かなきゃいけないのさ」ジョニーが口いっぱいに卵をほおばって言った。「おかあさんだって、働いてなんかいないじゃないか」

「ボイド、あなた、ほんとうにトマトシチューはいらないのね？」

「ええ結構です、ウィルスンのおばさん」ボイドが答える。

「ええ結構です、ウィルスンのおばさん。ええ結構です、ウィルスンのおばさん、ええ結構です、ウィルスンのおばさん」ジョニーが口真似した。「でも、ボイドの姉さんは、そのうち働くようになるよ。学校の先生になるつもりなんだ」

「それはとってもいい心がけだわ、ボイド」そう言いながらウィルスン夫人は、ボイドの頭をなでてやりたい衝動をおさえた。「じゃあきっとお宅のみなさんは、お姉さんのことが自慢でしょうねえ」

「ええ、まあ」と、ボイド。

「ほかの兄さんや弟たち、姉さんや妹たちはどうなの？　たぶんみんな、せいいっぱい出世したいと思ってることでしょうね」

「うちのきょうだいは、ぼくとジーンとふたりだけです」ボイドが言った。「それにぼくだって、大きくなったらなにになるかなんてこと、まだ決めてません」

「ぼくらは戦車兵になるんだ、ボイドもぼくも」ジョニーが言った。「そら、行くぞ」

とつぜん戦車に変身したジョニーのナプキンリングが、がたがたと重そうに揺れながらテーブルを横切ってきたので、ウィルスン夫人はあわててボイドのミルクのグラスをつかまえた。

「見ろよ、ジョニー」ボイドが言った。「これはたこつぼだぞ。ここからおまえを撃ってるんだ」

多年の経験からきた敏捷さで、ウィルスン夫人はジンジャーブレッドを棚からとりおろすと、それを戦車とたこつぼとの中間に、慎重に位置を見きわめて、置いた。

「さあボイド、好きなだけおあがんなさい。あなたがせっせと詰めこんでるところを、ぜひおばさんに見せてほしいのよ」

「ボイドはたくさん食べるよ。でも、ぼくほどじゃないな」と、ジョニーが言った。「だって、ぼくのほうがボイドよりも大きいもん」

「そんなに差はないよ。駆けっこなら負けないしね」ボイドが言った。

ウィルスン夫人は、思いきって深く息を吸いこんだ。「ねえボイド」そう言うと、ふたりの少年はそろって彼女に目を向けた。「ねえボイド、ジョニーはね、小さくなって着られなくなった服を何着か持ってるの。冬向きのコートもね。もちろん新品じゃないけど、まだじゅうぶん着られるはずなのよ。それから、おばさんのドレスもあるわ――ちょうどあなたのおかあさんかお姉さんに着られそうなのが。そういったのをおかあさんが仕立てなおせば、ご家族のかたみんなのがたくさんできるはずだし、おばさんとしてもそれをあげられるのがうれしいの。だからね、帰る前にそれを大きな包みにしてあげるから、ジョニーとふたりで、おかあさんのところへ持って帰ってあげて……」ボイドのとまどった表情を見ているうちに、声は自然に細くなって、とぎれた。

「でも、服ならぼくんちにもたくさんありますから――せっかくですけど」ボイドは言った。「それに、うちのおかあさん、針仕事はあんまり得意じゃないみたいだし、どっちみち、必要なものはなんでも店で買えるから。おばさんのお気持ちだけ、ありがたくいただいておきます」

「だいいち、そんな古着を運んでるひまなんか、ありゃしないよ、おかあさん」ジョニーが言った。「あとでほかの子たちと戦車ごっこをする約束なんだから」

ボイドがもう一切れジンジャーブレッドをとろうとするのを見て、ウィルスン夫人はすばやくその皿をテーブルからひっさらった。「ねえボイド、あなたのような子供って、世のなかにはたくさんいるけど、みんな、だれかが親切に古着をくれると言えば、喜んでもらってゆくはずよ」

「ボイドだって、もしおかあさんがどうしてもって言うんなら、もらっていくと思うよ、おかあさん」ジョニーが言った。

「ぼく、おばさんを怒らせるつもりなんかなかったんですけど、ウィルスンのおばさん」ボイドも言った。

「怒ってなんかいませんよ、ボイド。ただちょっとあなたに失望しただけ。さあさ、もうこのことはなかったことにしましょうね」

彼女がテーブルをかたづけはじめると、ジョニーはボイドの手をとって、ドアのほうへひっぱっていった。

「じゃあね、おかあさん」

ジョニーは言い、ボイドは戸口でちょっと立ち止まって、ウィルスン夫人の背中を見つめた。

「どうぞお先に、アルフォンズ殿」ジョニーは片手でドアをおさえながら言った。

「おばさん、まだ怒ってるんだろうか」ボイドが小声でたずねるのがウィルスン夫人にも聞こえた。

「知らない」ジョニーが言った。「ときどきヒステリーを起こすんだ」

「うちのおかあさんもだ」ボイドが言った。そしてちょっとためらった。「そちらこそ、どうぞお先に、アルフォンズ殿」

チャールズ
Charles

　わたしの息子ローリーが幼稚園にあがった日、彼はそれまでの胸当てのついたコーデュロイのズボンをやめて、ベルトで締めるブルージーンズをはきはじめた。最初の朝、彼が隣家の小学生の女の子と連れだって出かけてゆくのを見送りながら、わたしは生涯のひとつの時代が、いまこそ終わりを告げたことをはっきり感じとっていた。きのうまでの甘ったれ声の保育園児のかわりに、長ズボンをはいて、肩で風を切って歩く男性——通りの角で立ち止まって、母親に手をふってみせることさえ忘れている人物——が出現したのだ。

　彼はおなじ道から帰ってきた。玄関のドアがばたんとひらく音、帽子を床に投げだす気配、そして一夜にしてしわがれ声になってしまった声が叫んだ。「おおい、だれもいないのか？」

　昼食の席で、彼は不遜《ふそん》な態度で父親に挨拶し、赤ん坊の妹のミルクをひっくりかえし、あげくに、むやみに神様の名を口にするのはよくないことだ、そう先生が言った、とのたもうた。

「幼稚園はどうだったの?」わたしは努めてさりげない口調でたずねた。

「まあまあだね」と、ローリー。

「なにか習ったのか?」父親がたずねた。

ローリーは冷ややかな目で父親を一瞥し、それから言った。「なんでも習わなかったよ《アイ・ディドント・ラーン・ナッシング》」

「〝なんにも《エニシング》〟よ」わたしは言った。「〝なんにも習わなかった《ディドント・ラーン・エニシング》〟と言うのよ」

「それでも、先生にお尻をぶたれた子がいたよ」本腰を入れてバターを塗ったパンにかぶりつきながら、ローリーは言った。「すっごく生意気だったからさ」口をもぐもぐさせてつづける。

「なにをしたの? なんていう子?」わたしはたずねた。

ローリーはちょっと考えた。「チャールズ、だったかな。言うことを聞かなかったんだよ。先生はその子のお尻をぶって、教室の隅に立たせた。すっごく生意気だったんだ」

「その子、なにをしたのよ?」わたしは重ねてたずねたが、ローリーはそのまま椅子からすべりおり、クッキーをわしづかみにすると、父親が、「おい待て、待ちなさい」と言っているのも聞かず、さっさと出ていった。

翌日、ローリーは昼食の席につくやいなや、言った。「あのね、チャールズはきょうもまた悪かったんだよ」大きく歯をむきだしてにやりとする。「きょうは先生のこと、殴ったんだ」

「まああきれた」神様の名を使わないよう用心して、わたしはそう言った。「じゃあまたお仕置きを受けたのね？」

「もっちろん」ローリーは言い、それからいきなり父親に、「上をごらん」と言った。

「なんだい？」父親は上を見ながらたずねた。

「下をごらん」ローリーはつづけた。「ぼくの親指をごらん。はっは、まぬけだなあ、おとうさんって」どこかのたががはずれでもしたように、けたたましく笑いだす。

「どうしてチャールズは先生をぶったりしたの？」わたしは急いで口をはさんだ。

「なぜって、赤いクレヨンで色を塗らせようとしたからさ」と、ローリー。「チャールズはグリーンのクレヨンで塗りたかったんだ。それで、先生のこと殴って、先生も彼のお尻をぶって、きょうはだれもチャールズと遊んじゃいけません、って言ったんだ。だけど、みんな遊んじゃったよ」

三日め——最初の週の水曜日だが——チャールズがシーソーをはねかえらせて、小さな女の子の頭にぶつけ、出血させたため、先生は休み時間ちゅう、ずっと教室に居残ることを彼に命じた。木曜日、チャールズはお話の時間に床をどんどん踏み鳴らしてやめなかったので、教室の隅に立たされた。金曜日には、チョークを投げつけたかどで、黒板を使う権利をとりあげられた。

土曜日、わたしは夫に言った。「幼稚園って、うちのローリーには落ち着かなさすぎるんじゃないかしら。なんだか近ごろ、ばかに乱暴になったし、言葉の使いかたはまちがうし、例のチャールズって子が、よくない影響を及ぼしてるみたいに思えるけど」

「なあに、心配することはないさ」夫はなだめるように言った。「世のなかどこに行ったって、チャールズみたいな人間は必ずいる。いっそのこと、いまのうちに出あっておいたほうがいいかもしれん」

月曜日、ローリーは遅く帰宅した。ニュースではちきれんばかりになっていて、「チャールズはね」と、家の前の坂をのぼりきらないうちから呼びかけてきた。帰りが遅いので、わたしはやきもきしながら玄関外の石段で待っていたのだ。「チャールズはね」と、坂をのぼるあいだ、最初から最後までローリーはわめきっぱなしだ。「チャールズはね、また悪かったんだよ」

彼が近くまでくるやいなや、わたしは声をかけた。「さあ、早くおはいんなさい。お昼ができてますよ」

「きょう、チャールズがなにをしたか、知ってる?」わたしを追って玄関をはいってきながら、ローリーは執拗に言った。「チャールズはね、時間ちゅうに大声で騒いだんだ。だもんで、学校が一年生の教室から男の子をひとりよこして、チャールズを静かにさせろって、ぼくたちの先生に言ったんだ。それでチャールズは居残りさせられて、ほかの子もみんな、チャールズがどうするか見ようとして、残ったんだ」

「で、どうしたの、彼は？」わたしは訊いた。

「べつに。ただすわってただけさ」ローリーはそう言いながら、食卓の椅子によじのぼった。「やあパパ、そうしけた顔すんなよ」

「きょうチャールズは居残りさせられたんですって。それでほかの子もいっしょに残ってたのよ」わたしは夫に言った。

「そのチャールズって子、どんな子なんだ？」と、夫がローリーにたずねた。「名字のほうは、なんていうんだ？」

「ぼくより大きいよ」と、ローリー。「なのにオーバーシューズも持ってないし、上着を着てきたこともないんだ」

その月曜の夜は、ＰＴＡの第一回の会合が予定されていた。赤ん坊が風邪をひいてさえいなければ、わたしはなにをおいても顔を出していただろう。ぜひともチャールズの母親というひとに会ってみたかったからだ。

翌日の火曜日、ローリーが唐突に報告した。「きょう、先生の友達だってひとが、学校にきたよ」

「チャールズのおかあさん？」夫とわたしは異口同音に訊いた。

「とォんでもなァい」ローリーはばかにしたように言った。「男のひとさ。ぼくたちに体操もやらせた。爪先に手をつけなきゃいけないんだ。見て」椅子からすべりおりるなり、前屈して、足の爪先に手を触れてみせる。「こんなふうにさ」しかつめらしく椅子にもどると、フォークをとりあげた。「チャールズはね、体操もやっぱりやらなかったよ」

「あら、よくできたわね」わたしは心から褒めてやった。「それでチャールズは、その体操をやりたくなかったわけ？」

「とォんでもなァい」と、ローリー。「チャールズはね、先生の友達の言うことを聞かなかったんで、それで体操をやらせてもらえなかったのさ」

「また生意気な口でもきいたの？」と、わたし。

「先生の友達を蹴とばしたんだ」と、ローリー。「そのひとはチャールズに、いまぼくがやってみせたように、手を爪先につけてごらん、って言ったんだけど、そしたらチャールズがそのひとを蹴とばしたのさ」

「学校では今後、チャールズのことをどうするつもりなんだろう。おまえはどう思う？」ローリーの父親が彼にたずねた。

ローリーは芝居じみたしぐさで肩をすくめた。「さあね、幼稚園からほうりだすんじゃないかな」と、のたもう。

つづく水曜日と木曜日は、それまでと大差がなかった。チャールズはお話の時間に奇声を発しつづけ、ある男の子のみぞおちを殴って、その子を泣かせた。金曜日には、またも居残りを食らい、ほかの子たちも、例によって、それにつきあった。

幼稚園が始まって三週めには、チャールズはわたしたち一家ではおなじみの存在になっていた。赤ん坊が半日ずっと泣き叫んでやまなければ、彼女はチャールズだったし、ローリーがおもちゃのワゴンに泥を詰めこみ、キッチンじゅうひきずりまわせば、それはチャールズをしたことになった。夫までが、電話のコードに肘をひっかけ、電話機と灰皿と花を生けた水盤とをいっぺんにテーブルから払い落としたときには、開口一番、「まるでチャールズだな」と言ったものだ。

三週めから四週めにかけて、チャールズの内部でなんらかの変革が起きたようだった。三週めの木曜日、ローリーがにこりともせず報告したところによると、「チャールズはね、きょうはとてもいい子だったんで、先生からご褒美に林檎をもらった」という。

「えっ、それはまた」思わずわたしはそう言い、夫も用心ぶかい口調でつけたした。「あのチャールズが、かい？」

「チャールズが、だよ」と、ローリー。「みんなにクレヨンを配る当番もしたし、終わったあと、お手本を集めるのも手伝った。だから先生から、りっぱな助手だわ、って褒められたんだ」

「なんですって？」信じられぬ思いで、わたしは問いかえした。

「先生のお手伝いをしたんだよ、それだけさ」ローリーは言い、ひょいと肩をすくめてみせた。

その晩、わたしは夫に言った。「ほんとかしらね、あのチャールズの話。そういうことって、万にひとつも起こりうると思う？」

「まあ見てろよ」夫は皮肉っぽく言った。「相手は名にし負うチャールズだ。いまにきっと、これが彼の策略にすぎなかったってわかるから」

どうやらそれは夫の眼鏡ちがいだったようだ。それから一週間以上も、チャールズは先生のよき助手として務めた。毎日、みんなに学習道具を配り、またそれを集めるのを手伝った。居残りさせられる子はひとりも出なかった。

「来週、またPTAの会合があるのよ」ある晩わたしは夫に言った。「今度こそ、チャールズのおかあさんに会ってみせるわ」

「いったいチャールズはどうしちゃったのか、訊いてみてほしいね」夫が言った。「知りたくてうずうずしてるんだ」

「わたしだって、ぜひ知りたいわ」わたしは答えた。

その週の金曜日には、いっさいがまた正常に復した。「きょう、チャールズがなにをしたか、聞きたい？」昼食の席で、ローリーが恩着せがましく言った。その語調には、かすかに畏怖らしきものもまじっているようだった。「チャールズがちっちゃな女の子にある言葉を言えって言って、その子はそれを言ったんだ。そしたら先生がその子の口を石鹸でごしごし洗って、チャールズはそれを笑いながら見てた」

「なんて言葉だ？」父親が不用意にたずねた。

するとローリーは、「内緒でなきゃ言えないよ。すっごく悪い言葉だからね」と言い、椅子から降りて、父親の席までテーブルをまわっていった。父親が首をさしだすと、その耳もとで、楽しそうに目を輝かせて何事かささやいた。父親の目がまんまるくなった。

「それを小さな女の子に言えと言ったのか、チャールズは？」おそれいったと言わんばかりに、そう問いかえす。

「二度も言ったんだよ」と、ローリー。「チャールズが二度言えって言ったから」

「で、チャールズはどうなった？」夫がたずねた。

「どうもしない。平気でクレヨンを配ってまわってた」ローリーが答える。

月曜の朝、チャールズはその女の子に見切りをつけ、自らその罪深い言葉を三度か四度くりかえし、そのつど石鹸で口を洗われた。また以前のようにチョークを投げたりもした。

その晩、ＰＴＡの会合に出かけるわたしを、夫は玄関まで見送りに出てきた。「会が終わったら、なんとか彼女をお茶に誘うんだ」と言う。「一目でいいから顔を拝んでみたいんでね」

「会にきていればいいけど」念願をこめて、わたしもそう応じる。

「きてないはずはないさ」と、夫。「チャールズの母親なくして、ＰＴＡの会合が成りたつとは思えないからな」

会が始まると、わたしはそわそわと周囲のいかにも母親らしい、くつろいだ面々を見まわし、それらの顔のどれに、チャールズという秘密が隠されているかを見きわめようとした。どの顔も、それらしく憔悴しているようには見えなかった。だれひとり会の途中で立ちあがって、息子の不始末を詫びたりはしなかった。だれもチャールズのことはおくびにも出さなかった。

会が終わって茶話会になると、わたしは人込みのなかからローリーの受け持ちの先生を探しだした。彼女はお皿にお茶のカップと、チョコレートケーキをのせていた。わたしはお皿にお茶のカップと、マシュマロケーキをのせていた。わたしたちはお皿ごしに、たがいに用心ぶかく表情をさぐりあい、それからほほえみあった。

「ぜひともお目にかかりたいと思ってましたのよ。ローリーの母です」と、わたしは言った。

「わたしども、みんなローリーにはとくに関心を持っております」先生が言った。

「はあ。あの子が幼稚園を気に入ってることは確かですわ。しょっちゅう幼稚園のことばっかりしゃべってますから」わたしは話を合わせた。

「たしかに最初の一週間かそこらは、園になじむのに、いくらか問題があったこともございました」先生はばかにかたくるしい口調でつづけた。「でもいまでは、すっかりりっぱな助手になってくれて。むろん、ときどきは逆もどりすることもございますけどね」

「いつもはあの子、あっというまに環境になじむんですけどね」わたしは反駁した。「こちらでは、ひょっとするとチャールズの影響ということもあるかも」

「チャールズ？」

「ええ」わたしは笑いながら言った。「先生もさぞかしてんてこまいなさってるでしょうね、チャールズのことでは」

「チャールズ、ですか？」と、彼女は怪訝そうに言った。「うちの園には、チャールズという子はひとりもおりませんけれど」

麻服の午後

Afternoon in Linen

快適に飾りつけられ、幸福な雰囲気を感じさせる長く、涼しげな部屋。大きな窓の外には、紫陽花《あじさい》が咲き乱れ、それが室内の床に心地よい影を投げかけている。室内にいるものは、全員が麻服を身につけていた。少女は、幅の広いブルーのベルトのついたピンクのリネンのワンピース。ケイター夫人は、褐色のリネンのスーツに、大きな黄色のリネンの帽子。少女の祖母にあたるレノン夫人は、白のリネンのワンピース。そしてケイター夫人の小さな息子ハワードは、ブルーのリネンのシャツと半ズボン。まるで『鏡の国のアリス』のなかの人物みたい、と少女は祖母を見ながら考えていた。真っ白な紙の服を着こんで、汽車に乗っていたあの紳士。ならばあたしは、ピンクの紙の服を着た紳士ってところね。レノン夫人とケイター夫人はおなじブロックに住んでいて、毎日のように顔を合わせている仲だが、きょうは、正式な訪問なので、一同はそろってお茶を飲んでいる。

ハワードはこの長い部屋の向こうの端、いちばん大きな窓の前で、ピアノに向かっていた。『ユーモレスク』を慎重な、ゆっくりしたテンポで弾いているところだ。あんな曲、あたしは去年あげちゃったわ、と少女は思う。ト長調の曲だもん。レノン夫人とケイター夫人は、いまだにカップを手にしたまま、ハワードの演奏に耳を傾け、彼の姿を見やり、ときおり顔を見あわせてはほほえみかわす。あたしだって、弾こうと思えば、いまでもあんな曲、ちゃんと弾けるわ、と少女は思う。

やがてハワードは『ユーモレスク』を弾きおえると、ピアノの前の椅子を離れてこちらへやってき、しかつめらしい顔で少女の隣りにすわって、もう一曲所望されるかどうか、と母親をうかがった。ハワードはあたしよりも大柄だ、と少女は思った。でも、年はあたしのほうがお姉さん。十歳《とお》だもの。もしもおばあちゃんたちがあたしにもピアノを聞かせてほしいって言ったら、あたしは断わってやろう。

「とても上手に弾けましたよ、ハワード」と、少女の祖母が言った。そのあとちょっとのあいだ、鉛のような沈黙がつづいた。それからケイター夫人が、「ハワード、ミセス・レノンはおまえのピアノを褒めてくださったのよ」と、うながした。ハワードは何事かつぶやくと、膝に置いた手に目を落とした。

「このところ、けっこう上手になってきてるって思うんですけどね」と、ケイター夫人がレノン夫人に言った。「あいにくお稽古は好きじゃないんですけど、それでも、ずいぶん上手になってきています」

「ハリエットはお稽古が好きですよ」と、少女の祖母が言った。「何時間でもピアノの前にすわって、自分でちょっとした唄をつくったり、歌ったりしています」

「だったらきっと、本物の音楽の才能があるんでしょうね」と、ケイター夫人。「わたしなんか、ときどき考えちゃいますよ――ハワードははたして音楽から学ぶべきことを学んでるのかしら、なんて」

「ハリエット」と、レノン夫人が少女に言う。「おまえ、ミセス・ケイターにピアノをお聞かせしたら？　おまえのつくった唄をどれか弾いてさしあげるのよ」

「そんなもの、ないもん」と、少女。

「おや、あるじゃないの。あるはずですよ、もちろん」と、少女の祖母は重ねて言う。

「ねえハリエット、おばさん、あなたのつくった唄というのを聞かせてほしいわ」ケイター夫人も言う。

「知らないってば、そんなもの」と、少女。

レノン夫人はケイター夫人に目をやり、肩をすくめてみせた。ケイター夫人はうなずいて、声には出さずにただくちびるだけで、「内気なのね」と言い、誇らしげにハワードを見やった。

少女の祖母はくちびるをへの字に結び、こわばった顔に、にこやかな笑みを浮かべてみせた。それから言った。「ねえハリエットや、たとえあたしたちが自作の曲をお聞かせしたくなくても、音楽は必ずしもあたしたちの得手じゃないってこと、これはミセス・ケイターにもぜひお知らせしなくちゃね。本領はそれとはべつの方面にあるんだから、それをお見せすべきだわ。ハリエットはね」と、ケイター夫人のほうに向きなおりながら言葉をつづけて、「詩も少々書くんですよ。それをここで暗誦してくれるように言いましょう。だってね、身びいきかもしれませんけど——」と、慎ましく笑って、「——たしかに身びいきではありましょうけど、でもほんとうにこの子の詩には、本物の才能の片鱗があるように思いますので」

「あらまあ、なんてすばらしい！」ケイター夫人は言って、満足げにハリエットを見やった。「驚きましたよ、あなたにそんな才能があるなんてこと、おばさん、ちっとも知らなかった！　ほんと、ぜひともそれを聞かせてちょうだい」

「おまえの詩をひとつ暗誦して、ミセス・ケイターに聞かせておあげ、ハリエット」

少女は祖母を見、そのにこやかな笑顔を見、身をのりだしているケイター夫人を見、口をぽかんとあけてすわっているハワードを見、さらに、おさえがたい喜悦の色が、彼のその目のなかに浮かびあがってくるのも見た。

「そんなの、知らない」と、少女は言った。

「ハリエット」と、祖母が言う。「もし暗記してるのがひとつもなくても、いくつかは書きとめてあるはずでしょう？　それをここで読みあげたって、ミセス・ケイターはがっかりなさったりはしませんよ」

ここでついに、それまで徐々にハワードをとらえつつあったとてつもない喜悦が、一気に爆発した。「詩だってさあ」と、ソファの上で体を二つ折りにして笑いころげながら言う。「ハリエットは詩を書くんだってさあ」

きっと彼、この町内の子供たちみんなに言いふらすわ、と少女は思う。

「ハワードは焼き餅を焼いてるんですよ、きっと」と、ケイター夫人。

「へへーんだ」と、ハワード。「ぼくなら死んだって詩なんか書かないもんね。ぜったいだよ。無理強いされても、詩なんか書かされてたまるかってんだ」

「あたしだって、無理やり書かされたりしてないもん」と、少女が言う。「いまおばあちゃんの言ったこと、ぜーんぶ嘘だもんね」

長い沈黙があった。それから、「なんとまあ、ハリエットときたら！」と、少女の祖母が力のない声で言った。ケイター夫人も、「あなたのおばあちゃまのことですよ。そんなひどいこと言って、申し訳ないと思わないの？」と言い、少女の祖母が、「謝ってもらったほうがよさそうだね、ハリエット」と言うと、ケイター夫人も同調した。「そうですとも、ぜったいお詫びしたほうがいいわ」

「あたし、なんにもしたわけじゃないのに」少女はぶつくさ言った。「でも、ごめんなさい」

祖母の声がきびしくなった。「さあ、いますぐおまえの詩を持ってきて、ミセス・ケイターに朗読してさしあげるのよ」

「でもおばあちゃま、ほんとにそんなものないんだもん」少女は捨て鉢に言った。「ほんとうだってば。おばあちゃまの言ってる詩のことなんて、あたし、ぜんぜん知らないもん」

「おや、あたしは知ってますよ」と、少女の祖母は言う。「いますぐそれを、あのデスクのいちばん上の引き出しから持ってらっしゃい」

ちょっとのあいだ少女はためらい、祖母の真一文字に引き結んだくちびるると、とがった目を見つめた。

「なんなら、ハワードにとってこさせましょうか、ミセス・レノン」ケイター夫人が言った。

「ああいいよ」ハワードが言って、ぱっと立ちあがると、デスクのところへ走り寄り、最上段の引き出しをあけた。「それ、どんなふうなもの？」と、向こうから大声で訊く。

「封筒にはいってます」少女の祖母がこわばった面持ちで言う。「茶色の封筒にはいっていて、上に〈ハリエットの詩〉と書いてあります」

「ああ、あった」ハワードは言い、封筒から二、三枚の紙をひっぱりだして、ざっと目を通した。「ごらんよ、ハリエットの詩――星を歌った詩だ」くすくす笑って、紙をかざしながら母親のもとへ駆け寄る。「ごらんよ、おかあさん。ハリエットの詩だ――星のことが書いてある！」

「早くミセス・レノンにお渡しなさい」と、ハワードの母。「とても失礼ですよ、先に封筒をあけるなんて」

レノン夫人は、封筒といっしょにそれらの紙を受け取り、ハリエットのほうへさしだした。「おまえが読みますか？　それともおばあちゃんが読みましょうか？」と、やさしく訊く。ハリエットは黙ってかぶりをふる。彼女の祖母はケイター夫人にむかって溜め息をついてみせ、それから一枚めの紙をとりあげた。ケイター夫人はここぞとばかりに膝をのりだし、ハワードはハワードで、母親の足もとにすわりこんで、膝をかかえ、笑いだしたいのをこらえるために、その膝頭に顔を押しつけた。少女の祖母は咳払いして、にっこりとハリエットにほほえみかけ、おもむろに朗読を始めた。

「『夕べの星』――

　夜のとばりがおりると、
　暗闇があたりに迫り、
ありとあらゆる夜の生き物が呼びかわし、

風は物寂しい音をたてる。
わたしは一番星を待って、
その銀色の光芒を探しもとめる。
ブルーとグリーンの黄昏がすべてを包むとき、
見よ、一つ星が壮麗に輝きわたる」

ハワードは、もはや自分をおさえきれなくなっていた。「ハリエットが詩を書くんだって！　星を歌った詩だって！」

「でも、とてもきれいな詩じゃない、ハリエット！」ケイター夫人が言った。「お世辞じゃなく、ほんとにきれいな詩だわ。なぜあなたがそんなにきまりわるがるのか、おばさんにはさっぱりわかりませんよ」

「ほらね、言ったとおりでしょう、ハリエット」レノン夫人が言った。「ミセス・ケイターも、おまえの詩がとてもいいと褒めてくださってる。なのに、こんな些細なことで大騒ぎして、おまえもちょっと恥ずかしくなってきたんじゃないの？」

ハワードのやつ、きっとこの町内の子供たちみんなに言いふらすわ、とハリエットは思った。「それ、あたしが書いた詩じゃないもん」と、しぶしぶ言う。

「おやまあ、ハリエットったら！」彼女の祖母が笑った。「そこまで謙遜することはないのよ、おまえ。おまえはとてもいい詩を書くんだから」

「それはね、本から写しただけなの」ハリエットは言った。「本でそれを見つけて、書き写して、自分で書いたと言って、おばあちゃまに渡したの」

「まさか。とても信じられないわ、ハリエット、あなたがそんなことするなんて」ケイター夫人がとまどい顔で言った。

「でも、したんだもん」ハリエットは頑固にくりかえした。「その詩は本から丸写しにしただけなの」

「ハリエット、信じませんよ、そんなこと」と、彼女の祖母が言う。

ハリエットはハワードを見やった。感嘆の目でまじまじと彼女を見つめている。「あたしはね、その詩を本から丸写しにしたの」と、彼女はハワードにむかって言った。「このあいだその本を図書館で見つけたの」

「どういうつもりなのかしら――さっぱりわかりませんよ、いまさらそんなことを言いだすなんて」レノン夫人がケイター夫人に言った。ケイター夫人はただあきれて首を横にふるばかり。

「あの本は、ええと――」ハリエットはちょっと考えた。「――ええと、『家庭名詩選』とかいう題だった。そうよ、ぜったいそれ。でもってあたし、一言残らずそれを書き写したの。一言だって自分でつくったわけじゃないの」

「ハリエット、それ、ほんとうなの？」彼女の祖母が問いただした。それからケイター夫人のほうに向きなおった。「お恥ずかしいことですけど、ハリエットにかわってお詫びを申さなくちゃなりません。しらじらしくこの子の名で詩を読んだりして。まさかこの子があたしをだますなんて、思ってもみなかったものですからね」

「まあねえ、よくあることですから」ケイター夫人はとりなすように言った。「注目されたい、褒められたいの一心で、ときには驚くようなこともやってのけるものですわ、子供って。さだめしハリエットも、最初からそんな――その、不正を働こうなんてつもりはなかったでしょうしね」

「ううん、あたし、そのつもりだった」ハリエットが言った。「みんなにあたしがこの詩を書いたと思わせたかったから。わざとそのつもりで、自分で書いたと言ったの」つかつかと祖母に歩み寄り、力を失ったその手から、紙の束をとりあげる。「だからね、みんなにもうこれっきり、これは見せないから」そう言って彼女は、紙の束を持った手を背後にまわし、一同の目から遠ざけた。

ドロシーと祖母と水兵たち

Dorothy and My Grandmother and the Sailors

かつてサンフランシスコには、毎年ある時期になると——たしか三月下旬ごろだったと思うが——晴れて強い風が吹き、街じゅうの空気にかすかな潮のにおいと、海のさわやかさとが感じられる、そんな天候がつづくことがあった。やがて、最初に風が吹きはじめてしばらくたつと、マーケット・ストリートやヴァン・ネス、カーニー、などといった繁華街をぶらつくことができるようになり、そして艦隊が入港する。これはいうまでもなくだいぶむかしの話だが、その時期、はるかに金門海峡《ゴールデンゲート》——当時はまだ橋はかかっていなかった——のあたりを望むと、そこにはきまって戦艦が停泊していたものだ。もちろんほかにも航空母艦や駆逐艦だっていたかもしれないし、一度は潜水艦を見かけたような気もするが、それでも、ドットやわたしにとっては、それらはすべて戦艦だった。かなたの海上に、それらはひっそりと灰色の巨体を浮かべていて、街の通りという通りは、海の男らしく体を左右に揺すって歩き、店々のウィンドーをのぞいてまわる水兵たちの姿でいっぱいになるのだった。

艦隊がなんのために入港してくるのか、わたしはいまもって知らない。わたしの祖母などは、給油のためだと断言していたが、ともあれ、最初に風が吹きはじめるころから、ドットとわたしは普段以上に神経質になって、歩くときにはぴたりと身を寄せあい、話すときには、一段と声を落とすのがつねだった。艦隊の停泊地からわたしたちの街までは、およそ三十マイルもの距離があったが、にもかかわらず、海に背を向けて歩くときには、背後の海上のどこかに、戦艦ががんばっているということをいつも意識していたし、逆に海のほうをながめるときには、その三十マイルのへだたりを越えて、艦上の水兵の顔すら見えるような気がして、思いきり目を細めるのだった。

問題は、もちろん、その水兵たちだった。わたしの母は、ふらふらと水兵についていってしまう娘たちのことをいつも話題にしていたし、祖母は祖母で、娘たちを追いかけまわす水兵たちのたちについて話してくれた。ドットのおかあさんはまた、艦隊が入港したことをわたしたちが話題にすると、きまっておそろしく真剣な顔つきで、「ぜったい水兵のそばには行かないようにね、ふたりとも」と言う。あるとき、あれはドットとわたしが十二歳のころ、例によって艦隊が入港しているときだったが、母がわたしたちふたりを前に立たせて、一分ばかりも上から下までじろじろながめまわしたあげくに、祖母のほうを向いて、「やっぱり若い女の子を、夜、ふたりだけで映画にやるのは、感心しないわねえ」そう言ったことがある。すると祖母は言下に、「ばかをお言いでないよ。水兵たちが港からこんなところまで遠征してくるものかね。これでもあたしゃ、水兵ってものを知ってるんだからね」と言ってのけた。

どっちみち、ドットとわたしは週に一度、一晩に一本の映画しか見ることを許されていなかったし、そのときですら母は、わたしの十歳になる弟を、ふたりにつけてよこす。はじめてわたしたちが三人だけで映画に出かけようとしたとき、母はまたぞろドットとわたしを上から下までながめ、それから、赤い巻き毛の弟をあやぶむように見やって、なにか言いたそうにしたが、そこで祖母のきびしいまなざしに出あって、言いかけた言葉をのみこんだものだ。

わたしたちの住んでいるのはバーリンゲームだった。サンフランシスコからはだいぶ南に離れていて、庭に棕櫚《しゅろ》の木が植えられるほどだったが、反面、ドットとわたしがいつも春になると、スプリングコートを新調するため、サンフランシスコ最大のデパート、〈エンポーリアム〉に連れていってもらえる程度には近かった。ドットのおかあさんは、いつも彼女にコートを買えるだけのお金を渡す。ドットはそれをわたしの母に預け、それからドットとわたしは母の監督のもと、おそろいのコートを手に入れる。こういう仕組みになっているのは、ドットのおかあさんが病弱なため、わざわざサンフランシスコまで買い物に出かけるのがむずかしく、とりわけドットとわたしを連れて出かけるとなると、とても無理だったからだ。というわけで、例年、風が吹きはじめ、艦隊が入港してしばらくたつと、ドットとわたしは、とっておきの厚手の絹ストッキングをはき、それぞれ、鏡と、お守りがわりの十セント白銅貨一個、それに一端がどこかにからまってほつれている、シフォンのハンカチ一枚、そんなものを入れた厚紙製のハンドバッグをかかえて、母の運転する車のバックシートにおさまる。そしてフロントシートには母と祖母とが乗りこみ、いざサンフランシスコへ、そして艦隊へと出《い》でたつのだ。

わたしたちはいつも、コートを買う用は午前ちゅうにかたづけ、〈ピッグ・ン・ホイッスル〉へ行って、昼食をとることにしていた。それから、ドットとわたしがチョコレートソースと胡桃をトッピングしたチョコレート・アイスクリームを食べているあいだに、祖母がオリヴァー叔父さんに電話して、艦隊まで行くランチの乗り場で落ちあう手はずをととのえる。

オリヴァー叔父さんがいつもこの役目に駆りだされるのは、ひとつには叔父さんが男であるため、ふたつめには、この前の戦争で、ある戦艦の無線通信技手だったため、そして三つめには、わたしのもうひとりの叔父さん、ポール叔父さんというひとが、現在なお海軍にいて（祖母の記憶によれば、〈サンタ・ボリータ〉だか〈ボニータ〉だか、でなくばひょっとすると〈カルメリータ〉かもしれないが、とにかくそんな名の戦艦で、なにかをやっているらしい)、このポール叔父さんのことを知っていそうなひとをだれかつかまえて、もしや叔父さんをご存じないかとたずねさせるのに、オリヴァー叔父さんがちょうどお誂え向きの存在だからだ。わたしたち一行が艦に乗りこむやいなや、きまって祖母は、まるではじめて思いついたかのように言う。「ごらん、あそこにいるひと、士官らしいじゃないか。ねえオリー、おまえ、さりげなく近づいて、ポールのことを知らないかどうかたずねてごらんよ」

オリヴァー叔父さんは、自分もかつては海軍にいた立場から、母や祖母がそばについているかぎり、水兵がとくにドットやわたしにとって危険な存在だとは考えていなかった。それでも叔父は船が好きだったから、声がかかると、いつもわたしたちと同行し、そのくせ艦に乗りこむやいなや、さっさとよそへ行ってしまう。わたしたちがきれいに磨きあげられた甲板をこわごわ歩きまわり、気がかりそうに救命艇を見やっているあいだ、オリヴァー叔父さんは灰色の塗装を愛《いと》おしむようになでさすったり、無線装置を探して、どこかへ姿を消してしまったりするのだ。

ランチの乗り場で落ちあうと、叔父さんはきまってドットとわたしにコーンに入れたアイスを買ってくれるし、ランチに乗ってからは、周囲に停泊している船をいちいちゆびさしては、その名を教えてくれたりする。たいがいいつも、ランチを走らせている水兵に話しかけ、そのうちきっと、いかにも話のついでというふうに、「じつはわたしも海軍にいたんだ。一七年のことだがね」と、控えめにそのほうへ話を持ってゆく。そしてそう聞かされた水兵のほうも、きまってうやうやしくうなずいてみせる。

やがてランチが本艦に着き、タラップをのぼって甲板へあがる段になると、母はきまってドットとわたしに、「スカートをきちっとおさえるのよ」と押し殺した声で言う。そこで、ドットとわたしは片手でタラップの手すりにつかまり、残る片手でスカートの裾を強くひきよせ、前で束のようにまとめて、それを握ったまま梯子をのぼってゆくのだ。祖母はいつも先頭に立ち、つづいてわたしたち、しんがりが母とオリヴァー叔父。甲板にあがると、母がいきなりわたしたちのどちらかの腕をむんずとつかみ、祖母がもうひとりの腕をつかんで、一同打ちそろって、艦内の見学を許されている区画をぞろぞろとめぐり歩く。最下層以外は、どこでも見ることができるが、このこと自体が、いつも祖母を警戒させる。わたしたちはもっともらしい顔で、キャビンや、祖母が後甲板だと主張する甲板や、おなじく祖母が左舷灯だと称するライト（祖母にとってはどちらの舷側も左舷《スターボード》なのだ——いちばん高いマストは、つねに北極星を指しているという意味あいから、右舷は上方にあたると信じこんでいたから）、などを見てまわる。たいていの場合、大砲——どの砲もすべて大砲なのだ——も見学するが、オリヴァー叔父さんは、たぶん罪のない冗談のつもりだろう、きまって祖母にむかって、これらの砲は四六時ちゅう装塡してある、と保証する。「反乱に備えて、ですよ」というのが、叔父の祖母にたいする決め台詞だ。

軍艦にはいつも大勢の見学者が詰めかけていて、オリヴァー叔父さんは、ちょっとした青少年の一団を身辺に集めて、艦の無線システムがどのように働いているか、一席ご講義をぶつのを得意としていた。過ぐる一七年に、彼が戦艦の無線通信技手だったという話を披露すると、きまってだれかが、「じゃあSOSを打電したこと、ありますか？」とたずねる。するとオリヴァー叔父さんは、判で押したように重々しくうなずいて、おもむろに言うのだ――「だけどわたしは、げんにここで、この話をしてるよ」と。

あるとき、オリヴァー叔父さんが一七年の話を聞かせ、いっぽう、母と祖母とドットとが舷側から海をながめているあいだに、わたしは母のによく似たドレスを見かけて、そのあとを追っていったことがある。だいぶ遠くまできてから、ようやくその女性がふりむき、わたしはそれが母ではなかったこと、おかげで道に迷ってしまったことに気づいた。かねて祖母から、かりに道を見失っても、度を失ってうろうろしたりしなければだいじょうぶ、そう言い聞かされてきたのを思いだして、わたしはその場に立ち止まると、周囲を見まわし、やがて人込みのなかから、何本もの金筋のはいった軍服を着た、ひとりの背の高い男のひとを見つけだした。あれは艦長さんにちがいない、艦長さんならきっとわたしを助けてくれるはずだ、そうわたしは判断した。そのひとはとても丁重だった。わたしは、道に迷ってしまったこと、母と祖母と友達のドットとオリヴァー叔父さんとが艦内のどこかにいるはずであること、ひとりではこわくて帰れないこと、などをそのひとに訴えた。そのひとは、じゃあいっしょにみんなを探してあげようと言い、わたしの腕をとって歩きだした。いくらも行かないうちに、母と祖母とがわたしを探して、あたふたとこちらへやってくるのに出あった。後ろからドットがふたりに遅れまいと、小走りで懸命についてくる。祖母はわたしを見つけるなり、走り寄ってきて、わたしの腕をつかみ、艦長さんからひきはなすと、乱暴に揺さぶった。

「この子ったら、死ぬほど心配させて」と言う。

「なに、ちょっと迷っただけですよ」と、艦長さん。

「困ったことにならないうちに、見つかってよかった」祖母はそう言いながらわたしをひきずり、母のほうへあとずさりした。

艦長さんは軽く会釈して、去っていった。母がわたしのもういっぽうの腕をつかんで揺さぶった。「まったく、恥ずかしいと思わないの？」と、頭ごなしに言い、ドットは叱られているわたしをしかつめらしく見つめている。

「でもあのひと、艦長さんだもの——」と、わたしは言いかけた。

「ばかだね、艦長だと本人は言ったかもしれないけど」と、祖母が言う。「あれはただの海兵隊だよ」

「えっ、海兵隊！」母は言うと、わたしたちを陸に連れ帰るランチがもうきているかどうかと、舷側からのりだしてきょろきょろした。それから、祖母にむかって、「早くオリヴァーを探してくださいな。もうじゅうぶん見学させてもらいましたから」と言った。

その夜に起きた出来事のせいで、わたしたちが艦隊見学を許されたのは、その年が最後になってしまった。まずオリヴァー叔父さんを自宅まで送ったあと、残った四人は例年どおり、〈メリーゴーラウンド〉へ食事におもむいた。艦隊見学のあとは、いつもサンフランシスコの市内で夕食をとり、それから映画を見て、遅くなってからバーリンゲームにもどるのがつねだった。夕食は〈メリーゴーラウンド〉でとるのが毎年の習慣だったが、その店では、ぜんぶのお料理が動く台にのって出てきて、客はそれが通り過ぎるところをすばやくつかむことになっている。その店へ行くのは、ドットとわたしが行きたがったからだが、同時にそこはサンフランシスコでは、軍艦についで二番めに危険な場所だった。というのも、その店の決まりで、台からとったものの食べきれなかったお料理については、一皿あたり十五セントを客が負担しなければならなかったからで、こうしてしくじった分は、ドットもわたしも、各自のお小遣いから支払うように言いわたされていた。最後になったこの夜には、ドットとわたしは四十五セントを失うはめになったが、それは主としてドットの選んだモカクリームのデザートに、ココナッツがどっさりはいっているのに彼女が気づかなかったのが原因だった。さらに、ドットとわたしが選んだ映画も、外の案内係が空席はじゅうぶんありますと祖母に保証したのにもかかわらず、ぎっしり満員だった。わざわざ長い列に並び、入場料を返してもらうのなんか真っ平だと母が言ったので、祖母は、それならとにかくなかにはいって、席が空くのを待つしかないだろう、と言った。まもなくふたつの席が空くと、祖母は間髪を入れず、ドットとわたしとをそのほうへ押しやり、わたしたちは首尾よく腰かけた。映画がだいぶ進んだところで、ドットの隣りの席がふたつつづけて空いたので、わたしたちが祖母と母とを探そうとしているとき、いきなりドットがこちらをふりむき、わたしの腕をぎゅっとつかんだ。

「ねえ見て」と、うめくように言う。見れば、ふたりの水兵が空いた席をめざして、列のあいだを近づいてくる。母と祖母とが列の反対側の端にたどりつくのと同時に、水兵たちは空席にすべりこみ、やむなく祖母が、「その子たちにへんな真似をしちゃ困りますよ」と、はっきり聞こえるような声で言ったところで、たまたま通路をいくつかへだてたあたりで席がふたつ空き、しぶしぶ祖母たちはそちらへ行って、腰かけるしかなかった。

ドットがすわったままわたしににじり寄り、わたしの腕にすがりついた。

「そのひとたち、どうしてる？」わたしはささやきかけた。

「ただすわってるだけ」と、ドット。「ねえってば、あたし、どうしたらいいと思う？」

わたしは慎重に首をのばし、ドットの向こうをうかがった。「知らん顔してれば？　そのうち出ていくかもしれないし」

「あんたはなんとでも言えるわよ。あんたの隣りにすわってるわけじゃないもんね」ドットは悲壮な調子で言う。

「あたしだってあんたの隣りよ。ほとんど変わりゃしないわ」わたしは理屈をこねる。

「ねえ、いま、なにをしてる？」ドットが訊く。

わたしはまた首をのばした。「映画を見てるわ」と言ってやる。

「あーん、あたし、もう我慢できない。帰りたいわ」と、ドット。

そこでにわかにパニックが、同時にわたしたちふたりをとらえた。さいわい、母と祖母とが通路を駆けてゆくわたしたちの姿に気づき、外で追いついてくれた。

「いったいあの男たち、なにを言ったんだい？　案内係にねじこんでやらなきゃ」と、祖母がいきまく。

そこで母が、もしもドットがすこし落ち着いて、話ができるまでになるようなら、隣りの喫茶店にはいって、ホットチョコレートをおごってあげる、と言った。その店にはいって、席に落ち着くと、わたしたちは、もうすっかり気分がよくなったから、ホットチョコレートでなく、めいめいチョコレートサンデーをひとつずつにしてほしい、と頼んだ。ドットがようやく機嫌を直して、いくらかはしゃぐようすすら見せはじめたころ、喫茶店の扉がひらいて、ふたり連れの水兵がはいってきた。たったのひととびで、ドットはわたしの祖母の椅子の後ろに隠れ、身をすくめて、祖母の腕にかじりついた。「お願い、連れていかせないで」と、泣き声で訴える。

「きっとわたしたちをつけてきたんだわ」母がこわばった顔で言った。

祖母がドットの体に腕をまわして、「おやおやかわいそうに。だいじょうぶ、あたしたちといっしょなら安全だから」と言った。

その晩、ドットはわが家に泊まらなければならなかった。うちではわたしの弟をドットのおかあさんのところへやって、ドットが今晩はうちに泊まることと、ドットがきょう買ったのがグレイのプリンセスラインのツイードのコートで、温かいライナーのついた非常に実用的なものだということ、このふたつを口上として伝えさせた。ドットはそのコートを、その年のあいだ、ずっと着ていた。

Ⅲ

魔女の疑いで審問にかけられたトマス・ステュアートの未亡人、マーガレット・ジャクスンの陳述……およそ四十年のむかし、もしくはそのころ、薪を背負ってポロックショー農園付近にさしかかったとき、とつぜん黒い〈男〉が彼女の前に出現し、彼女はその黒い〈男〉に全身全霊をゆだねた、と。これは供述者が公式に〈洗礼〉を拒否すると宣言した直後のことで、このとき黒い〈男〉が彼女に充てた精霊名は、ローカスであった、と。その後、本月一月の三日か四日、またはそのころ、夜半ふとめざめると、おなじ寝床にひとりの〈男〉が寝ており、はじめは夫かと思ったものの、夫はすでに二十年ないしそれ以上も前からこの世のひとでなく、そうと思いあたったとたんに、〈男〉は瞬時に姿を消したという。そしてこの〈男〉こそだれあろう、〈魔王〉そのひとであったとのことである。

——ジョーゼフ・グランヴィル『勝ち誇るサドカイびと』より

対　話
Colloquy

その医師は人品卑《じんぴんいや》しからず、いかにも有能そうだった。彼の風貌に、アーノルド夫人はわずかに慰められるものを感じ、心の動揺も多少はおさまった。身をのりだして、煙草に火をつけてもらったとき、自分の手がふるえているのに相手が気づいたのをさとって、夫人は弁解がましくほほえんでみせたが、医師はきまじめな表情で彼女を見かえしたきりだった。

「だいぶとりのぼせておいでのようですな」と、重々しく言う。

「とりのぼせていますわ、おおいに」アーノルド夫人はそう答え、努めてゆっくりと、知的にしゃべろうとした。「じつは、そういう理由もございまして、その、マーフィー先生――うちのかかりつけのお医者様ですけど――のところへは行かず、こちらにうかがったような次第ですの」

医師は軽く眉をひそめた。

「夫には——」アーノルド夫人はつづけた。「——夫には知られたくないんです、わたしが心配事をかかえていることは。でもマーフィー先生だと、夫に伝える義務があるとお考えになるでしょうから」

医師はうなずいた。どっちつかずなうなずきかただ、とアーノルド夫人は見てとる。

「で、その心配事とは？」

アーノルド夫人は深く息を吸いこんだ。「ねえ先生、頭がへんになりかかってるかどうか、どうすれば見きわめられますの？」

医師はふと目をあげた。

「ばかげてるでしょう？」と、アーノルド夫人。「こんなふうに話しだすつもりはなかったんです。なんていうか、すごく説明しにくいので、ついついお芝居がかった言いかたになってしまって」

「狂気というものは、奥さんがお考えになっているのより、だいぶ複雑なものですよ」医師が言う。

「複雑なことはわかってますわ」アーノルド夫人は言う。「だってそれだけですもの、わたしがほんとうに確かだと思えるのは。まさにその狂気こそが、わたしの言おうとしてることのひとつなんです」

「とおっしゃると？」

「それがわたしの心配事だと申しあげてるんですわ」そう言って、アーノルド夫人は背筋をのばしてすわりなおすと、膝に置いたハンドバッグの下から手袋をひきだして、きちんと重ねてバッグの上にのせた。それから、もう一度とりあげて、またバッグの下にもどした。

「どうやら、なにもかもお話しいただいたほうがよさそうですな」と、医師が言った。

アーノルド夫人は溜め息をついた。「ほかのひとは、みんなわかってるらしいんです。でも、それがわたしにはわからない。つまりね」と、膝をのりだして、片手で身ぶりをまじえながら、「みんなの生きかたというのが、どうにも理解できないんです。むかしは生活することなんて、いたって簡単でした。わたしの幼かったころには、ほかの大勢のひとたちが暮らしてる、そのおなじ世界に住み、だれもがそこでいっしょに暮らして、物事はなんの混乱もなく、円滑に運んでいました」ここでアーノルド夫人は医師を見やった。医師がまたもや眉間に皺を寄せているのを見てとり、ややあわてぎみに、声を高めてつづける。「まあ聞いてください。きのうの朝、夫は出勤の途中、新聞を買おうとしました。いつも買うのは《タイムズ》と決めていて、それもきまっておなじ売り子から買うんです。ところがきのうにかぎって、その売り子のところに夫のための《タイムズ》は残っていなくて、夜になって帰宅してからも、夫はやれ魚が焦げてるの、やれデザートが甘すぎるのと文句ばっかり。寝るまでその調子でぶつぶつ言いどおしでした」

「ご主人はほかの売店をあたってみてもよかったんですよ」と、医師が言った。「地元の売店よりもダウンタウンの売店のほうに、遅くまで新聞が残ってるってことはざらにあります」

「いえいえ、そういうことじゃないんです」アーノルド夫人は一語一語ゆっくりと、明瞭に言った。「もう一度、はじめからお話ししたほうがよさそうですわね。わたしが子供だったころには――」言いさして、そのままやめる。「あのね、心身医学なんて言葉、むかしありましたかしら。でなくば、国際企業連合、なんてのは？　官僚的中央集権、なんてのは？」

「そうですな」医師は口をひらきかけた。

「いったいどういう意味ですの、それ？」アーノルド夫人はなおも言いつのる。

「今日《こんにち》のような国際的な危機の時代においては」と、医師は穏やかにつづける。「だれしも――たとえばの話――文化のパターンが急速に崩壊しつつあるのを知るわけでして……」

「国際的な危機。文化のパターン」アーノルド夫人は声もなくすすり泣きはじめた。「夫は言うんです――いつもの売り子がおれのために、《タイムズ》を一部とっておかない権利はない、って」ヒステリックに言いつのりながら、バッグをさぐってハンカチをとりだす。「それから、こんなことも言いだしました――ローカルレベルにおける社会計画と付加税の対象になる純所得と地政学的概念とデフレーション的インフレーションがどうのこうの、って」声が高まって、悲鳴に似た嗚咽になった。「ほんとにそう言ったんですよ、デフレーション的インフレーション、って」

「ミセス・アーノルド」医師が言って、デスクをまわってこちらへやってきた。「生憎ですが、その調子では、どうにも手がつけられませんな」

「じゃあ、どうすれば手がつけられるんです」アーノルド夫人は言いかえした。「みんなはほんとに頭がどうかしてるんですか？　わたし以外のみんなは？」

「さあさあ、ミセス・アーノルド」医師はきびしい調子で言った。「どうか落ち着いていただけませんか。現今のわれわれのそれのように、見当識を失った世界においては、現実からの疎外はしばしば――」

「見当識を失った」アーノルド夫人は言った。そして立ちあがった。「疎外。現実」医師がひきとめるのより早く、彼女はまっすぐ診察室の戸口へ行き、ドアをあけた。「現実」そう言って、彼女は出ていった。

伝統あるりっぱな事務所

A Fine Old Firm

コンコード夫人は、上の娘のヘレンといっしょに居間にすわり、体のぬくもりを保つために縫い物をしたり、おしゃべりをしたりしていた。ヘレンは繕っていたストッキングを置き、庭に面したフレンチドアに歩み寄った。

「早く春がこないかしらねえ」そう言ったとき、玄関の呼び鈴が鳴った。

「あらたいへん、お客様だったらどうしましょう！　絨毯が糸くずだらけ」椅子にかけたまま前かがみになって、夫人は周囲に散らかっているこまごましたくずやがらくたを拾い集めはじめ、そのあいだに、ヘレンは玄関へ応対に出た。ドアをあけ、ほほえみながら戸口に立ったとたんに、外にいた女がいきなり片手をさしだし、早口に話しかけてきた。

「あなたがヘレンね？　あたくし、ミセス・フリードマン。とつぜんお邪魔してご迷惑かもしれないけど、かねがねあなたとおかあさまに、ぜひともお目にかかりたいと思ってたものだから」

「はじめまして」ヘレンは言った。「おはいりになります？」

ドアを広くあけ、フリードマン夫人をなかに通した。小柄で、髪は黒っぽく、とびきりおしゃれな豹のコートを着た女性だ。「おかあさまはご在宅かしら」そうヘレンに問いかけてきたが、ちょうどそのとき、コンコード夫人が居間から出てきた。

「わたしがミセス・コンコードですけど」ヘレンの母は名乗った。

「ミセス・フリードマンです」と、フリードマン夫人も言う。「ボブ・フリードマンの母親ですわ」

「ボブ・フリードマン」コンコード夫人はおうむがえしに言った。

フリードマン夫人は恐縮したように笑みを浮かべた。「てっきりご子息から、ボビーのことはお聞きになっていると思っておりましたけど」

「ああ、あの？」とつぜんヘレンが頓狂な声を発した。「それならもちろん聞かされています。ほら、チャーリーがしょっちゅう手紙で話題にしてるかたよ、おかあさん」それからフリードマン夫人にむかって、「なにしろチャーリーはとても遠くにいるような気がするもので、それでとっさには結びつきませんでしたの」

コンコード夫人もうなずいていた。「ええ、ええ、そうでしたね。さあどうぞ、こちらへいらして、おかけになりません？」

フリードマン夫人は、コンコード母娘のあとから居間にはいってき、縫い物で占領されていない椅子のひとつに腰かけた。

コンコード夫人は、片手でぐるっと室内を示してみせた。「たいへん散らかしておりまして。ヘレンもわたしも、ひまさえあれば手を動かしたり、なにかこしらえたりするのが好きなものですから。これはキッチンのカーテンですわ」さいぜんまで縫っていた布地をとりあげてみせる。

「とてもきれいですわね」フリードマン夫人はそつなく褒めあげる。

「じゃあご子息のことを聞かせてくださいな」コンコード夫人はつづけた。「じつは、お名前をうかがってすぐには思いだせなくて、自分でもあきれてるんですよ。ただねえ、なぜかボブ・フリードマンのことは、チャールズと、軍隊と、このふたつに結びつけて考えがちなものですからね。そのおかあさまがこの町においでだなんて、とても不思議な気がいたしますの」

フリードマン夫人は笑った。「あたくしもそっくりおなじ気持ちですわ」と言う。「じつを申しますと、ボビーが手紙をよこしまして、お友達のおかあさまがあたくしどもからほんの二、三ブロックのところにおいでになる、ちょっとお邪魔して、ご挨拶してきたらどうだ、そう言ってまいりましたの」

「おやまあ、それはそれは。わざわざお訪ねくださって、うれしゅうございます」と、コンコード夫人。

「いまじゃあたしたち、ボブのことならおばさまに負けないくらい、よく知ってるんじゃないかしら」ヘレンも脇から言葉を添える。「だってチャーリーったら、いつだって手紙にボブのことを書いてくるんですもの」

フリードマン夫人はハンドバッグをあけた。「じつはね、チャーリーからの手紙までこうして持っておりますのよ。ごらんになりたいんじゃないかと思いまして、持参いたしました」

「チャールズが奥さんにお手紙を？」コンコード夫人が意外そうに訊いた。

「ほんのメモのようなものですけどね。あたくしがボビーに送ってやったパイプ煙草が、とてもお気に召したようで」フリードマン夫人は事情を説明する。「それで、こないだボビーに小包を送ったとき、ついでにその煙草も一缶、入れておきましたの」そう言ってコンコード夫人に手紙を渡し、ヘレンにむかって言葉をつづけた。「あたくしのほうこそ、こちらのみなさんのことをなんでも知ってるような気がしますよ。ボビーの手紙には、いつでもみなさんのことばかり、どっさり書いてありますから」

「そう言えば」と、ヘレンが言う。「ボブがクリスマスにおばさまへの贈り物として、日本刀を買ったってことも、あたし、知ってます。日本刀なんて、ツリーの下に飾ったら、きっとりっぱに見えたでしょうね。チャーリーはボブがそれをある若者から買うとき、そばで口添えしたんだそうですよ。そのこと、お聞きになってます？――なんでも、売り主のその若者と、あやうく喧嘩になりかかったとか」

「いえ、ボビーが喧嘩になりかけたんですよ」フリードマン夫人が言った。「お宅のチャーリーはもっとお利口さんだから、騒ぎにはかかわらなかったって聞いてます」

「あらやだ、あたしたちはまた、面倒事に巻きこまれたのはチャーリーだったって聞かされたけど」ヘレンが言った。そしてヘレンとフリードマン夫人は声をそろえて笑った。

「こうなると、両方の言い分をつきあわせたりしないほうが、かえってよかったみたい。あの子たちは、口裏を合わせようとはしていないみたいだから」そうフリードマン夫人は言い、手紙をヘレンに渡そうとしているコンコード夫人のほうに向きなおった。「いまお嬢さんにお話ししようとしてたところなんですよ――奥さんのことでは、これまでさんざん賛辞を聞かされてきた、って」

「わたしどものほうこそ、奥さんのことはたんと聞かされておりますよ」と、コンコード夫人。

「チャーリーはボブに、奥さんとふたりのお嬢さんのお写真を見せてくれたそうです。妹さんのほうは、たしか、ナンシー――でしたわね？」

「ええ、ナンシーです」コンコード夫人は答える。

「とにかく、チャーリーはとてもご家族思いですわ」フリードマン夫人はつづけた。「あたくしにまで手紙をくれるなんて、ほんとに思いやりがあって。でしょう？」と、ヘレンに問いかける。

「その煙草がきっとすごくおいしかったんでしょうね」ヘレンは言い、ちょっとためらってから、手紙をフリードマン夫人に返した。夫人はそれをハンドバッグにしまった。

「いつかぜひチャーリーに会ってみたいですわ」と、言葉をつづける。「なんだか彼のことは、なにからなにまで知りつくしてるような気がして」

「帰還しましたら、あの子もきっと奥さんにお会いしたがると思いますよ」コンコード夫人が言った。

「その日が早くくるといいですわねえ」と、フリードマン夫人。そのあと、ちょっとのあいだ三人とも黙りこみ、それからまたフリードマン夫人が、快活につづけた。「こうしてずっとおなじ町で暮らしてきながら、あんなに遠いところにいる息子たちを介してでなきゃ、おたがいお近づきになれないなんて、思えば不思議な話ですわ」

「そうですね、たしかにここは、なじむまでがなかなかたいへんな土地ですから」と、コンコード夫人。

「こちらには、もうお長いんですか？」フリードマン夫人は言い、それから弁解するような笑みを浮かべてみせた。「もちろん、ご主人様のことはよく存じあげておりますわ。妹の子供たちが、ご主人様の高校にかよっておりまして、それはりっぱな先生だといつも申しております」

「まあ、それはそれは」と、コンコード夫人。「主人は生まれたときからこの土地で暮らしてきました。わたしは主人と結婚したときに、西部のほうからまいりましたけど」

「でしたら、この町に落ち着いて、みなさんとお親しくなるまでに、奥さんの場合は、あまりご苦労はなさらなかったわけですわね？」

「ええ、ほとんど苦労はありませんでした。もちろん、おつきあいするかたたちのほとんどが、主人と幼なじみで、いっしょに学校にかよった仲だということもございましたでしょうけど」

「ボビーがコンコード先生にお習いする機会がなかったこと、残念でなりませんわ」フリードマン夫人は言って、立ちあがった。「さて、では……思いきってお訪ねしてみて、ほんとによかったと存じます」

「こちらこそ、お立ち寄りいただいてうれしゅうございました。まるでチャールズから便りがきたみたいでしたよ」コンコード夫人が言った。

「よくわかります、どれだけ便りが歓迎されるものかって——あたくしもボビーからの便りを待ちこがれておりますから」フリードマン夫人はそう言い、コンコード夫人といっしょに玄関のほうへ歩きだした。ヘレンも席を立って、ふたりのあとを追った。「じつは、主人もチャーリーにはたいへん関心を持っておりましてね。チャーリーが軍隊にはいる前は、法律を学んでいたと聞いてからですけど」

「ご主人は法律家でいらっしゃるんですか?」コンコード夫人が訊いた。

「グリューネヴァールト・フリードマン&ホワイト法律事務所のフリードマン、それが主人です」と、フリードマン夫人。「いずれチャーリーが帰還して、就職するようなときには、主人がポストをお世話できるかもしれません」

「まあ、それはそれはご親切に」コンコード夫人は言った。「チャールズがその話を聞いたら、きっと残念がることでしょう。と申しますのも、主人の古くからの友人のチャールズ・サタースウェイト、このかたの事務所にはいることが、かねてからの黙契のようになっておりましてね。サタースウェイト&ハリスです」

「フリードマンならその事務所を知っていると思いますわ」と、フリードマン夫人。

「伝統のあるりっぱな事務所です」と、コンコード夫人。「主人の祖父が、かつてパートナーを務めておりました」

「今度ボブにお手紙をお出しになるときには、あたしたちからもよろしくとお伝えくださいね」ヘレンが言った。

「ええ、そうしましょう」と、フリードマン夫人が応じた。「おふたりにお目にかかったことを、すっかり話してやりますよ。それじゃどうも、いろいろありがとうございました」そう言って、コンコード夫人に手をさしだす。

「いいえ、こちらこそ」と、コンコード夫人。

「チャーリーにまた煙草を送りますって、そう伝えてあげてくださいな」フリードマン夫人はヘレンに言った。

「ええ、きっと」と、ヘレン。

「さて、それじゃ失礼します」フリードマン夫人が言った。

「さよなら」と、コンコード夫人が言った。

人形と腹話術師

The Dummy

そのレストランは、上品で、内装も贅沢、腕のいいシェフのほかに、フロアショーと称するエンターテイナーの一団もかかえていた。ここにくる客は、静かに笑いながら旺盛に食べ、しかも、店の料理と芸能と全体の雰囲気とが保証するのより、つねに勘定書きがほんのわずか高めだという原則をも尊重していた。品がよく、感じがよく、女性だけのふたり連れでも、まったく体面を汚すことなしに入店できるし、わずかに刺激的な食事を楽しめもする店なのだ。ウィルキンズ夫人とストロー夫人とが、厚い絨毯を敷いた階段を音もなく降りて、店にはいってきたときにも、ウェイターはみんな、一度ちらりとそちらを見たきりで、二度と目をあげようとはしなかったし、ふりかえる客はほとんど見あたらず、給仕長は物静かに近づいてきて、愛想よく一礼し、やおら向きなおって、ずっと奥のほうの空席へと案内しようとした。

「ずいぶん遠いけど、あんな遠い席でかまわない、アリス？」と、きょうのもてなし役であるウィルキンズ夫人がストロー夫人にたずねた。「なんなら、べつの席が空くまで待ってもいいけど。でなければ、どこかよそへ行く？」

「とんでもない」ストロー夫人は答えた。ごてごてと花を飾った派手な帽子の、どちらかというと大柄な女性で、そこにたたずんだまま、近くのテーブルにセットされているずいぶんと実のありそうな料理を、好ましげな目つきでながめた。「どこのお席だって、ぜんぜんかまわないわ。ここ、ほんとにすてきなお店ね」

「じゃあ、どこでもいいわ」ウィルキンズ夫人は給仕長に言った。「できれば、あんまり遠くないところがいいけど」

給仕長はかしこまって耳を傾け、うなずくと、優雅な身ごなしで配置されたテーブルのあいだを抜け、いちばん奥の隅へ案内した。そこはエンターテイナーたちが出入りする入り口のそばであり、いつもこのレストランのオーナーである女性が、すわってビールを飲んでいるテーブルのそばであり、調理場への入り口のそばでもあった。

「もっと近いところはないの？」ウィルキンズ夫人は眉をひそめて給仕長に言った。

給仕長は肩をすくめて、ほかの空席をいくつか身ぶりで示してみせた。ひとつは太い柱のかげ、ひとつは大人数のグループのために準備されているテーブル、三番めは、小編成の楽団の背後になるような位置にある。

「ここでじゅうぶんよ、ジェン。いいから早くすわりましょう」と、ストロー夫人が言った。

ウィルキンズ夫人はまだためらっていたが、ストロー夫人はさっさとテーブルのいっぽうの側の椅子をひき、溜め息まじりに腰をおろすと、手袋とハンドバッグをかたわらの空いた椅子に置き、コートの襟もとをくつろげにかかった。

「どうもあんまり気に入らないわ。ここじゃきっとなんにも見えないわよ」そう言いながらウィルキンズ夫人は、向かい側の椅子に腰をのせた。

「だいじょうぶ、見えますって」ストロー夫人が言った。「ちょっと遠いけど、見えることは見えるし、もちろん聞くぶんにはまるきり問題ないし。なんなら、そっちと席を代わりましょうか？」と、しぶしぶつけくわえる。

「いいえ、いいのよ、アリス」ウィルキンズ夫人は言い、さっきから給仕長がさしだしていたメニューを受け取ると、テーブルに置いて、ざっと目を通した。「ここのお料理はとてもおいしいのよ」と言う。

「シュリンプ・キャセロール。フライドチキン」そう言ってストロー夫人は溜め息をついた。「あーあ、なんだか急におなかがすいてきたわ」

ウィルキンズ夫人はほとんど思案もせずにてきぱきと注文をすませ、それからストロー夫人が料理を選ぶのに知恵を貸した。給仕長が立ち去ってしまうと、ストロー夫人はやれやれとばかりに椅子の背にもたれ、ついで、ぐるりと体をまわして、店内全体を見まわした。「ほんとにすてきなお店だわ」と、また言う。「お客もちゃんとしたひとたちばかりだしね」と、ウィルキンズ夫人。「ほら、あなたの後ろの、あそこの席にすわってるひと、あのひとがここのオーナーなの。いつ見ても身だしなみがよくて、上品なひとだなあと思ってるんだけど」

「たしかにあのひとなら、グラスをきちんと洗わせそうだわね」と、ストロー夫人。それからあらためてテーブルに向きなおると、ハンドバッグをとりあげて、なかをさぐり、煙草の箱とマッチの箱をとりだして、テーブルに置いた。「あたしだって、万事に清潔で、お料理も小ぎれいに見えるお店って、好きですもの」と言う。

「このお店で、けっこう儲けてるのよ」と、ウィルキンズ夫人はつづける。「拡張する前も、トムとふたりでよくきてたんだけど。その当時だって、申し分のないお店だったわ。でも、いまみたいにしてから、もうすこし格上の客層を狙ってるみたい」

ストロー夫人は、いま前に置かれたクラブミートのカクテルを、満足げにしげしげとながめているところだ。「ええ、そうでしょうね」と、相槌を打つ。

そんなストロー夫人を見やりながら、ウィルキンズ夫人は無造作にフォークをとりあげた。「きのう、ウォルターから手紙がきたわ」と、さりげなく言う。

「へえ？　なんと言ってきたの？」ストロー夫人が訊く。

「おかげさまで、元気でやってますって」と、ウィルキンズ夫人。「なんだかわたしたちには内緒にしたいことが、どっさりあるみたいだけど」

「ウォルターはいい子よ。あなた、心配しすぎなんじゃない？」と、ストロー夫人。

と、ここで楽団がいきなり騒々しく演奏を始め、照明が暗くなって、舞台にだけスポットライトがあたった。

「暗いなかで食べるのって、わたし、好きじゃないわ」ウィルキンズ夫人が言った。

「明かりなら、こっちの後ろのドアからたっぷりはいってくるわよ」ストロー夫人はそう言い、フォークを置くと、向きなおって楽団をながめた。

「ウォルターは学生監に選ばれたんですって」ウィルキンズ夫人が言った。

「彼ならクラスで真っ先になるべきでしょうね」と、ストロー夫人。「ねえちょっと、あの娘のドレスを見てよ」

ウィルキンズ夫人はさりげなく首をまわし、ストロー夫人が頭で指し示した若い女性を見た。ちょっと前に、エンターティナーの控え室に通じるドアから出てきたところで、背がすらりとして、ひときわ肌が浅黒く、真っ黒な髪に、濃く太い眉。ドレスはメタリックグリーンのサテンで、襟ぐりを大きくあけ、燃えるようなオレンジ色の花が一輪、片方の肩についている。

「驚いたわ、あんなドレス、見たこともない」ウィルキンズ夫人は言った。「きっとダンスでも見せるんでしょうね」

「でも、驚くほどの美人でもないわ」と、ストロー夫人。「それに、ほら、いっしょにいる男を見て！」

ウィルキンズ夫人はもう一度ふりむき、すばやくまた首をもとにもどして、うっすらストロー夫人に笑いかけた。「猿みたいね」と言う。

「しかもすごいチビ」と、ストロー夫人。「ああいうにやけたチビのブロンド男って、あたし、大嫌い」

「以前はここでもけっこうしゃれたフロアショーを見せてたのよ」ウィルキンズ夫人が言う。「音楽も、踊りも上等だったわ。ときどきハンサムな若い男がきて、お客からのリクエスト曲を歌うこともあったし、たしか一度はオルガン奏者がきたこともあったっけ」

「ああ、やっとメインディッシュがきた」ストロー夫人が言った。音楽がやみ、司会者も兼ねている楽団のリーダーが進みでて、最初の演目である社交ダンスのペアを紹介した。拍手が起こると、ひとりの背の高い青年と、おなじく背の高い若い女性とが控え室の入り口からあらわれ、テーブル席のあいだを縫って、ダンスフロアのほうへと歩いていった。ふたりとも、途中で例のメタリックグリーンの娘と連れの男とに、軽くうなずいて挨拶を送った。

ダンスが始まると、ウィルキンズ夫人が言った。「すごく優雅じゃない？　ああいったダンサーって、いつ見ても、とってもきれい」

「でも、体重に気をつけなきゃいけないから、たいへんよ」ストロー夫人がいっぱしの批評家めいた口をきいた。「ねえ見て、例のグリーンの娘にくっついてるやつ」

ウィルキンズ夫人はまたふりかえった。「あのふたり、まさかコメディアンじゃないでしょうね」

「いま見てるかぎりじゃ、さほど滑稽っていうふうにも見えないけど」ストロー夫人は言って、自分の皿に残ったバターの量を目分量ではかった。「おいしいお食事をしたあとって、いつもあたし、ウォルターのことを思いだすのよ。それと、むかしあたしたちが学校で食べさせられてたしろもののことも」

「いまいるところ、食事はけっこういけるって、そうウォルターは書いてきてるわ。なんでも、三ポンド近く肥っちゃったんですって」と、ウィルキンズ夫人。

ストロー夫人がふと目をあげた。「まあ驚いた！」

「どうかした？」

「あの男、腹話術師らしいわ。そうよ、きっとそう」ストロー夫人が言う。

「近ごろじゃ、べつに珍しくもないんじゃない？」と、ウィルキンズ夫人。

「あたしは子供のとき以来、見たことがないわ、一度も」と、ストロー夫人。「ほら、あの箱のなかに、こびとが——ええと、あれ、なんて呼ぶの？——とにかくそれがはいってるのよ」わずかに口をあけたまま、なおもまじまじと見ている。「ねえ見て、ごらんなさいってば、ジェン」

グリーンの娘と連れの男とは、エンターテイナー控え室の入り口に近いテーブルに陣どっていた。娘のほうは身をのりだして、男の膝の上の人形をじっと見ている。人形は男自身のグロテスクな木製のコピー、つまり本人をそっくりなぞった複製だ。男がブロンドであるのにたいして、人形は誇張した真っ黄色な髪——木でできたぺったりした巻き毛に、もみあげまでそっくりそのまま。男がチビで醜悪なところを、人形はさらに小さく、さらに醜悪にしてある——おなじ大きな口。おなじぎょろ目。ちっぽけな黒い靴まで完全にそろった、おなじ夜会服姿のおぞましいパロディー。

「いったいどういう風の吹きまわしで、このお店に腹話術師なんかが出ることになったのかしら」ウィルキンズ夫人は言った。

グリーンの娘はテーブルごしに身をのりだすと、人形のタイをまっすぐにし、片方の靴紐を結びなおし、上着の肩のあたりをなでつけてやった。彼女が身を起こすなり、男がなにか話しかけた。彼女は無頓着に肩をすくめた。

「なんだかあのグリーンのドレスから目が離せなくなっちゃったわ」と、ストロー夫人が言った。ウェイターがデザートのメニューを持って音もなく近づいてきたので、彼女はびくっとしてすわりなおした。ふたりの女性の注文が決まるまで、ウェイターはそわそわしながら、楽団が演目と演目のあいだのつなぎの音楽を演奏しているステージのほうへ目をやっていた。ようやくストロー夫人がチョコレート・アイスクリームを添えたアップルパイに決めるころには、司会者が腹話術師を紹介していた。

「……と、親父さんに瓜ふたつのせがれ、マーマデュークの登場です！」

「出番があんまり長くないといいんだけど」と、ウィルキンズ夫人が言った。「どっちみちこの席からじゃ、ろくに聞こえやしないし」

腹話術師と人形は、スポットライトの中心にすわり、そろってにやにや笑いながら、早口にしゃべりはじめた。男の締まりのないブロンドの顔は、人形のきょとんとした笑顔と頬を接し、双方の黒い服の肩は、たがいに触れあっている。彼らのやりとりはおそろしく急テンポで、客も、かわされるジョークの内容はあらかた承知しているのか、人形がしゃべりおえないうちから、親愛の情をこめて笑いだすし、そのあとしばらくは興味津々で鳴りをひそめているものの、すぐにまた、つぎの言葉を待たずに笑いだす。

その爆笑と爆笑のあいまをとらえて、ウィルキンズ夫人はストロー夫人に言った。「ひどい芸だわ。どうしてああいう芸人って、いつもこう泥くさいのかしら」

「まあごらんなさいよ、おなじみのあのグリーンのドレスの娘を」と、ストロー夫人。

娘は大きく身をのりだして、一語一語に緊張したり、興奮したりしながら、熱心に聞き入っていた。ずっとその顔をおおっていた重苦しく陰気な表情も、いまはちょっとのあいだ消えて、ほかのみんなといっしょに、目をきらきらさせて笑っている。

「すくなくとも彼女はあれをおもしろいと思ってるわ」と、ストロー夫人。

ウィルキンズ夫人はわずかに肩をすぼめて、身ぶるいした。それから、とりすました表情で、皿のアイスクリームをたいらげにかかった。

ややあって、不満顔で言いだす。「いつも不思議に思うんだけど、どうしてここみたいにほんとうにお料理のおいしいお店が、デザートにもっと気を遣わないのかしら。いつだって、アイスクリームかなにかばっかり」

「アイスクリームに勝るものはないわよ」と、ストロー夫人。

「でも、たまにはペーストリーにするとか、ちょっとしたプディングにするとか、なにか考えてみてもいいんじゃない？　ぜんぜん頭を使ったらしい形跡がないのが不思議よ」

「あなたのお得意の無花果《いちじく》とデーツのプディング、ああいうのって、よそではぜんぜんお目にかかったことないわね」と、ストロー夫人。

「ウォルターはいつだって言ってた、プディングならあれが最高——」

ウィルキンズ夫人が言いかけたのをさえぎって、いきなり音楽が高く鳴り響いた。腹話術師と人形とがお辞儀をしていた。男は体を二つ折りにして深々と頭をさげ、人形は礼儀正しくひょこひょこと頭をあげさげしている。ふたたび楽団が軽快なダンス音楽を奏ではじめ、それに送られて男と人形は向きを変えると、小走りにステージを降りていった。

「やれやれ助かった」ウィルキンズ夫人が言った。

「腹話術なんて、もう長いこと見たことがなかったわ」ストロー夫人が言った。

グリーンの娘は立ちあがって、テーブルにもどってくる男と人形を待っていた。男は人形を膝にのせたまま、どさりと自分の席に腰をおろし、娘もあらためて椅子の端っこに腰をのせながら、何事か執拗に頼みこむ調子で男に声をかけた。

「うるさい、おまえなんかになにがわかる」男は彼女のほうを見向きもせず、声高にそう言うと、手をあげてウェイターを呼んだ。ウェイターは、このレストランの女性オーナーがひとりですわっているテーブルを肩ごしに見やりながら、しばらく躊躇していたが、やがて男のほうに近づいていった。娘がそこでなにか言った。その声は、楽団の演奏している静かなワルツの音色を通して、はっきりと聞きとれた。

「もう飲むのはやめてよ、ジョーイ。どこかよそへ行って、お食事しましょう」

腕に置かれた娘の手を無視して、男はウェイターに注文を告げた。彼が人形のほうを向いて小声でなにかささやくと、人形は大口をあけて笑っている顔を娘に向け、それからまた男のほうを見た。娘は横目でレストランのオーナーのほうをうかがいながらすわりなおした。

「あんな男といっしょになっちゃ、とてもたまらないわね」と、ストロー夫人が言った。

「とにかく、たいしたコメディアンじゃないことは確かだわ」と、ウィルキンズ夫人も調子を合わせた。

娘はまたもや身をのりだして、しきりに男になにか嘆願していたが、男は素知らぬ顔で人形に話しかけては、同感同感とばかりに、人形の首をうなずかせてみせるだけだ。娘が手をのばして男の肩にかけると、ふりむきもせずにそれをふりはらう。娘の声がまた高くなった。「ねえってば、ジョーイ、聞いて」そう訴えている。

「ああ、そのうちにな」男は言った。「いまはとにかく、この一杯を飲みたいだけなんだ」

「そうだそうだ、ほっといてやれよ」人形が言う。

「ねえジョーイ、ここではもう一杯だってお酒はだめよ。あとでいくらでも飲めるんだから」と、娘がつづける。

すると男が言う。「おいおいハニー、もう注文してあるんだぞ。それがこないうちに、ここを出られるかってんだ」

「こんな小うるさいばか女、さっさと黙らせろよ」と、人形が男に言う。「いつだって、ひとが楽しんでるのを見ると、すぐにぶつぶつ言いだしやがる。なんでさっさと黙れと言ってやらないんだ？」

「そんな言いかたはするなよ。聞き苦しいからな」と、男が人形に言う。

「おれはなんだって好きなようにしゃべるさ。おれまでがこの女に黙らされてたまるか」

と、人形。

「ねえジョーイ」娘が言った。「あなたに話したいことがあるのよ。お願い、どこかよそへ行って話しましょう」

「すこし黙ってろと言っているんだ」と、人形が娘に言った。「ったく、おまえときたら、ほんの一分だって黙っていられないのか？」

そろそろ近くのテーブルの客たちが注目しはじめていた。人形のけたたましい声に興味をひかれ、早くも笑いだしそうになりながら、彼のしゃべるのに耳をすましている。

「お願い、頼むから静かにしてったら」娘が言った。

「ああそうだ、そんなに騒ぎたてること、ないぜ」男が人形に言った。「おれはただ、注文した一杯を飲もうとしてるだけだ。彼女だって気にしやしないさ」

「お酒なんて、一杯だって持ってきてくれるものですか」いらだたしげに娘が言う。「あなたには飲ませるなって言われてるんですもの。いままでのあなたの行ないを見れば、このお店では飲ませてくれっこないの、当然だわ」

「おれの行ないのどこが悪い？」男が言う。

「そうさ、おれだよ、騒いでるのは」と、人形。「それにしてもよ、スイートハート、そろそろだれかがおまえに教えてやるしおどきらしいな。そういつも、他人の楽しみに水をさしてばかりいると、そのうち厄介なことになるぜ、って。男ってのは、そういつまでも辛抱できるものじゃないんだから」

「静かにしてったら。みんなに聞こえるじゃない」娘が気がかりそうな目であたりを見まわしながら言う。

「聞こえるなら聞かせてやりゃいいんだ」と、人形。そして、にたにた笑いを浮かべた顔をぐるりと周囲の聴衆に向け、いっそう声を高めた。「男が楽しくやろうとしてるというだけで、この女ときたら、氷枕そこのけにこちこちになっちまうんだからな」

「おいおい、マーマデューク」男が人形に言う。「相手はおまえのおっかさんだぞ、もちっとましな口がきけないのか？」

「ちぇっ、けったくそ悪くて、いまさらそんな口がきけるかよ」と、人形。「ここで言われたくないってんなら、さっさとまたもとどおり、街角に立たせてやりゃいいってんだよ」

ウィルキンズ夫人が口をひらきかけ、またとじた。それから、ナプキンをテーブルに置き、立ちあがった。ストロー夫人が唖然として見まもる前で、つかつかと向こうのテーブルに歩み寄った彼女は、いきなり人形の横っ面をしたたかに張りとばした。

彼女が向きを変え、こちらのテーブルにもどってくるころには、ストロー夫人はすでにコートをはおり、立ちあがろうとしていた。

「お勘定は出がけに払いましょう」と、ウィルキンズ夫人が吐き捨てるように言った。

彼女もコートをとりあげ、ふたりの女性は昂然と胸を張ってドアのほうへ向かった。そのあとちょっとのあいだ、男と娘は黙りこくったまま、横ざまに倒れかかって、首も斜めにねじくれた人形を見つめていた。それから、おもむろに娘が手をのばして、ひんまがった木の首をまっすぐに直してやった。

曖昧の七つの型

Seven Types of Ambiguity

地下にあるその書店の店舗は、一見、とてつもなく大きく思えた。長い本の列がどこまでもつづいて、その両端は薄暗がりに溶けこみ、周囲の壁ぎわは本の詰まった高い書棚でうずまっていて、床にもいたるところに本の山ができている。一階にある小さな小ぎれいな店から、螺旋階段が地下へとつづき、その階段の下に、この書店の店主であり店員でもあるハリス氏が、小型のデスクを構えている。デスクにはカタログ類がごたごたと積みあげられ、すぐ頭の上に、すすぼけた裸電球がひとつ、ぽつんとともっている。そのおなじ電球が、ハリス氏のデスクのまわりにぎっしり並んだ書棚を照らす役割も果たし、いっぽうその奥の、本の陳列台が長々と何列もつづくあたりには、またべつのすすぼけた電球がところどころにぶらさがっていて、客は自分で紐をひいてそれらの明かりをともし、用がすめば、また自分でそれを消して、手さぐりでハリス氏のデスクまでもどってきたうえ、代金を支払って、買った本をつつんでもらうのだった。

ハリス氏は、周囲をうずめた巨大な書棚ぜんぶの、どこに、どんな著者の、どんな題名の本があるかを逐一記憶しているのだが、そのハリス氏がいまこの店に迎えているのは、たったひとりの客だけだった。年のころ十八くらいかと見える少年で、店のずっと奥のほうの、ぶらさがった裸電球の真下に立ち、書棚から抜きだした本をぱらぱらとめくっている。このだだっぴろい地下の部屋は、ひとしお寒さが身にしみるので、ハリス氏も、その少年も、身にコートをまとったままだ。ときおり、ハリス氏はデスクを立つと、階段の曲がり目に置いてある小さな鉄製のストーブに、ほんの少量の石炭をひとすくいぱらぱらと入れる。ハリス氏がそうして席を立つか、あるいは、少年が向きなおって本を棚にもどし、またべつのを抜きだすかする、そのときを除いては、広い店内はしんと静まりかえり、書物たちは薄暗い灯火のもと、むっつりと押し黙って並んでいるきりだ。

そうこうするうち、その静寂が破れた。ハリス氏が新刊のベストセラーや美術書などを陳列している一階の小さな店で、入り口の扉があく音がしたのだ。ハリス氏と少年とがそれとなく聞き耳をたてるなか、ひとの話し声がして、つづいて、一階の店の店番をまかされている若い娘が言っているのが聞こえた。「このままこの階段をお降りになってくださ い。ハリスがご用をうけたまわると存じます」

ハリス氏は立ちあがり、ぐるりと陳列台をまわって階段の下まで行くと、新来の客に足もとがよく見えるよう、ぶらさがった明かりをもうひとつともした。少年は手にしていた本を棚にもどしたが、そのままその本の背に手をかけたまま、なおも耳をすますようす。降りてくるのが女客であると見てとったハリス氏は、いんぎんな物腰で後ろへさがりながら、「いちばん下の段にお気をつけください。終わりかと思うと、もう一段ありますから」と、声をかけた。女は用心ぶかくそろそろと降りてくると、立ち止まって、周囲を見まわした。つづいて、ひとりの男が慎重に階段の曲がり目をまわってあらわれ、低い天井に帽子がつかえないよう、首をすくめつつ降りてきた。「いちばん下の段に気をつけて」と、女がやわらかな、澄んだ声で言った。男は女のかたわらに降りたつと、頭をあげて、女のしたようにぐるりを見まわした。

「ほう、ずいぶんたくさんそろってるな」と言う。

ハリス氏は職業的な笑いを浮かべた。「いらっしゃいませ。ご用は？」

女が男のほうを見、男はちょっとためらってから言った。「じつはな、本をいくらか買いたいと思ってるんだ。まあ、かなりの量を」すべてひっくるめて、といった感じで手をふってみせる。「つまり、セットでだ」

「はあ、ご希望にそえますかぎりは」ハリス氏は言い、また微笑した。「ひとまず奥様、こちらへいらして、おかけになりませんか？」先に立ってデスクをまわってゆき、女はそのあとを追った。男のほうはさらにその後ろから、まるでなにかをこわしはしないかと危懼するかのように、両手をぴたりと脇腹につけた姿勢で、こわごわと陳列台のあいだを通り抜けていった。ハリス氏は女客を自分のデスクの椅子にすわらせ、自分はカタログの山を押しのけて、デスクの端に腰をのせた。

「とてもおもしろそうなお店だわ」と、女がさいぜんとおなじやわらかな声音で言った。中年の、りゅうとした身なりの女で、身につけているものはどれも真新しいが、それでも年齢相応に渋く、控えめな感じを与えるよう、じゅうぶんな計算のうえで選ばれている。男は大柄で、いかにも威勢がよさそうに見えるが、冷たい外気のせいか頬は赤らみ、大きな手にはウールの手袋を、どこか自信なげにぎゅっと握りしめている。

「この店の本をいくらか買いたい。いい本をだ」と言う。

「とくになにかご希望のものでも？」ハリス氏がたずねる。

男は声をあげて笑ったが、その笑いの端々に、どこか当惑めいたものも仄見えた。「いや、まあ、白状するとだ、ばかげて聞こえるかもしれんが、わしはこういったもの、つまり本とか、そういったものについては、あまり詳しくない」この広い、森閑とした店のなかでは、女客のやわらかな声音や、ハリス氏の穏やかなそれとの対照で、男の声はひときわ大きく響きわたるようだった。「そこで、あんたに頼めば、それを教えてもらえるかもしれんと思って、きてみたんだが。といっても、近ごろはやりの三文小説は困る」そう言って、咳払いする。「なにかいいもの、つまりディケンズのようなものだな」

「ディケンズですか」と、ハリス氏。

「わしもがきのころにはディケンズをよく読んだものだ。ああいった本がほしい。要するに、いい本だな」ここで男がちらりと目をあげたのは、それまで奥のほうで書棚のかげにひっこんでいた少年が、三人のほうへ近づいてきたからだった。「ディケンズならもう一度、読みなおしてみてもいい、そう思ってるんだ」と、大柄な男は言いきった。

「ハリスさん」と、少年が遠慮がちに声をかけた。

ハリス氏は顔をあげた。「はい、なんでしょう、クラークさん？」

少年は、ハリス氏と客との応答を妨げるのをはばかるように、いますこしデスクに近寄った。「すみませんが、もう一度エンプスン（サー・ウィリアム・エンプスン〔一九〇六〜八四〕。英国の詩人、批評家。三〇年代初めに来日、東京文理大〔現筑波大〕で教鞭をとったこともある。文芸批評書『曖昧の七つの型』は代表作）を見せてもらえますか？」と言う。

ハリス氏は、すぐさまデスクのすぐ後ろにあるガラス戸つきの書棚に向きなおると、一冊の書物を抜きだした。「さあどうぞ。このぶんでは、お買いあげいただく前に、完全に読了してしまわれそうだ」そう言って、大男とその細君のほうにほほえみかける。「いつかきっと、このひとは店にはいってきて、この本を買ってゆくでしょう。そしてわたしはそのショックで、店をしめなきゃならなくなる」

少年が本をかかえて歩み去ると、大男はぐっとハリス氏のほうへ身をのりだした。「いい全集をふたつばかり買いたいと思うんだ。そう、大きくて、りっぱな、ディケンズのようなやつ。それから、もうすこし小さな全集もふたつばかり」

「ついでに『ジェーン・エア』もね、一冊」と、細君が持ち前のやわらかな声音で言い、それからハリス氏に言った。「わたし、あの本が大好きで、何度も読んだものですわ」

「ブロンテ姉妹の全集なら、非常にみごとなのがございますよ」と、ハリス氏。「装幀も美しいですし」

「そうそう、見てくれもよくなくちゃいかん」男が言った。「だが反面、しっかりした装幀でないと、読むときに不自由する。わしはもう一度、ディケンズを全巻読みなおすつもりでいるんだ」

少年がデスクにもどってきて、ハリス氏にさっきの本をさしだした。「やっぱりいいですね、これは」

「ごらんになりたいときには、いつでもここにありますから」ハリス氏が本を手にして書棚に向きなおりながら言った。「けっこう珍しい本ですよ、これ」

「まだしばらくは売れずにあるでしょうね？」少年は言った。

「なんという本だね？」大男が物珍しげに訊いた。

「『曖昧の七つの型』です。とてもいい本ですよ」少年が答える。

「ふーん、本の題もりっぱだ」と、大男はハリス氏に言う。「若いのにたいしたものだね、そんな題の本を読むなんて」

「とてもいい本です」少年はくりかえす。

「じつはわしも、本をいくらか買おうとしてるんだ」大男が少年に言った。「いままで読みそこなってた分をとりかえそうと思ってね。たとえばディケンズだな。むかしから彼の本は好きだった」

「メレディスもいいですよ」少年が言った。「メレディスを読んでみたことはおありですか？」

「メレディスか」と、大男。それからハリス氏にむかって、「とにかくすこし見せてもらうとしよう」と言う。「そのうえで、ほしいものをいくつか選ぶことにする」

「ぼくがこのかたを奥までご案内しましょうか？」と、少年がハリス氏に言った。「どうせあっちまで帽子をとりにもどらなくちゃなりませんので」

「じゃあかあさん、わしはこのひとといっしょに行って、本を見てくるから」大男が細君に言った。「おまえはここにいて、温まらせてもらっていなさい」

「それはいい」と、ハリス氏。そして大男に、「この若いひとは、どこにどんな本があるか、わたしに負けないくらいよく知ってますから」

少年は陳列台のあいだを奥にむかって歩きだし、大男もあとを追った。依然として、なにものにも触れまいとするように、用心ぶかく体をこわばらせて歩いてゆく。少年が帽子と手袋を置いてきた場所では、頭上の明かりがまだともったままになっていたが、そこを過ぎて、さらにその先で、少年はもうひとつ明かりをつけた。「ハリスさんは全集ものをこのあたりに置いてるんです」と言う。「適当なものがないかどうか、ちょっと見てみましょう」書棚の前にしゃがみこむと、並んだ書物の背を指で軽くなぞっていった。「予算はいくらぐらいですか？」とたずねる。

「いま考えているような本のためだったら、喜んでそれ相応の金は出すつもりだ」大男は言って、すぐ目の前にある書物の背に、指一本でおそるおそる触れてみた。「まあ百五十ドルか、全体で二百ドルといったところかな」

少年は驚いたように顔をあげ、大男を見て、笑った。「それだけあれば、たしかにちょっとした本が買えますね」と言う。

「生まれてはじめてだよ、こんなにたくさんの本を見たのは」と、大男。「いつか自分が平然と本屋にはいっていって、ずっと読みたいと思ってた本を洗いざらい買える日がくるなんて、思ってもみなかった」

「さぞかしいい気持ちでしょうね」

「いままであんまり本を読む機会がなかったんだ」男は言葉を継いだ。「きみよりずっと若かったころから、親父の働いてた機械工場へ、わしも働きに出た。それ以来、ずっと働きづめさ。ところが最近になって、どういうものか、ちょっとばかり金が残るようになった。そこでかあさんと相談して、以前からほしいほしいと思ってきたものを、いくつか手に入れることにしたんだ」

「奥さんはブロンテ姉妹に興味をお持ちのようでしたね」少年は言った。「ちょうどここに、とてもいい全集がありますよ」

男はかがみこんで、少年のゆびさした書物をながめた。「どうもこういうことには不案内でね。どれを見ても、よさそうに見えて、困る。その隣りの全集はなんだね？」

「カーライルです」と、少年。「ですがこれは抜かしてもいいでしょう。おふたりが探しておいでのたぐいのものとはちがいますから。その点、メレディスはいいですよ。サッカレーも。サッカレーなんか、きっとお気に召すんじゃないかな。偉大な作家です」

少年のさしだした本のうちから一冊を受け取ると、男はその大きな手の指、それぞれ二本だけを使って、慎重にそれをひらいた。「よさそうな本だな」と言う。

「ちょっと書きとめてあげましょう」少年がそう言って、コートのポケットから鉛筆とメモ帳とをとりだした。「ブロンテ姉妹、ディケンズ、メレディス、サッカレー」ひとつひとつ読みあげながら、それぞれの全集ものに指を走らせてゆく。

大男が目を細くして書棚をながめた。「もうひとり分ぐらい必要だな」と言う。「いま挙げてもらった分だけじゃ、このために用意した棚がいっぱいにはならん」

「じゃあ、ジェーン・オースティンがいいでしょう」と、少年。「奥さんはきっと楽しまれると思いますよ」

「なあきみ、きみはこういった本をぜんぶ読んでるのかね？」男が訊いた。

「まあほとんどは」と、少年。

男はしばらく黙りこんでいたが、ややあって、つづけた。「わしはとうとう、ものを読む機会ってのがあまり持てなかった。うんと若いうちから働きに出たものでね。いまからせいぜいがんばって、遅れをとりかえさなきゃならん」

「これからいくらでも楽しい時間が持てますよ」少年は言った。

「さっききみが向こうで見てた本だが」と、男が言った。「あれはなんの本なのかね？」

「美学の本です」少年は答えた。「文学を論じたものですよ。めったに見つからない珍しい本です。だいぶ前から買いたいと思ってるんですが、なにぶん小遣いが足りなくて」

「きみは大学生かね？」

「そうです」

「おお、ここにもひとり、ぜひ読みかえさなくちゃならん作家がいたぞ」と、男はつづけた。「マーク・トウェインだ。がきのころ、二、三冊だが読んだことがある。しかし、まず手はじめとしては、これくらいでじゅうぶんだろうな」そして立ちあがった。

少年もほほえみながら立ちあがった。「これだけでも、毎日、読書漬けになりそうですよ」

「読書は好きだ。ほんとに好きなんだよ」男は言った。

彼は書棚のあいだの通路を歩きだし、まっすぐハリス氏のデスクへ向かった。少年も明かりを消してそのあとにつづき、途中でちょっと足を止めて、帽子と手袋をとりあげた。大男はハリス氏のデスクまで行くなり、細君に言った。「いやあ、じつに利口な子だ。本のことなら一から十まで知ってる」

「買いたいものは決まったの？」細君がたずねた。

「あの子がりっぱなリストをつくってくれたからな」男はハリス氏のほうを向き、さらにつづけた。「あんなに本が好きな子供にお目にかかれるなんて、めったにない経験をさせてもらったよ。わしがあれくらいの年ごろには、働きに出てもう四、五年はたってたからな」

少年がメモを手にして近づいてきた。「これで当分はまにあうでしょう」と、ハリス氏に言う。

ハリス氏はリストをざっと見て、うなずいた。「あのサッカレーはいい。いい全集を見つけましたな」

少年は帽子をかぶり、階段の下まで行って立ち止まった。「そこに挙げた本が、楽しく読めるといいですね」と言う。「そのうちまたエンプスンを見せてもらいにきますから、ハリスさん」

「なるべくおとりしておくようにしますよ」と、ハリス氏。「ですが、ぜったいにとっておくと確約はできません。そのへんはお察しでしょうが」

「ええ。とにかく売れていないことをあてにしています」少年は言った。

階段をのぼりだした少年の後ろから、大男が呼びかけた。「ありがとうよ、きみ。世話になったな」

「いえ、どういたしまして」

「いやあ、じつに利口な子だ」大男はハリス氏に言った。「あの年であれだけの教養があるんだから、いずれ大物になるだろう」

「若いのに、りっぱなものですよ」と、ハリス氏も言う。「例の本をほしがってることも確かですしね」

「いつかほんとに買いにくると思うかね？」大男がたずねた。

「さあどうでしょうか」と、ハリス氏。「お手数ですが、ここにご住所とお名前をお書きください。そのあいだに本の代金を計算しますから」

少年のきれいな筆跡で書かれたリストと照合しながら、ハリス氏は本の価格を書きしるしていった。大男は所定の欄に名前と住所とを記入してしまうと、そのあとしばらく指先でデスクをたたきながら何事か思案していたが、やがて言った。「さっきの本だが、もう一度わしに見せてもらえるかね？」

「エンプスンですか？」ちらっと目をあげて、ハリス氏は問いかえした。

「あの子があれほど興味を持っていた本だよ」

ハリス氏は背後の書棚に手をのばし、問題の書物を抜きだした。大男は、さっきほかの書物を手にしたときとおなじに、おそるおそるといった手つきでそれを持つと、眉間に皺を寄せながらページをめくってみた。それから、ぱたんとそれをハリス氏のデスクに置いた。

「もしもあの子が買わないようなら、これもわしの注文リストに加えてもらってもいいかな？」と訊く。

ちょっとのあいだ、ハリス氏は計算していた数字から目をあげたが、やがて、黙ってその本もリストに加えると、手ばやく合計して、総額を書きだし、計算書をデスクごしに男のほうへ押しやった。男が数字を検《あらた》めているあいだに、ハリス氏は女のほうに向きなおって、言った。「ご主人はいいお買い物をなさいましたよ。おもしろい読み物がたくさんはいっています」

「それは楽しみですわ」と、女は言った。「もうずっと前から、いつか買えるときがきたら、と期待してましたの」

大男は入念に数えながら紙幣をとりだし、それをハリス氏に渡した。受け取った金をデスクの最上段の引き出しにしまってから、ハリス氏は言った。「今週末までには、お買いあげ品がお手もとに届くように手配します。それでおさしつかえありませんか？」

「結構だよ」男は言った。「じゃあ行こうか、かあさん？」

女は立ちあがり、大男は後ろにさがって、彼女を先に行かせた。ハリス氏はあとからついてゆき、階段の下で立ち止まって、女に声をかけた。「いちばん下の段にお気をつけください」

夫婦が階段をのぼってゆき、螺旋の曲がり目に達するまで、ハリス氏は見送っていた。それから、頭上のすすぼけた裸電球のスイッチを切り、もとのデスクにもどった。

アイルランドにきて踊れ

Come Dance with Me in Ireland

若きアーチャー夫人がキャシー・ヴァレンタインやコーン夫人といっしょにベッドにすわり、赤ん坊の相手をしながら世間話に興じているとき、呼び鈴が鳴った。「あらやだ、まただわ！」そう言いながらアーチャー夫人は、この建物の入り口のドアを解錠するブザーを押しにいった。「うちはこの一階に住むしかなかったのよ」と、向こうからキャシーやコーン夫人に呼びかける。「なのに、だれもがなにかというと、うちの呼び鈴を鳴らすんだから」

部屋の入り口のベルが鳴ると、アーチャー夫人はドアをあけ、外のホールにひとりの老人が立っているのを認めた。裾長の、見すぼらしい黒の外套をまとい、白いあごひげを四角く刈りこんでいる。手に一握りの靴紐を持っていて、それをさしだしてみせた。

「あら」アーチャー夫人は言った。「ええと、その、ほんとにごめんなさい、でも――」

「奥さん、どうかお願いします。一本につき五セントですが」老人が言った。

アーチャー夫人は首を横にふり、あとずさりした。「いえ、すみませんけど」

「そうですか。とにかくありがとう、奥さん。ていねいな口をきいていただいて」老人は言った。「このブロックでは奥さんがはじめてですよ、この哀れな老人にていねいに応対してくださったのは」

アーチャー夫人はもじもじしながらドアのノブを右へ、左へとひねった。「ほんとにごめんなさい」と、また言ったが、そこで老人が背を向けて立ち去りかけると、急に思いついたように、「ちょっと待って」と言い、急いで寝室にもどった。「靴紐売りのおじいさんよ」そうささやきながら、化粧台の最上段の引き出しをあけ、ハンドバッグをとりだして、小銭入れをさぐった。「二十五セント。それでいいでしょうね？」

「もちろん」と、キャシーが言った。「もしかすると、一日分の稼ぎより多いかもね」

キャシーはアーチャー夫人と同年配、まだ独身だった。コーン夫人はがっちりした体つきで、年は五十代なかば。どちらもこのアパートの住人だが、赤ん坊好きを口実に、昼間はほとんどアーチャー家に入りびたっている。

アーチャー夫人は戸口へひきかえした。「はい、これ」そう言って、二十五セント銀貨をさしだす。「みんながそれほど無作法な応対をするなんて、恥ずべきことだわ」

老人は何本かの靴紐を彼女に渡そうとしたが、手がふるえて、ぜんぶ取り落としてしまった。拾おうともせず、そばの壁にふらりと寄りかかる。そのようすを、アーチャー夫人はぎょっとしながら見まもった。

「まあたいへん」つぶやいて、思わず片手をさしのべる。その指先が薄汚れた古外套に触れると、つい引きぎみになったが、思いなおして、くちびるをかたく結ぶと、腕をしっかりと老人の腕にからめて、彼を室内にひきいれようとした。「そこのおふたりさん」と、呼びかける。「ちょっときて、手伝って。早く！」

「呼んだ、ジーン？」そう言いながらキャシーが寝室から駆けだしてきたが、とたんに棒立ちになって、目をみはった。

「どうしたらいいかしら」アーチャー夫人は、老人の腕に腕をからめたままで言った。老人は、ぐったりして目をとじ、支えがなければ、ほとんど立っていることさえできぬようす。「ねえお願い、そっちからも支えてやってよ」

「椅子かなにかにすわらせましょう」キャシーが言った。入り口の間は狭すぎて、三人が横に並んで通り抜けるのは無理だったので、キャシーは老人のもういっぽうの腕をつかみ、なかばひきずるように老人とアーチャー夫人とを居間に導き入れた。

「上等の椅子はだめよ」アーチャー夫人がいきなり叫んだ。「古い革張りのがいいわ」ふたりはその革張りの椅子にどすんとばかりに老人をすわらせ、後ろにさがった。「さてどうしましょう。どうしたらいいと思う？」アーチャー夫人が言った。

る。

「ウイスキー、あるかしら」キャシーが訊く。

アーチャー夫人はかぶりをふり、「ワインなら少々あるけど」と、ためらいがちに答える。

コーン夫人が赤ん坊を抱いて寝室から出てきた。「あらやだ！　そのひと、酔っぱらってるじゃない！」と、叫ぶ。

「ばかおっしゃい！」と、キャシー。「もし酔ってたら、ジーンが部屋に入れるのを、このわたしが黙って見てたりするもんですか」

「赤ちゃんを見ててね、ブランシュ」と、アーチャー夫人が言う。

「もちろん」と、コーン夫人。それから赤ん坊にむかって、「さあさ、いい子ちゃん、お部屋にもどりましょうね。きれいなベビーベッドでおねんねしましょ」

老人が身動きし、目をあけた。もぞもぞと立ちあがろうとする。

「いいからそこにじっとしてらっしゃい」キャシーが命令口調で言った。「いまこちらのミセス・アーチャーが、ワインをすこしくださるそうよ。ワインは好きでしょう？」

老人は目をあげてキャシーを見た。「それはどうも」と言う。

アーチャー夫人はキッチンへ行った。ちょっと思案してから、流しの上の棚からグラスをとり、よくゆすいで、少量のシェリーをそれについだ。グラスを持って居間にもどると、それをキャシーに渡した。

「わたしがグラスを支えててあげましょうか？　それとも自分で飲める？」と、キャシーが老人に訊いた。

「いや、なんともご親切なことで」老人は言い、グラスに手をのばした。キャシーがグラスを支えていてやると、老人はちびりとそれから飲み、じきに押しもどした。

「もうこれでじゅうぶんです。おかげで気分もよくなりましたし」老人は立ちあがろうとした。「ありがとう」と、アーチャー夫人に言い、ついでキャシーにむかって、「ありがとう、あなたにも」と言った。「そろそろ失礼したほうがよさそうです」

「まだだめよ、足もとがふらついてるうちは」と、キャシーが言った。「もしものことがあったら、困るじゃない」

老人はほほえんだ。「いや、わしならだいじょうぶ、困りはしません」と言う。

コーン夫人が居間にもどってきた。「赤ちゃんは寝かしつけたわ。早くも眠りかけてるところ。そのひとはもうだいじょうぶなの？　きっと酔ってたか、おなかがすいてたか、なにかそれだけのことよ。ぜったいだわね」

「あ、そうか、それよ、もちろん」と、キャシーが急にその思いつきにあおられたように言った。「おなかがすいてたんだわ。気分が悪くなるのって、原因はいつもそれなのよ、ジーン。わたしたちもうっかりしてたもんだわ。気の毒なおじいさん！」それから老人にむかって、「ねえ、ミセス・アーチャーがきっとなにか用意してくれるわ。おなかがいっぱいにならないうちは、このまま帰したりなんかしないわよ」

アーチャー夫人はあいまいな表情になった。「そうねえ、卵ならいくらかあるけど」

「それよ！　まさにぴったりじゃない！」と、キャシー。「卵なら消化がいいしね」と、老人にむかって言い、「とくに――」と、口ごもって、「――とくに、しばらく食べていないようなら、なおさらだわ」

「それよりもブラックコーヒーよ、あたしに言わせてもらえばね」と、コーン夫人。「ごらんなさい、手がふるえて、止まらないじゃない」

「神経衰弱のせいよ」と、キャシーがきっぱり言ってのける。「熱くておいしいブィヨンをたっぷり一杯、それですっかり元気になるわ。飲むときもうんと時間をかけて、胃袋がまた食べ物に慣れるまで、ゆっくり、ゆっくり飲むの。胃袋というのはね」と、アーチャー夫人とコーン夫人に説いて聞かせる。「長いことからっぽの状態がつづくと、自然に縮んじゃうんだから」

「いや、わしならもうご迷惑はおかけしたくないので」と、老人がアーチャー夫人に言った。

「ばかおっしゃい」と、キャシー。「あんたが温かい食事をたっぷり詰めこむのを見るまでは、このまま帰らせたりする気はありませんからね」そしてアーチャー夫人の腕をつかんで、キッチンにひっぱってゆくと、「ほんの卵数個でいいのよ」と言った。「四つか五つ焼いてやって。あとでわたしが半ダース届けるから。ベーコンはないでしょうね？　だったらポテトをすこしフライにして。半生《なま》でもかまやしないわ。ああいうひとたちは、なんだってどっさり食べるんだから。ポテトフライでも、卵でも、なんでも――」

「そういえば、お昼の残りの缶詰め無花果があるわ」と、アーチャー夫人。「じつをいうと、始末に困ってたの」

「じゃあわたしは向こうにもどって、あのひとのようすを見てるわ」と、キャシー。「また気が遠くなったりなにかすると、厄介だから。あなたは早いところ卵とポテトのほうをお願い。ブランシュを手伝いによこすわ――彼女がその気になってくれさえすれば」

アーチャー夫人はまず二杯分の量のコーヒーをはかり、ポットをバーナーにかけた。それからフライパンをとりだした。「ねえキャシー」と、言う。「あたし、じつをいうと、ちょっと心配なの。もしもあのひとがほんとうに酔ってたりして、しかもこのことがジムの耳にはいりでもしたら――赤ちゃんもいることだし、それに……」

「なに言ってるのよ、ジーン」と、キャシー。「あなたね、しばらくでも田舎に住んでみるといいわよ。田舎の女たちは、ひもじい男を見かければ、いつでも食事を恵んでやるものなの。だいいち、ジムにこのことを話して聞かせる必要なんてないのよ。ブランシュだってわたしだって、なにひとつしゃべるつもりなんてないんだし」

のね？」

「ならいいけど」と、アーチャー夫人。「ほんとに酔っぱらっていないってこと、確かな

「おなかをすかせてるひとぐらい、見ればわかるわ」キャシーが言う。「老人があんなふうに立っていられないほどふらふらして、手がふるえて、どう見てもようすがおかしいとなると、それは死ぬほどおなかをすかせてるってことなのよ。文字どおり、飢え死にしかかってるってこと」

「まあたいへん！」そう言ってアーチャー夫人は急に急ぎだし、流しの下の戸棚から、ポテトを二個とりだした。「ふたつで足りるわよね？　なんだかあたしたち、すごい善行をほどこしてるみたい」

キャシーがくすくす笑った。「ガールスカウトみたいにね」そう言って、キッチンを出てゆきかけたが、そこでふと立ち止まり、また向きなおった。「ねえ、パイはない？　あいうひとたちって、きまってパイを食べるのよ」

「でも、お夕食にとってあるんだけど」と、アーチャー夫人。

「いいから出しておやんなさいってば」と、キャシー。「あのひとが帰ったあと、いっしょに一走り行って、買ってくればいいじゃない」

ポテトを火にかけておいて、アーチャー夫人は食卓の支度にかかった。キッチンの食卓に、まずお皿を一枚、それにカップとソーサーを並べ、ナイフとフォークとスプーンも用

意した。それから、あらためて思いついたように、いま並べた皿類をどけると、戸棚から紙袋を出して、まんなかで切り、テーブルにひろげて、その上に皿類を並べなおした。つぎにグラスを出して、冷蔵庫のなかの瓶から水をつぎ、パンを三枚スライスして、皿に置くと、バターを小さな四角に切って、パンと並べて皿の上に置いた。それから、食器棚のなかの箱から紙ナプキンを一枚とりだし、皿のそばに置いたが、ちょっと思案したすえにそれをとりあげて、きちんと三角に折り、もう一度もとのところに置いた。最後に、胡椒入れと塩入れをテーブルに置いたあと、卵の箱をとりだした。居間へのドアに歩み寄り、声を高くして言った。「キャシー！　卵はどう焼いてほしいか訊いてちょうだい」

居間で小声のやりとりがあって、キャシーが叫びかえした。「目玉焼きですって！」

アーチャー夫人は箱から卵を四個とりだし、それからもうひとつ追加して、つぎつぎにフライパンに割り入れた。目玉焼きができあがると、また声をあげて言った。「できたわよ、おふたりさん！　連れてきてちょうだい！」

コーン夫人がキッチンにはいってきて、ポテトと卵の皿をじろりと見たあと、無言でアーチャー夫人に目を向けた。つづいてキャシーが老人の腕をとってはいってきた。テーブルまで付き添ってゆくと、そこの椅子にすわらせ、それから言った。「さあどうぞ。ミセス・アーチャーがわざわざすてきな温かいごちそうを用意してくれたわ」

老人はアーチャー夫人を見た。「どうも、まことにご親切に」と言う。

「まあ、おいしそうじゃない！」キャシーが言って、満足げにアーチャー夫人にうなずいてみせた。老人は卵とポテトの皿を一瞥した。「さあ、どんどん召しあがれ」と、キャシーが言った。「ねえ、あなたたちもおすわんなさいよ。わたし、寝室から椅子を持ってくるわ」

老人は塩入れをとりあげ、おもむろに卵にふりかけた。それからやっと、「ほう、これはうまそうだ」と言った。

「わたしたちにはかまわず、どんどんおあがんなさいよ」キャシーが椅子を運んできながら言った。「わたしたちはあんたがもりもり食べるところを見たいんだから。ジーン、コーヒーをついでやって」

アーチャー夫人はバーナーのところへ行き、コーヒーポットをとりあげた。

「どうかもうお構いなく」老人が言う。

「いいえ、いいのよ」アーチャー夫人は言って、老人のカップを満たした。そしてそのままテーブルにむかって腰かけた。老人はフォークをとりあげたが、すぐまた置いて、紙ナプキンをとり、ていねいに膝にひろげた。

「あんた、名前は？」キャシーが訊いた。

「オーフラハティーです、奥さん。ジョン・オーフラハティー」

「そう。じゃあジョン」キャシーはつづける。「わたしはミス・ヴァレンタイン。そしてこちらはミセス・アーチャー、もうひとりはミセス・コーンよ」

「はじめまして」と、老人。

「あんた、あの古いお国の出身でしょ？」キャシーが訊く。

「とおっしゃると？」

「アイルランド人でしょ？　そうじゃない？」と、キャシー。

「はあ、そうです」老人はフォークを卵のひとつに突き刺し、黄身が皿に流れでるのを見まもった。それから唐突に言った。「わしはイェーツを知っとりました」

「まあ、ほんと？」キャシーが言って、身をのりだした。「ええと、たしか——作家だったわね？　そうじゃない？」

「『いまぞ慈善より出でて、アイルランドにきて踊れ』」と、老人は言った。そして立ちあがると、椅子の背をつかんで、うやうやしくアーチャー夫人に会釈した。「かえすがえすもありがとう、奥さん。ご厚意は忘れません」そのまま背を向けて、戸口に向かう。三人の女もあわてて立ちあがり、そのあとを追った。

「でも、まだ食べおえていないじゃない」コーン夫人が言った。

「いや、胃袋がね」老人は言った。「さっきこちらのご婦人が言われたように、胃袋が縮んでおりまして」それから、遠い目をしてつづけた。「そうです、嘘じゃない。たしかにわしはイェーツを知っとりました」

入り口まできたところで、老人はふりかえると、アーチャー夫人に言った。「奥さんのご親切が報われずに終わることはありません」そして床に散らばった靴紐をさした。「これを奥さんにさしあげます。奥さんのご親切へのささやかなお返しです。ほかのご婦人がたと分けてください」

「でも、あたしはなにもお礼など――」アーチャー夫人は言いかけた。

「たってお願いします。そこのところを枉《ま》げてお納めください」老人は言い、ドアをあけた。「ほんの形ばかりのお礼ですが、わしのさしあげられるのはこれしかない」そして唐突に、「自分で拾ってください」とつけくわえると、あらためて向きなおって、親指を鼻にあて、コーン夫人にむかって手のひらをひらひらさせた。そして言った。「わしはばばあは大嫌いだ」

「まあ！」コーン夫人は消え入りそうな声音で言った。

「わしはいささか放縦に飲んだかもしれんが」と、老人はさらにアーチャー夫人にむかって言った。「それでも、客人に質の劣るシェリーを出したことなどない。所詮わしらは、異なる世界の住人なのです、奥さん」

「ほらね、言ったとおりじゃない」コーン夫人がしきりに言っていた。「はなっからわたし、そう言ってたでしょう？」

アーチャー夫人はキャシーに目を向け、老人を戸口から押しだそうとするような身ぶりをした。けれども老人がその機先を制した。

「『われとともにアイルランドにきて踊れ』」と、老人は言った。そして壁で体を支えながら、手をのばして、戸外に通ずるドアをあけた。「かくて時は移ろいゆく」と、彼は言った。

Ⅳ

われわれは、自らの卑しむべき気質や性向により、守護者である善き天使の保護や目配りを失ってしまわないかぎり、さほど手ひどく裏切られ、踏みにじられることはまずない。善き天使らはおおむね、悪しき天使らの悪意と暴力とにたいするわれわれの番人であり、防壁でもあるのだが、それでもときには、悪意や羨望や復讐欲など、本来の生命や自然とはおよそ正反対の性質にのみこまれてしまったものたちを、見捨てることもありうると見なされている。かくして見捨てられたものたちは、かのよこしまなる悪霊の侵襲と誘惑とにさらされるままになる。ひそかにひとの心を侵し、誘惑する、こうした憎むべき属性こそは、かかる邪悪なる天使らにとって、もっとも好都合なものなのである。

——ジョーゼフ・グランヴィル『勝ち誇るサドカイびと』より

もちろん

Of Course

忙しく朝の家事に追われているタイラー夫人は、わざわざポーチまで出て見物するのには、ちとたしなみがよすぎたが、窓からひそかにのぞくことまで遠慮せねばならぬ理由は思いつけなかった。だから、掃除機をかけたり、食器を洗ったり、あるいは二階でベッドをととのえたりしているあいまにも、家の南側の窓に近づく機会さえあれば、そのつど、カーテンをちょっと持ちあげたり、片側の壁に貼りついて、日よけを動かしてみたりして、外のようすをうかがった。といっても、実際に見えるのは、家の前に停まっている引っ越しトラックと、作業員たちの出入りだけだった。運ばれてきた家具は、ここから見たかぎりでは、まず上等の部類にはいるようだった。

ベッドメーキングを終え、昼食の支度にかかるために階下に降りたタイラー夫人は、二階の正面側の寝室の窓から、階下のキッチンの窓へと移動しているほんのわずかな隙に、一台のタクシーが隣家の前に停まり、ひとりの幼い少年が、とびはねながら歩道を行ったりきたりしているのに気づいた。タイラー夫人はその子を値踏みしてみた。まあ四つというところか——年齢のわりに小柄だということさえなければ。わが家の末娘とちょうどおなじ年ごろ。つぎに、タクシーを降りようとしている女性に目を向け、いっそう安堵感を強くした。瀟洒な淡褐色のスーツ——少々着古されてはいるし、引っ越しの日に着るのには、色も薄すぎる感があるが、仕立ては上等だし、趣味は悪くない。人参の皮をむきながら、タイラー夫人は好意的にひとつうなずいた。いい、いいひとたちらしい、どう見ても。

タイラー夫人の末娘キャロルは、家の前のフェンスに身をのりだし、隣家の少年を見まもっていたが、やがて少年が行ったりきたりするのをやめると、「こんちは」と声をかけた。少年は目をあげ、一歩あとずさりすると、「こんちは」と答えた。少年の母親がキャロルを見、タイラー家を見、ついで息子を見おろした。そしてキャロルに、「こんにちは、お嬢ちゃん」と言った。キッチンでタイラー夫人はひとりそっと微笑した。それから、突然の衝動に動かされて、ペーパータオルであわただしく手を拭うと、エプロンをはずし、玄関先に出た。

「キャロル」と、さりげなく声をかける。「キャロル、聞こえないの?」

フェンスから半身をのりだしたまま、キャロルはふりかえった。「なに?」と、うるさそうに言う。

「あら、これはこれは」タイラー夫人はここではじめて気がついたというように、少年と並んで歩道に立っている女性に言った。「キャロルがどなたかとお話ししていると思いましたら……」

「子供たちがお近づきになろうとしてたところですの」女性が内気そうに言った。

タイラー夫人は玄関前の石段を降りてゆくと、キャロルのそばのフェンスのきわに立った。「ええと、新しいお隣りさんかしら」

「ええ、まあ、引っ越しさえ終われば」女性はそう答えて、ほほほと笑った。「なにせ引っ越しの日というのは」と、思わせぶりにつづける。

「でしょうね。ところでわたしどもはタイラーと申します。この子はキャロル」と、タイラー夫人は言った。

「あたくしどもはハリスです」女性が答える。「この子はジェームズ・ジュニア」

「ジェームズにご挨拶なさい」タイラー夫人は言った。

「あなたもキャロルにご挨拶なさい」ハリス夫人も言った。

キャロルは反抗的に口をかたく結び、少年はもじもじして母親の背中に隠れた。ふたりの女性は声をあげて笑った。「子供ときたら！」ひとりがそう言い、もうひとりが、「いつだってこうなんですから！」と、相槌を打つ。

それからタイラー夫人は手真似で引っ越しトラックのほうをさした。作業員がふたり、椅子やらテーブルやらベッドやら電気スタンドやらをかついで、出たりはいったりしている。

「たいへんですわね、お疲れになるでしょう？」

ハリス夫人は嘆息した。「ほんと、気がへんになりそうですわ」

「なにかわたしどもにお手伝いできることでもありますか？」タイラー夫人は言い、それから笑顔でジェームズを見おろした。「なんならジェームズを午後いっぱい、うちでお預かりしてもかまいませんわよ」

「まあ、そうしていただければほんとに助かりますわ」ハリス夫人は渡りに舟とばかりに言った。そして体をねじって、後ろに隠れているジェームズを見おろした。「ジェームズ、お昼がすんだら、このキャロルといっしょに遊びたい？」

ジェームズが無言でいやいやをするのを見て、タイラー夫人は明るく話しかけた。「ひょっとしたらね、ひょっとしたらキャロルのお姉さんたちふたりが、キャロルを映画に連れてってくれるかもしれないわよ。あなたもいっしょに行ってみたいでしょう、ジェームズ？」

「いえ、せっかくですけど」と、ハリス夫人が抑揚のない声音で言った。「ジェームズは映画にはまいりません」

「おや、まあ、もちろんそうでしょうね」タイラー夫人は言った。「子供を映画には行かせないという親御さん、ずいぶんおいでになりますわ。でも、年上の子がふたりもついていれば……」

「そうじゃないんです」と、ハリス夫人。「あたくしどもは、映画にはまいりません——家族のものはだれも」

とっさにタイラー夫人は、その〝だれも〟という言葉が、どこかにハリス氏なる人物がいることをどうやら意味しているらしい、と感じとった。それから、ふいにはっとわれにかえって、困惑の面持ちで言った。「映画にはおいでにならない？」

「ハリスは」と、ハリス夫人が慎重な口ぶりでつづけた。「映画は知的に遅れているという考えなんです。ですからあたくしども、映画にはまいりません」

「当然そうでしょうね」タイラー夫人は言った。「ではキャロルにも、きょうの午後はうちで遊ばせましょう。きっと喜んでジェームズのお相手をすると存じますわ、ミセス・ハリス」それから、用心ぶかくつけくわえて、「まさかハリスさんは、砂場で遊ぶことには反対なさらないでしょうね？」

「いやだァ、あたし、映画に行きたいよォ」キャロルが言った。

タイラー夫人はあわてて口をはさんだ。「そうだわ、なんでしたら奥さん、ジェームズといっしょにうちへおいでになって、すこしお休みになりません？　朝からずっと駆けまわっていらしたんでしょう？」

運送屋の作業員のほうを見やりながら、ハリス夫人はちょっとためらっていたが、やがて意を決したように、「ありがとうございます、では……」と言って、ジェームズをしたがえてタイラー家の門をはいってきた。

タイラー夫人は、「裏手の庭にいれば、そのままでも運送屋さんたちのようすは見えますから」と言い、キャロルの背を軽く押した。「さあキャロル、ジェームズにお砂場を見せておあげ」と、きっぱり言う。

キャロルはふくれっつらでジェームズの手をとり、砂場のほうへひっぱっていった。そして、「ほら、あれ」とだけ言うと、そのままフェンスのそばにもどって、わざとらしくその杭を蹴とばしはじめた。タイラー夫人はハリス夫人を庭椅子のひとつに案内すると、自分はひきかえして、ジェームズのために砂遊びのスコップを見つけてきてやった。

「やれやれ、腰かけると、ほんとにほっとしますわ」と、ハリス夫人が言い、溜め息をついた。「ときどき思うんですけど、引っ越しほどうんざりさせられるものって、ほかにありませんわね」

「お隣りの家が見つかって、ラッキーでしたわね」タイラー夫人が言うと、ハリス夫人も、うなずいて応じた。「いいかたがお隣りになって、わたしどももよかったと存じます」タイラー夫人はつづけた。「ほんと、気心の知れたかたがお隣りにいらっしゃるのって、それだけで心強いものですからねえ。そのうち、お砂糖をお借りするとかなんとか、そんなことでちょくちょくお邪魔するようになるかもしれませんわよ」と、茶目っぽくつけくわえる。

「どうぞどうぞ、どうかご遠慮なく」ハリス夫人も受ける。「いままでおりました家は、お隣りにそれは不愉快なかたがおいでになりましてね。つまらないことなんですけど、それがとても気にさわるってこと、よくありますでしょう？」同感だと言いたげに、タイラー夫人は溜め息をついてみせる。「たとえば、ラジオの音ですけど」と、ハリス夫人はつづけて、「一日じゅう、それもがんがん響きわたるような音でかけっぱなしなんです」

一瞬、タイラー夫人は息をのんだ。「あの、ひょっとしてわたしどものラジオが大きすぎるとお思いでしたら、いつでもご遠慮なくそうおっしゃってくださいね」

「ハリスはラジオには我慢ができないたちなんです」ハリス夫人がつづける。「ですからもちろん、わが家ではラジオは持ちませんわ」

「はあ、もちろんね。ラジオは持たない、と」タイラー夫人は相槌を打った。「さだめしうちの主人のこと、頭がどうかしてるとお思いでしょうね」

ハリス夫人は彼女の顔色をうかがい、それから居心地悪げに笑った。

「めっそうもない」タイラー夫人は言った。「なんてったって、ラジオの嫌いなひとなら大勢いますから。たとえばわたしのいちばん年上の甥がそうです。ちょっと変わったところがあって――」

「それから、新聞も、なんです」と、ハリス夫人。

ここでようやくタイラー夫人は、さいぜんから気になっていたかすかな不安の正体に思いあたった。それは、なんらかの剣呑な、手に負えない事態に巻きこまれて、進退きわまったときに感じる不安だった——たとえば、凍結した道路にうっかり車を乗り入れてしまったときとか、ヴァージニアのローラースケートを履いてみたときとか……

ハリス夫人は、運送屋の作業員たちがしきりに出たりはいったりしているのを放心したように見つめながら、なおも言っていた——「といっても、あたくしどもが一度も新聞を見たことがないとか、映画はどんな映画でも嫌いだとか、そういうんじゃないんですよ。ただね、ハリスに言わせると、新聞などというのは、はなはだしい趣味の堕落だとか。実際問題として、新聞を読まなきゃならない必要なんて、どこにもないわけですから」そう言って、気づかわしげな目でタイラー夫人をちらりとうかがう。

「わたしだって、べつだん熱心に読むわけじゃありませんけど、でも——」

「ですからあたくしども、ずいぶんと長いこと《ニュー・リパブリック》（アメリカの進歩的知識人の意見を代表するといわれる週刊誌）を購読しておりました」と、ハリス夫人。「もちろん、結婚当初のことですけど。まだジェームズの生まれない前です」

「ご主人はどんなお仕事をなさってるんですの？」タイラー夫人はおずおずと訊いた。

ハリス夫人は誇らしげに頭をそらした。「学者です。論文を書いております」

タイラー夫人はなにか言おうとして口をひらきかけたが、ハリス夫人は委細かまわずぐっと身をのりだすと、大きく手をひろげて、言った――

「じっさい、真に平和な生活への欲求というもの、これをひとさまに理解していただくというのは、とてつもなくむずかしいことですのよ」

「じゃあ――じゃあお宅のご主人様は、気分転換のためには、なにをなさるんですか？」タイラー夫人は言った。

「戯曲を読みます」と、ハリス夫人。そしてジェームズのほうへためらいがちな一瞥をくれた。「エリザベス朝以前のものですわ、もちろん」

「もちろんね」タイラー夫人は相槌を打ち、おもちゃのバケツに砂を詰めこんでいるジェームズを不安げに見やった。

「まったく、世間なんてじつに不愉快なものですわ」と、ハリス夫人。「さっきお話ししていたひとたちですけど――そう、お隣りさん。問題はラジオだけじゃないんですのよ。三度もくりかえして、わざわざあたくしどもの玄関先に、《ニューヨーク・タイムズ》をほうりだしておくんですからね。一度なんか、あやうくジェームズがうちに持ちこんでくるところでしたわ」

「おやまあ」タイラー夫人は言った。そして立ちあがると、わざと聞こえよがしに、「キャロル」と声をかけた。「遠くへ行っちゃいけませんよ。もうじきお昼ご飯ですからね」

「あら」ハリス夫人が言った。「あたくしもそろそろおいとましなきゃ。ほっとくと、運送屋さんたちが勝手なことをしかねませんから」

なんだかひどく無作法なふるまいをしてしまったように感じながら、タイラー夫人は言った。「で、きょうは、ご主人はどこにおいでなんですか？」

「実家の母のところへ行ってるんです」と、ハリス夫人。「引っ越しのときには、いつもきまってそうするんですよ」

「そうでしょうね、もちろん」タイラー夫人は相槌を打った。なにやらけさは、これ以外のことは一言も言っていないような気がする。

「主人が行っているときには、母たちもけっしてラジオはつけませんから」ハリス夫人が説明口調で言った。

「そうでしょうね、もちろん」と、タイラー夫人。

ハリス夫人が片手をさしだし、タイラー夫人はその手を握った。

「ぜひともいいお友達になりたいものです」と、ハリス夫人が言う。「さっき奥さんもおっしゃってたように、ほんとうに思いやりのあるかたとお隣り同士になれるのって、それこそ千金の価値がありますものね。その点ではあたくしども、これまで不運すぎましたから」

「そうでしょうね、もちろん」そうタイラー夫人は言い、それから、にわかにわれにかえって、つけくわえた。「なんでしたら、近いうちに一晩ごいっしょして、ブリッジのおつきあいでも……」だが、そこでハリス夫人の顔を見、言いなおした。「だめですわね、もちろん。でも、まあ、とにかく、近いうちに一晩ごいっしょするだけはしましょうよ」そしてふたりは声をそろえて笑った。

「ほんとにばかげてるように聞こえますでしょう?」と、ハリス夫人は言った。「ともあれ、きょうはいろいろご親切にありがとうございました」

「いいえ、お役に立ちませんで」タイラー夫人は言った。「もしよろしければ、お昼のあとで、ジェームズをこちらへおよこしになったら?」

「ええ、そうさせていただくかもしれませんわ」ハリス夫人は答えた。「もしほんとうにおかまいなければ、ですけど」

「もちろんかまいませんとも」と、タイラー夫人は言った。「キャロル、いらっしゃい」

キャロルの肩を抱いて玄関先まで出た彼女は、ハリス夫人とジェームズとが隣家にはいってゆくのを見送った。ふたりは戸口で立ち止まって、こちらに手をふり、タイラー夫人とキャロルも手をふりかえした。

「ねえ、映画に行っちゃいけない?」と、キャロルが言った。「ねえってば、お願い、おかあさん」

「いいわよ、おかあさんもいっしょに行くわ」と、タイラー夫人は言った。

塩の柱

Pillar of Salt

ロト、ゾアルに至れるとき、日、地の上にのぼれり。エホバ、硫黄と火をエホバのところより、すなわち天よりソドムとゴモラに降らしめ、その邑《まち》と低地《くぼち》とその邑の居民《ひと》および地に生ふるところの物を尽《ことごと》く滅ぼしたまへり。ロトの妻は後ろを回顧《かえりみ》たれば、塩の柱となりぬ。

——創世記第十九章第二十三節〜二十六節

どういうわけか、彼女が夫とともにニューハンプシャーでニューヨーク行きの列車に乗りこんだとき以来、ひとつの調べが執拗に頭のなかを駆けめぐっていた。ふたりはここ一年ほどニューヨークにはご無沙汰していたが、その調べは、それよりもはるかに遠い過去から響いてくるのだった。それは彼女が十五か十六の少女だったころ、そしてニューヨークをただ映画でしか知らなかったころ、この大都会が彼女にとって、ノエル・カワードの芝居に出てくる人物ばかりが住むペントハウスでできていたころ、ニューヨークのような大都会を構築している高さやスピードや贅沢や歓楽が、十五歳であることとの退屈さと抜きがたくからまりあっていたころ、そして美が到達しうべからざるものであり、手の届かぬ映画のなかにしか存在せぬものであったころ、そんな遠い時代から響いてくるのだった。

「これ、なんていう曲だったかしら」そう言って彼女は、夫にそれをハミングして聞かせた。「たしか、古い映画のなかの曲だと思うんだけど」

「それならおれも知ってるよ」夫は言い、自分でもそれをハミングしてみせた。「しかしあいにく歌詞は思いだせないな」

彼はゆったりとすわりなおした。すでにコートはそばのフックにかけられ、スーツケースは網棚にのせられ、雑誌もとりだされている。

「ま、そのうち思いだすだろうがね」そう夫は言った。

彼女はまず窓の外へ目をやり、走る列車に乗っているというこのうえない喜びを、ほとんど秘密でも味わうように味わい、賞味した。六時間ものあいだ、ここにすわってただ読書をしたり、うたたねしたり、ときおり食堂車へ行くぐらいしかすることがないということ、これはなんと楽しいことだろう。一分一秒ごとに、わが家の子供たちから、キッチンのフロアから遠ざかり、山々までが信じられないほど背後に遠くなって、野原や林に変貌してゆくのは、なんとすばらしいことだろう。見慣れた野も林も、いまはあまりに家から遠く離れているため、ありふれたものとは見えないのだ。

「汽車の旅って、わたし、大好きだわ」彼女は言い、夫も雑誌に顔をうずめたまま、同感というようにうなずいた。

これから先の二週間。信じられないような二週間。あらゆる手はずがととのえられ、たんにどの劇場へ行くか、どのレストランへ行くかを決める以外に、なにひとつ計画する必要などない二週間。これももとはといえば、ニューヨークのアパートに住む友人夫婦が、ちょうど都合よく休暇旅行に出かけてくれたためだ。銀行には、子供たちのスノースーツを新調することと、ふたりがニューヨークへ旅することとが両立するだけの預金があったし、いったんその第一の障害が克服されてしまうと、あたかもそれだけでもう実際に決断がくだされたかのように、ふたりを妨げるものはもはやなにもないのだった。赤ん坊の喉の痛みは快癒した。配管工事人は、たった二日で仕事を終え、引き揚げていった。ドレスは出発にまにあうように仕立てなおされ、経営する金物店は、いったんふたりが都会の新製品を見にゆくという口実を思いついてしまえば、なんの良心の呵責もなく、放置してゆくことができた。ニューヨークは丸焼けにもならず、流行病の発生で隔離されることもなく、友人夫婦はスケジュールどおりにつつがなく出立し、そしてブラッドのポケットには、彼らのアパートのキーがおさまっている。だれもがほかのだれかとどこで連絡がつけられるかを知っているし、見のがせない芝居のリストや、店々で一覧すべき品物――赤ん坊のおむつや、ドレスの布地、高級な缶詰め、錆止めをほどこした銀器の箱、等々――のリストも渡されている。そしていま、ついに、列車がその役割を果たすべく、ここに登場し、午後の日ざしのなかをまっしぐらに驀進《ばくしん》して、ふたりを合法的に、かつ決然として、ニューヨークへと運んでゆきつつあるのだった。

マーガレットは、いくぶんか物珍しげな目で、午後の日盛りを無為に列車に揺られているわが夫をながめ、おなじく運のいいほかの乗客たちをながめ、窓外のうららかな田園をながめ、夢ではないことを確かめるため、もう一度ながめてから、おもむろに持参した本をひらいた。例の調べがいまだに頭のなかを駆けめぐっていて、無意識にそれをハミングすると、夫が雑誌をめくりながらあとをひきとって、そっとメロディーをハミングするのが聞こえた。

食堂車では、いつも地元のレストランでするのと同様に、ローストビーフを注文した。あまりに性急に新奇な食べ物、ヴァカンス気分をいやがうえにもかきたてるような食べ物に切り換えてしまうのが、ちょっと惜しい気がしたからだ。デザートにはアイスクリームをとったが、コーヒーを飲んでいるうちに、急に落ち着かなくなってきた。あと一時間でニューヨークに着くというのに、これからまだ、ひとつひとつの動作を楽しみながらコートを着、帽子をかぶらねばならないのだし、ブラッドはブラッドで、スーツケースを網棚からおろして、雑誌をしまう必要があるのだから。やがて列車があの果てしなくつづく地下の路線にさしかかると、ふたりは早くも車室のはずれに立ち、スーツケースを持ちあげたり、またおろしたりしながら、そわそわと一寸刻みに出口へ近づいていった。

駅はいっときの避難所だった。この街にあふれる人間と音響と光との世界へ、徐々に訪問者たちを招き入れ、外の街路のめくるめくばかりの現実にたいして、心の準備をさせる待避所。そのすさまじい現実の一端を、歩道からちらりと見かけたと思うまもなく、タクシーが動きだして、そのまっただなかに乗りこんでゆき、ふたりはあれよあれよというまにアップタウンに運ばれて、再度、どことも知れぬ路上にほうりだされた。ブラッドが運転手に料金を支払い、それから首をのけぞらせて目の前の高層アパートを見あげた。「うん、ここだ、まちがいない」と言う。まるで、ただ数字だけを告げたその番地を、はたして運転手が探しだせるかどうか疑っていたかのように。エレベーターで上へあがる。キーはめざす部屋のドアにぴたりと合った。友人のこの部屋を訪れるのはこれがはじめてだったが、室内のたたずまいは、ふたりにもまず相応になじめるものだった。ニューハンプシャーからニューヨークへ出てきた友人たちの家には、ほんの数年では拭い消すことのできない固有の家庭像があって、このアパートにも、まさにそれがある——ブラッドには、一目でこれという椅子を選ばせたうえ、どっかとそれに腰をおろさせ、マーガレットには、リネン類や毛布に本能的な信頼感をいだかせて、ほっとくつろがせるだけのものが。

「やれやれ、これがわが二週間の住みかか」そうブラッドが言って、大きく伸びをした。数分たつと、ふたりはどちらからともなく窓ぎわに歩み寄った。眼下に、まるで用意されていたように、ニューヨークの街並みがひろがっていた。そして通りをへだてた向こう側の家々は、これまた見知らぬひとびとでいっぱいの共同住宅ビルだった。

「すてきだわ」彼女は言った。はるか下では車が行きかい、ひとびとが群れていたが、騒音もおなじく遠かった。「とてもしあわせよ」そう言って、彼女は夫にキスした。

一日めは、とりあえず市内観光だった。朝食を近くのコインサービス式食堂《オートマット》でとったあと、エンパイアステート・ビルのてっぺんにのぼった。「すっかり修理されちまってるようだな」と、最上階の展望室でブラッドが言った。「いったいどこに例の飛行機がぶつかったのかと思うよ」

ふたりは四方の窓から下をのぞいて確かめようとはしたが、それでも、ひとにたずねてみるのは、やはり気がひけた。「そりゃそうよ、無理もないわ」展望室の一隅で、彼女は分別めかしてくすくす笑いながら言った。「わたしだって、自分の持ち物をだれかにこわされたりしたら、他人がその破片を見せてくれと言って、うるさく訪ねてくるのなんて、ごめんですもの」

「エンパイアステート・ビルを所有してる人間なら、そんな小さなこと気にするものか」と、ブラッドが言った。

はじめの二、三日、ふたりはどこへ行くのにもタクシーを利用したが、そのうちの一台はなんと、片方のドアが一本の紐で縛りつけてあるだけだった。ふたりはそれをゆびさして、声には出さずにこっそり笑いあった。また三日めだったかに乗ったのは、ブロードウェイのまんなかでパンクしてしまい、ふたりは降りて、べつのをつかまえねばならなかった。

「もうあと十一日しかないわ」と、ある日マーガレットは言った。そしてそのあと、たっ

ぷり数分たったかと思われるころになって、つづけた。「ここにきてから、六日もたって
しまったのよ」

まだこれから、連絡をとるつもりでいた友人たちと連絡をとらねばならなかったし、週末にはロングアイランドの、さるサマーハウスにも行く予定だった。その家に招待してくれた友人の細君は、電話口でいとも陽気に言ったものだ。「もういまごろはすっかり寂れちゃってる感じだし、だいいちあたしたち自身、あと一週間で引き揚げようかとも思ってるんだけど、それでも、こっちにいるうちに一度はきてくれなかったら、承知しないいからね」

天候は晴れて涼しく、まぎれもない秋の気配がただよっていたし、店々のウィンドーに並ぶ服飾品も、全体に黒っぽくなって、早くも毛皮やビロードの感触をただよわせていた。マーガレットは、毎日コートを着て外出し、日中はほとんどスーツ姿で過ごしていた。持ってきた薄いドレス類は、アパートのクローゼットにぶらさがったままになり、早急にどこかの大きなデパートで、セーターを一枚買おうか、とも考えはじめていた——ニューハンプシャーでは実用にならないが、ロングアイランドではたぶん垢抜けしてみえるだろう、そんなセーターを。

「二つ三つ買いたいものがあるのよ——せめて一日は買い物にあてたいの」彼女がそう言うと、ブラッドは大仰に鼻を鳴らした。

「おれに荷物を持てと言うんじゃないだろうね?」と言う。

「あなたは一日がかりの買い物には向かないわよ」彼女は言った。「近ごろみたいにさんざん歩きまわったあとじゃ、とくにね。なんなら、映画にでも行くとかしたら?」

「いや、じつはおれにも二つ三つ買いたいものがあるんだ」ブラッドは秘密めかした口調で言った。おそらく、妻へのクリスマス・プレゼントだろう。マーガレット自身、やはりニューヨークでクリスマス用の買い物をすることを漠然とながら考えていたのだから。子供たちもきっと、都会の品々の新奇さ、田舎の店では見られない珍しいおもちゃに、目を輝かせることだろう。

ともかくも、彼女はこう言った。「これでひょっとするとあなたも、懸案の問屋さんまわりを実行に移せるかもしれないわね」

ふたりはべつの友人を訪ねる途中だった。この友人は、いまの住まいが見つかったのはひとつの奇跡だと考えていて、そのため、建物の外見とか、階段の状態、周辺の環境などについて、はたからけちをつけないでくれ、とさんざん念を押していた。いかにも、その三つは三つながらひどいもので、おまけに、暗くて狭い階段を歩いてのぼらねばならなかったが、その階段を三つのぼりきった最上階には、とりあえずひとの住めそうなスペースがあった。友人はニューヨークにきてからさほど長くはなかったが、それでも、二間つづきの部屋をひとりで占領していて、もうはや、スリムなテーブルとか、低い書棚とかを珍重する病にとりつかれていた。これらの調度のおかげで、彼の部屋は、ある箇所ではそれらのためには広すぎるように見えたし、またべつの箇所では、あまりに窮屈すぎて、居心地が悪く感じられるのだった。

「なんてすてきなお住まいでしょう」と、彼女は部屋にはいるなり賛辞を呈したが、とたんにそれを後悔した。部屋のあるじがほとんど同時に、「いつかはこんなみっともない状態から抜けだして、ほんとうに品格のあるところに落ち着くつもりだけどね」と言ったからだ。

そこにはほかのひとびとも集まっていた。ふたりはそれぞれ腰をおろして、ニューハンプシャーでも目下話題になっている問題を気さくに一同と話しあったが、いっぽうでは、普段うちにいるときよりも、いくらか酒量がふえていて、それが奇妙にふたりの抑制を取り払ってしまっていた。声は普段よりも高くなり、言葉は一段と誇張され、反面、身ぶりはいつもより小さくなって、ニューハンプシャーでなら腕をひろげるところで、指先をちょこっと動かすだけですんだ。マーガレットは何度となくくりかえした。「わたしたち、ほんの二週間ばかりここに滞在してるだけなんです――休暇旅行でね」かと思うと、こうも言った。「ほんとうにすばらしくて、もう毎日わくわくしてます」それから、「すっごく幸運だったんです――ちょうどどんぴしゃのときに、お友達が街を留守にすると聞きまして……」

そうこうするうち、室内は人いきれでむっとしてきて、喧騒もいよいよすさまじくなったので、彼女は窓に近い片隅にひきさがり、一息入れることにした。窓は、そばに立つものの両手が空いているかどうかによって、宵のうちから何度もひらかれたりとざされたりしてきたが、いまはぴしゃっととじて、澄んだ夜空を外にしめだしていた。そのとき、だれかが近づいてきて、かたわらに立ったので、彼女は言った。「お聞きになって、外の騒音のすさまじいこと。やかましさでは、この部屋のなかと変わりませんわ」するとその男が言った。「こういう土地では、周辺でしょっちゅうだれかが殺されてるんですよ」

彼女は眉をひそめた。「それも以前とはなんだかちがう感じ。いえ、つまり、以前とはちがったふうに聞こえるってことですけど」

「アルコール依存症ですよ」男は言った。「街じゅうに酔っぱらいがあふれてる。道を歩いてて、一度や二度、酔っぱらいの喧嘩にぶつからないことはありませんからね」そして自分のグラスを手に、ぶらぶらと歩み去った。

彼女は窓をあけ、身をのりだした。見ると、通りの向かいの窓にひとが鈴なりになっていて、なにかしきりに叫んでいる。下の路上でも、大勢のひとがこちらを見あげながら、口をぱくぱくさせている。と、通りの向かいから、「奥さん、奥さん」と呼ぶ声がはっきり聞こえてきた。あれはわたしのことにちがいない。だってみんながこっちを見あげているもの。さらに大きく身をのりだすと、てんでにわけのわからないことをわめいている声のなかから、どうにか一連の言葉が聞きとれるまでになった。「奥さん、その家は火事ですよ、奥さん、奥さん」

彼女はぴしゃりと窓をしめると、室内の一同のほうに向きなおり、やや声を高くして言った。「みなさん、聞いてください、この家が火事だそうです」言いながらも、自分が笑いものになるのではないか、ばかげて見えるのではないかと思うと、いたたまれないほどの不安にかられた。向こうの隅から、ブラッドが顔を赤らめてこちらを見ている。彼女はくりかえした。「この家が火事なんです」それから、あまりに強い調子に聞こえるのを危惧して、「だそうです」とつけたした。

身近にいたひとたちがふりかえり、そのうちのだれかが言った。「なんだか知らんが、この家が火事だとか言ってる」

彼女はブラッドをつかまえたいと思ったが、どこへ消えたのか、姿が見えない。この家のあるじも見あたらないし、まわりはみんな知らないひとばかりだ。わたしの言うことなんか、このひとたちは聞こうともしない。ならばいっそ、わたしだけでもここを出たほうがいいのでは？　そう思って、急いで入り口へ行き、外廊下へのドアをあけた。どこにも煙や炎は見えない。それでもとにかくここを出なければ、と必死に自分に言って聞かせながら、パニックにかられてブラッドのことも忘れ、帽子やコートを身につけることも忘れて、片手にグラス、片手になぜかマッチの箱を握ったまま、ころがるように階段を駆けおりた。階段は気が遠くなるほど長かったが、それでも安全で、なんの邪魔もはいらず、やがて建物入り口のドアをあけて、外へ駆けだすことができた。

ひとりの男がいきなり彼女の腕をつかんで、「もう全員、避難したのか?」と訊いてきた。「いいえ、まだブラッドが残っています」彼女は答えた。

ひとびとが窓に鈴なりになって見まもるなか、何台かの消防車が角をかすめるようにして近づいてきた。彼女の腕をつかんでいた男が、「あそこだ」と言って、離れていった。火事は二軒先の家だった。最上階の窓の奥に炎が見え、夜空にもくもくと煙が立ちのぼってゆく。それでも、わずか十分たらずで火事は鎮火し、駆けつけた消防車は、十分ばかりの小火《ぼや》のためにありったけの力を使いつくしたと言わんばかりの、殉教者めいたふぜいをただよわせつつ、隊伍《たいご》をつくって引き揚げていった。

当惑に打ちひしがれて、彼女はのろのろと階上にもどった。そしてブラッドを探しだすと、彼を急《せ》きたてて家に帰った。

ようやく無事にベッドにおさまってしまうと、彼女は夫に言った。「すごくこわかったのよ。それですっかり度を失ってしまったの」

「それにしても、普通はまずだれかを探そうとするんじゃないのか?」と、ブラッド。

「だれも聞いてくれなかったのよ」と、彼女は言い張る。「何度も声をからして言ったんだけど、だれも聞いてくれないし、そのうち、ひょっとしてわたしの聞きまちがいじゃないかって気もしてきた。それでとにかくようすを見ようと思って、下へ降りることを考えたみたい」

「なにはともあれ、何事もなくてさいわいだったよ」ブラッドが眠そうに言う。

「罠にかかったみたいな気がしたわ」彼女はなおもつづけた。「あんな老朽建築の、しかもあんなに高い階で、火事にあうなんて。まさに悪夢だわ。おまけに、勝手のわからない街ときてるし」

「まあいいさ、もうすんだことだ」と、ブラッド。

その翌日も、おなじかすかな不安が彼女につきまとってきた。その日は単独で買い物に行き、ブラッドもようやく重い腰をあげて、問屋へ金物を見にいった。ダウンタウンへ行くために、彼女はバスに乗ったが、バスは超満員で、降りる停留所にきても、身動きひとつできない。通路の人垣にかこまれたまま、「降ります」とか、「降ろしてください」などとくりかえし、ようやく人込みを抜けだして、乗降口まできたときには、バスはすでに動きだしていて、結局、つぎの停留所まで持っていかれるはめになった。

「わたしがなにを言おうと、みんな聞こうともしない」彼女はそっとひとりごちた。「ひょっとして、わたしの物言いがていねいすぎるからかしら」やっとたどりついたデパートでは、なにもかも目の玉のとびでるほど高く、おまけにセーターはニューハンプシャーで売っているものとそっくりで、思わず気抜けしてしまうほど。子供たちのおもちゃもまた、完全な失望以外のなにものでもない。どう見ても、ニューヨークの子供向けにつくられたものばかりで、おとなの生活の醜悪なパロディー——キャッシュレジスター。造りものの果物をのせたちっぽけなショッピングカート。実際に使える電話機（まるで、実際に使える電話機が、ここニューヨークにはじゅうぶんにないみたいに）。そして運搬用ケースにはいったミニチュアのミルク瓶。「うちでは牛乳は乳牛から搾るものと決まってるわ」と、マーガレットは売り場の女店員に言う。「うちの子供たちにこんなもの見せたって、いったいなんなのかもわからないでしょうね」もちろん誇張して言っているのだし、そのことでちょっぴりうしろめたい感じもしはするが、彼女を咎めだてするものもまた、周囲にはだれひとりいない。

頭のなかに、都会の子供たちのイメージが浮かんできた。親たちとそっくりの服装をして、ミニチュアの機械文明を追っている子供たち。彼らを本物に慣れさせるため、年々大型になってゆくおもちゃのキャッシュレジスター。親たちがそれで生活している大きなや、くたいもない玩具を、無事とどこおりなく彼らに受け継がせるために用意された、無数の小さながらくた同然のイミテーション。結局、息子のためにはスキーを——ニューハンプシャーの雪質には合わないと承知のうえで——購入し、娘のためには、ブラッドがわが家で一時間たらずでつくれるのにも及ばない、貧弱な乳母車を買った。ほかにもおもちゃの郵便箱や、小さな特製のレコードのついた小型の蓄音機、幼児向けの化粧品、などがあったが、それらはすべて無視して、店を出ると、すぐに家路についた。

いまでは正直なところ、またバスに乗るのがこわくなっていたので、街角に立って、タクシーを待った。ふと足もとを見ると、歩道に十セント白銅貨が落ちている。拾おうとしたが、まわりにひとが大勢いて、かがむことができないし、ひとを押しのけてかがむ余地をこしらえるのも、注目されると思うと、やはりためらわれる。やむなく足をずらして、その十セント玉の上に置いたとき、近くにまた一枚の二十五セント銀貨と、五セント白銅貨が一枚、落ちているのを見つけた。だれかがこのへんでお財布を落としたんだわ、そう思いながら、さりげなく、すばやく、もういっぽうの足を二十五セント銀貨の上に置いたとき、またしてもべつの十セント玉と五セント玉が、さらにそばの溝のなかには、三枚めの十セント玉も見つかった。行きかうひとびとの流れは、一瞬もとだえることがない。急ぎ足に、彼女のほうなど見ようともせず、ときにはぶつかりながらせかせかと通り過ぎてゆき、そして彼女はその場にかがみこんで、散らばった硬貨を拾い集めにかかるのを恐れている。ほかのひとびとはそれらを見はするが、そのまま行き過ぎる。どうやらだれも拾うつもりはないらしい。みんな気後れしているのか、拾うひまも惜しむほど急いでいるのか、それとも周囲の雑踏がそれほどひどいのか。一台のタクシーが近くに停まり、客を降ろした。彼女は手をあげてそれを呼びとめた。最初の十セント玉と二十五セント銀貨の上から足をどかし、それらはそのままにして、タクシーに乗りこむ。きょうのタクシーはひどく揺れるし、速度も遅い。揺られているうちに、徐々にわかってきたのは、こうしたゆるやかに進行する荒廃というものが、タクシーにだけ特有の現象ではないということだ。さっき乗ったバスの車体は、運行にさしつかえのない箇所があちこちひびわれしていたし、革張りのシートは裂けて、しみだらけだった。建物もやはり例外ではない——ある有名店のタイル張りの床には、大きな穴ぼこがあんぐり口をあけていて、客はそれをよけて通っている。ビルの角々も、すこしずつ微細な塵となって崩落しつつあるようだし、御影石はだれにも気づかれぬうちに侵食されてゆく。アップタウンへ向かう道すがら、目にはいる窓という窓は、残らず割れているように見えるし、ひょっとすると、通りの角という角には、残らず小銭がばらまかれているのかもしれない。ひとびとの動きは、ますますもって速くなってゆく。真っ赤な帽子をかぶった娘が、タクシーの窓の高い位置にあらわれて、帽子を見定めるひまもなく、また低いほうへと消えてゆく。店々のウィンドーは、ほんのつかのま視界をよぎるだけのせいか、とてつもなく明るく見える。ひとびとは、毎時間を四十五分、毎日を九時間、毎年を十四日ずつ長くしようとして、狂おしい動きのなかへととびこんでゆくかに思えるし、食物は目にもとまらぬ速さで出てきて、あっというまに食べられてしまうので、ひとはいつも空腹をかかえているし、たえず自らを新しい顔ぶれとの新しい食事へと駆りたててゆかねばならない。あらゆるもの、あらゆることが、それと目にはつかないながら、それでも一分ごとに速さを増してゆく。彼女はいっぽうの側からタクシーに乗り、反対の側から降りる。エレベーターで五階のボタンを押し、やがてまた降りてくる――入浴して、着替えをして、ブラッドとディナーに出かける身支度をととのえて。ふたりはディナーに出かけ、やがてまたもどってくると、一刻も早く眠りたいとうずうずしながら、ベッドへと急ぐ――その先に昼食の待っている朝食をとるために。ふたりはすでにニューヨークで九日間を過ごし、さらに三日後の水曜日には、わが家へ、ほんとうのわが家へと帰ってゆくのだ。彼女がそのことに思いをいたしたときには、ふたりはすでにロングアイランドへ向から列車に乗っていて、その車輛はおんぼろ、シートは破れ、床は汚れている。昇降口のドアのひとつはひらこうとしないし、どの窓もしまってくれようとしない。列車に揺られてニューヨークの郊外を通過してゆきながら、彼女は考える――これではまるで、すべてがあまりにも速く前へ、前へと進んでゆくため、固形の物質はその圧力に耐えきれず、粉々になろうとしているし、軒蛇腹《コーニス》は風圧で吹っ飛び、窓は内側へ陥没してしまうかのようだ。自分でもわかっているが、それを正直に口に出すことを彼女は恐れている。それが自らの意志による自殺的なスピードであり、破局へむかって加速度的に突き進んでゆく意図的な盲進であるという事実、それをまっこうから直視することを恐れている。

ロングアイランドに着き、招待主がふたりを案内してくれたのは、これまた新たなニューヨークの断片、ニューヨークの家具でいっぱいの家だった。あたかもそれらを輪ゴムの先端にひっかけ、ここまできりきりとひっぱってきて、最大限にひきのばしたみたいだ。やがて、賃借期限——家賃全額前払いの——が切れて、帰京するときがくるやいなや、満を持していたそのゴムを、ぱちんと放してやる。と、一瞬にして、すべてはもとの都会へ、アパートの部屋へと、はじきかえされてゆく仕組みだ。

「ほんと、もう何十世紀も、毎年この家を借りてるの」と、招待主が言った。「そうでもなかったら、今年はとても借りられなかったところよ」

「いやあ、これはすばらしくいいところだ」ブラッドが言った。「ここに通年で住まないなんて、そのほうがむしろ驚きだね」

「といっても、いつかは市内にもどらなくちゃなりませんもの」招待主が言い、声をあげて笑った。

「ニューハンプシャーとはだいぶちがうな」ブラッドが言い、マーガレットは、夫がいくらかホームシックになりかかっているようだ、と感じた。一度でいいから、大声でわめいてみたい、そう彼は思っているのにちがいない。彼女は例の火事騒ぎのとき以来、大勢が集まる場所に不安を覚えるようになっていたから、きょうもディナーのあとで友人たちがぽつぽつと姿を見せはじめると、しばらくそこで辛抱して、この家ならだいじょうぶ、ここは一階で、なにかあればすぐに外に逃げだせるし、窓もぜんぶあいている、などと自分し、目をさましてから、ブラッドが引き揚げてき、ちょっと疲れたのでお先に失礼しますと挨拶して、寝室にひきとった。ずいぶん遅くなってから、ブラッドが引き揚げてき、目をさました彼女にむかって、「いままでなにをしてたと思う？　言葉の綴り替え遊《アナグラム》びだとさ。まったく、なんてクレージーな連中なんだ」と腹だたしげに言い、彼女は眠たそうに、「あらそう、で、だれが勝ったの？」と言って、答えを聞かないうちに、また眠りこんだ。

あくる朝ふたりは、この家の主人夫婦が新聞の日曜版を読んでいるあいだに、軽い散歩に出てみることにした。「玄関を出たら、右に曲がって、三ブロックほど行くと、わが家の専用ビーチに出るわ」と、女主人が励ますように言った。

「しかし、ビーチなんかでなにができるんだい？」と、この家のあるじが言った。「寒くてなんにもできやしないぜ、あんなとこじゃ」

「それでも海が見られるわ」と、女主人。

ふたりは浜へ歩いていった。季節はずれのいま、そこは寒々とした吹きっさらしの場所でしかなかったが、それでもいまだにひとの気をそそる魅力があるとでも言いたげに、夏の名残の派手な装いの下から、おぞましくも秋波を送ってきた。たとえば、途中のいくつかの家にはひとの姿があったし、ランチスタンドもまだ一軒、ぽつんと店をひらいていて、ホットドッグとルートビアを敢然として宣伝していた。スタンドのあるじは、ふたりの通り過ぎるのをじっと見送っていたが、その顔は冷ややかで、愛想のかけらもなかった。ふたりはそこよりもはるか先の、家々の見えなくなるあたりまで歩いていった。灰色の小石まじりの砂浜に、いっぽうからは灰色の海が、もういっぽうからは、これまた灰色の小石まじりの砂山が迫っている。

「まあ考えてもみてよ、ここで泳ぐことを」そう彼女は身ぶるいしながら言ったが、それでも海岸そのものは、心を楽しませてくれた。それにはなにやら不思議な親しさ、なつかしさがあって、それに気がつくのと同時に、またしても例の調べが頭のなかに鳴り響きはじめ、二重の追憶をもたらした。海岸こそは、かつて彼女が空想のうちに住んだひとつの場所であり、ひそかに悲しい恋物語を書いて、荒波打ち寄せるなぎさに、ヒロインを散策させた場所でもあった。毎日の生活のわびしさが、そうした海岸を舞台にした悲しい物語を彼女に書かせたのであり、あのささやかな調べはまた、そのわびしさからのがれるために彼女が逃避する、輝かしい金色の世界の象徴なのだった。

彼女は高らかに声をあげて笑い、ブラッドはいぶかしげに、「いったいこの荒涼たる景色のどこに、そんなにおかしそうに笑えるものがあるんだ？」と言った。

「なんでもないわ。なんてニューヨークから遠くきてしまったみたいに感じられるんだろう、そう思っただけ」と、彼女は嘘をついた。

空も海も砂も、すべてが灰色一色――なんだか早くも夕方近くに感じられ、とても午前ちゅうとは思えぬほどだった。疲れてきた彼女は、そろそろひきかえしたいと思ったが、そのときブラッドがふいに声を高めて、「おい、見ろよ、あれを」と言い、ふりむいた彼女は、ひとりの少女が帽子を手に持ち、髪をふりみだして砂丘を駆けおりてくるのを認めた。

「ああでもしなくちゃ、寒くてやりきれんのだろうな」そうブラッドは言ったが、マーガレットは、目を凝らして少女を見ながら、「でも、おびえてるみたいよ」と言った。

少女はふたりに気がつくと、こちらへむかって、すこしずつ足どりをゆるめながら近づいてきた。なにかを急いで告げようとしているようすなのだが、いざ声の届く距離までくると、例の、だれにでも覚えのある当惑――ばかみたいに見られたくないという気持ち、それが働いて、ただもじもじとふたりを見くらべつつ立ちすくんでしまった。

しばらくして、ようやく少女は言った。「あの、どこへ行けばおまわりさんが見つかるか、ご存じないですか?」

ブラッドは岩のごろごろした殺風景な海岸の左右を見まわし、それからまじめくさって言った。「どうもこのへんにはいないようだね。なにかぼくたちにできることでも?」

「いえ、せっかくですけど」少女は言った。「おまわりさんじゃないと、だめなんです、ほんとに」

このひとたち、なにかといえば警察に頼ろうとするんだわ、そうマーガレットは思った。こういうひとたち、こういったニューヨーク人種、彼らはみんなそうだ。まるであらかじめ人口の一部を割いて、よろず問題解決人としての警官に仕立ててあるとでもいうように。それだから、なにが起こっても、まず警官を探そうとする。

「ぼくらにできることなら、喜んでお手伝いするぜ」ブラッドが言った。

少女はまたしてもためらった。「ええ、まあ、どうしてもって言うんなら」と、拗ねたように言う。「脚があるんです、あそこに」

少女が詳しい説明をするのを、ふたりは礼儀正しく待ち受けた。

けれども少女はただ、「そんなら、きてみて」とだけ言うと、ついてくるようにと身ぶりで示し、先に立って砂丘をのぼりはじめた。着いた先は、とある小さな入り江の近くで、そこでとつぜん砂丘がとぎれ、深く食いこんだ水路がそれにとってかわっている。その水路の突端のそば、砂の上に、脚が一本ころがっていて、少女は手真似でそれを指すと、「ほら」と言った。その言いかたはまるで、それが彼女自身の持ち物でもあって、ふたりがその分け前を要求しているとでも言わんばかりだ。

ふたりはそこへ歩み寄り、ブラッドがおそるおそるその上にかがみこんだ。「たしかに脚だな、まちがいない」と言う。一見、蠟人形の一部かとも見える、白っ茶けた蠟細工のような脚。大腿部の上部ですっぱり切断され、くるぶしのすぐ上で、もう一度、切断されている。わずかに膝を曲げたかたちで、のどかに砂の上に横たわっている。「こりゃ本物だ」そうブラッドが言ったが、このときには、こころもち声音が変わっていた。「きみの言うとおりだよ、やっぱりおまわりさんを呼ぶべきだ」

三人はそろって例のランチスタンドまでひきかえした。スタンドのあるじが熱のない顔で聞いているその前で、ブラッドが警察に通報した。やがて警察がやってくると、一同はもう一度、さっきの脚のところまでもどり、それからブラッドが警察に自分たちの姓名と住所とを告げて、「もう帰らせてもらってもいいですか？」とたずねた。

「いったいなんのために、ここにがんばっていたいんです？」問われた警官は冗談めかして、そのくせ軽妙とは言いかねる口調で問いかえした。「それとも、残りの部分が見つかるのを待っていようとでも？」

ふたりは友人夫婦の待つ家に帰り、脚のことを彼らに話した。すると友人は、客が人間の脚などに出くわしたのも、自分の怠慢でそういう悪趣味が見のがされたためだとでも言いたげに、しきりに恐縮してみせたし、いっぽう友人の細君のほうは、興味ありげに膝をのりだして言った。「そういえば、ベンソンハーストの海岸に、腕が漂着したんだそうよ。ちょうどそれを読んでたところなの」

「また殺人かよ」と、友人が言った。

二階の部屋にはいったとたん、いきなりマーガレットは、「たぶん最初は郊外から始まるんだわ」と言いだした。ブラッドが、「いったいなにが始まるんだって？」と訊きかえすと、「ひとがばらばらにされることがよ」と、ヒステリックに言った。

脚のことなど気にしていないと保証するために、ふたりはその午後ぎりぎりまで友人のところで過ごし、それから夕方の汽車でニューヨークに帰った。ふたたびアパートにもどってみると、ロビーの大理石が留守のあいだに、いくぶんか老化しはじめたように見える。たった二日だというのに、新たにそれとわかる亀裂さえ走っている。エレベーターはところもち錆びついた感があるし、室内のあらゆるものの表面に、細かい塵がうっすら積もっている。ふたりはともに居心地の悪さを感じながらベッドにはいったが、翌朝、起床するのと同時に、マーガレットはきっぱり宣言した。「きょう一日、どこにも行かないことにするわ」

「まさかきのうのことで、気が高ぶったかどうかしてるんじゃないだろうね？」

「いいえ、ぜんぜん」と、マーガレット。「ただうちにこもって、ゆっくり休息したいだけ」

二、三の応酬のあと、結局、ブラッドはまた単独で出かけることになった。残りの数日間に、まだ何人もの大事な知り合いと会わねばならなかったし、行かねばならない場所も、まだ何カ所か残っていたからだ。オートマットで朝食をとったあと、マーガレットは途中で買ったミステリー本をかかえて、ひとりアパートにもどった。帽子とコートをつるし、窓ぎわに腰をおろすと、外をながめた。騒音も人込みもはるか下方に遠く、向かいの家並みの背後の空は、例によって、どんよりした灰色に曇っていた。

もうあのことを気にかけるのはよそう、と自分自身に言い聞かせた。そんなことばかりたえずくよくよ考えて、せっかくの休暇を、それもブラッドのそれまでも台なしにするなんて、ばかげている。くよくよしても始まらない。ひとはだれしも、一度はあんなふうなことを考えあぐね、やがては自分のことだけを心配しはじめるのだ。

あの忌まわしい調べの断片が、その響きのよいくりかえしと、高価な香水の香りとを伴って、またも頭のなかを駆けめぐっていた。通りの向かいの家々は、どれも森閑としている。おそらく日中のこの時間には、無人なのだろう。彼女は頭のなかのリズムに合わせて、それらの窓から窓へと視線を移していった。窓ふたつを一拍の割合で目を横にすべらせてゆくと、ちょうど曲の一行分が、窓一階分に相当する。端まで行ったら、急いで息継ぎをして、一階下の窓へと移る。どの階にも窓はおなじ数だけあり、曲にも同数の拍子がある。そうやって一階分終わったら、またつぎの階、さらにつぎの階。と、とつぜん彼女はそれをやめた。というのも、いましがた通り越したばかりの窓框が、ふいに音もなく崩壊し、微細な塵となって四散していったような気がしたからだ。あわてて視線をもどしてみると、窓框はそれまでと変わらず存在しているが、つぎの瞬間には、くずれたのは一階上の右側の窓、そしてついには屋根の一角だったかもしれないとさえ思われてくる。

気をもむなんてつまらない、そう自分に言い聞かせ、しいて視線を下の通りへ向けた。たえずなにやかや思い悩んでいるのなんて、もうやめなければ。けれども、長いこと下を見おろしていると、頭がくらくらしてきて、立ちあがるなり、アパートの狭い寝室へ向かった。良き主婦ならば当然のように、ベッドは朝食に出かける前にきちんとメークしてあったが、いまそれをわざとばらばらにし、毛布やシーツを一枚一枚引き剝がし、もう一度、最初から時間をかけて四隅をぴんと折り、皺もきれいに伸ばしながら、ベッドメークをやりなおす。仕事を終えると、「さて、これでよし」とつぶやいて、ふたたび窓ぎわにもどる。だが目をあげて通りの向こうを見たとたんに、またあの曲が始まった。窓から窓へ、つぎつぎに窓框が溶解し、崩落してゆく。のりだして、自分の部屋の窓——なぜかこれまで一度も思い及ばなかったその窓——と、窓の敷居を見おろす。すでに部分的に腐食が始まっている。窓框に手を触れると、石のかけらがいくつかぽろぽろととれて、下へ落ちていった。

十一時。ブラッドはいまごろブローランプを見ていて、一時まではもどるまい——かりにもどってくるにしてもだ。ふと、留守宅に手紙を書こうかと思いたったが、紙とペンとを見つけてくる前に、その衝動は消えてしまった。つづいて、昼寝でもしようかという気が起こる。午前ちゅうに昼寝をするなんて、生まれてはじめての経験だが、ともあれ寝室へ行き、ベッドに横になる。横になったとたん、建物が揺れている感じが伝わってきた。

気に病むなんてばかげている、とまたもおなじことを魔女よけの呪文でも唱えるように胸のうちでくりかえし、くりかえしながら起きあがって、コートと帽子を探しだすと、身につけた。とりあえず角まで行って、煙草と便箋を買ってくるだけだ、そう考えたのに、エレベーターで下へ降りる途中で、早くもパニックにとらえられてしまう。エレベーターのスピードがあまりにも速い。ロビーに着いて、エレベーターの箱から出たとき、そのままやみくもに駆けだしたいのをどうにか思いとどまったのは、ひとえに、そのへんにいるひとびとの目のせいだった。すばやく建物から出て、通りへ踏みだす。つかのま、逡巡する気持ちが起こり、ひきかえしたくなった。車が矢のようにびゅんびゅん行きかい、ひとびとは例によってせかせかと通り過ぎてゆく。けれどもエレベーターへの恐怖が、最終的に彼女の背を押した。交差点まで行き、飛ぶように去ってゆくひとびとを追って車道に駆けだすが、そのとたんに、ほとんど頭のすぐ上で警笛が鳴り、罵声がとび、けたたましいブレーキの音が響く。やみくもに走って向こう側にたどりつくと、立ち止まって、周囲を見まわす。いまのトラックは、角を曲がってそのまま走り去り、ひとびとは彼女が立っているところまできて二手に分かれると、左右をすりぬけてゆく。

だれもわたしには目もくれない、そう思うと、すこしほっとした。さいぜんわたしを見たひとたちは、もうずっと遠くへ行ってしまった。すこし先のドラッグストアにはいって、煙草を買う。いまとなってはあのアパートのほうが、外の通りよりもよほど安全に思える――エレベーターを使わず、階段をあがればいいのだから。店を出て、交差点までくるあいだも、なるべく建物に近いところを歩き、戸口から出てくる正当な通行人に道を譲るまいとする。角までくると、慎重に信号を見る。青だ。だがいまにも変わりそうに見える。待つに越したことはない。トラックにぶつかりそうになるのは、もう懲りごりだ。

ひとびとは彼女を押しのけて渡りはじめ、信号が変わったときには、まだ何人かが通りのまんなかにいた。女性がひとり、これは他の面々より臆病なのか、回れ右をして歩道に駆けもどったが、ほかのものたちは通りのまんなかにつったったまま、車の列が前後を走り抜けてゆくのに合わせて、前のめりになったり、後ろへのけぞったりしている。なかのひとりは、車の間隙を巧みにとらえて、すばやく向こう側の歩道にたどりついたが、残りのものは、一呼吸、後れをとったため、やむなくその場で待っている。やがて、ふたたび信号が変わり、車が速度を落としたので、マーガレットは一歩、車道に足を踏みだしたが、そこで一台のタクシーが強引に角を曲がってつっこんできたので、おじけづいて、また歩道にもどった。タクシーが行き過ぎてしまったときには、信号はまたも変わりかけていて、まあいい、もう一回だけ待とうという気になった。通りのまんなかで立ち往生するはめになるのはいやだ。そばに立った男が、信号の変わるのを待ちかねて、じれったげに足踏みしているかと思えば、ふたりの娘が彼女のそばをすりぬけ、二、三歩、車道に出たところで待とうとしたが、車がすれすれのところを通り抜けてゆくので、わずかに身をひいた。そのあいだも、たえずぺちゃくちゃしゃべりつづけている。そうだ、このひとたちの後ろについていることにしよう、マーガレットはそう考えるが、そこでふたりがすぐ鼻先まであとずさりしてき、やがて信号が変わって、かたわらの男は鉄砲玉のように車道へとびだしていったのに、前にいる娘たちは、話に夢中で、すぐには歩きださない。そのうちようやくのろのろと渡りだしたので、マーガレットもあとにつづこうとしたが、そこでまた思いなおし、待つことにした。と、ふいに、周囲に大勢のひとがあらわれ、人垣をつくった。いましがたバスを降りてきて、ここで交差点を渡ろうとするひとたちらしい。とたんに、にわかな恐慌が彼女をとらえた。つぎに信号が変わって、この群衆がいっせいに横断を始めたとき、自分も人波に巻きこまれて、否応なしに車道へ押しだされてしまうのではないか。あわてて向きを変え、必死に人垣をかきわけてそこからのがれでると、すこし離れた建物の壁に寄りかかって、待つことにした。気のせいか、だんだん通行人の目がこちらに集まりはじめたような。いったいわたしのことをどう思っているのだろう。そこで、姿勢を正してしゃんと立ち、だれかを待っているようなふりをした。腕の時計をのぞき、眉をひそめ、だがそのあとでやっと気がつく。なんとばかげて見えることだろう。周囲にいるのは、これまでわたしのことなど見たこともないひとたち、みんなさっさと通り過ぎてゆくひとたちなのだ。あらためて歩道のふちまでひきかえしはしたものの、信号の青が赤に変わりそうなのを見て、また考えなおした。さっきのドラッグストアにもどって、コークでも飲もう。いまさらアパートに帰ってもしようがない。

ドラッグストアの店員は、彼女を見ても、眉一筋動かさなかった。彼女はすわって、コークを注文したが、それを飲みだしたとたんに、突如としてまたパニックが襲ってきた。はじめあの交差点を渡りかけたときにいっしょだったひとたち、あのひとたちはもう何ブロックも先に行ってしまっただろう。わたしが最初の信号でぐずぐずしているひまに、みんなはもう十カ所もの信号にトライし、無事に渡りきっているだろう。いまではもうダウンタウンにむかって、一マイル近くも遠ざかってしまっている。なぜなら、わたしがここで勇気を奮い起こそうと懸命になっているそのあいだ、みんなは着実に歩きつづけていたのだから。彼女はいきなり立ちあがった。べつにコークに問題があるとか、そういうわけじゃない、ただ急いで帰らなければならないだけなのだ、そう言い訳したい衝動をおさえて、そそくさと勘定をすませると、ふたたび小走りに交差点へと向かった。

信号が変わったら、すぐに歩きだすんだ、おびえるなんてばかげている、きびしく自分にそう言い聞かせる。けれども、心の準備ができないうちに信号が変わり、勇気を奮い起こそうとするその一瞬の間《ま》に、角を曲がった車の群れがどっとばかりにつっこんできて、彼女はしりごみしてもとの歩道にもどった。うつろな目が、すがりつくように通りの向こう角の葉巻店を見つめ、さらにその向こうの自分のアパートを見つめた。いったい全体ほかのひとたちは、どうやって向こうに渡るという難事を成し遂げているのだろう、ふとそんなことを考え、そしてそう考えたことで、そんな疑問をいだいたことで、自分が敗北したことがわかった。ふたたび信号が変わり、それを彼女は憎悪の目で見やった。なんてくだらない存在だろう。ばかの一つ覚えみたいに、一日じゅうなんの目的もなく、意味もなく、青から赤へ、赤から青へと、くるくる変わっているだけのしろもの。だれかに見られていないかと、こっそり左右をうかがいながら、めだたぬように後ろへ一歩、二歩と後退して、歩道のふちから身を遠ざけてゆく。もう一度さっきのドラッグストアにもどり、店員の顔にこちらを認めたしるしがあらわれるのを待ったが、それらしき気配さえなく、最初にきたときとおなじ無感動な目がこちらを見かえすだけ。電話のありかを訊いても、熱のない身ぶりで、ただそちらをさす。要するにこの男はなんとも思っていないのだ。わたしがだれに電話しようが、この男としてはなんの関心もないのだ、そう思った。

今度ばかりは、ばかみたいだと危惧するひまさえなかった。相手が即座に、しかも愛想よく電話に出て、すぐさまブラッドを呼びだしてくれたからだ。電話機から流れてくる夫の声は、驚いているようでもあり、しごく事務的でもあったから、彼女はただみじめにこう訴えることしかできなかった。「いま角のドラッグストアにいるの。お願いだから迎えにきてちょうだい」

「いったいどうしたのさ」ブラッドは迷惑そうだった。

「お願い、どうか迎えにきて」彼女は夫に通じているかもしれない、いないかもしれない黒い送話口にむかって、ただ絶望的にくりかえした。「お願い、どうか迎えにきてちょうだい、ブラッド。ねえお願い」

大きな靴の男たち

Men with Their Big Shoes

うら若いハート夫人にとって、これが田舎で夏を過ごす最初の年であり、妻として、一家の主婦として過ごす最初の年でもあった。もうじき最初の子供が生まれようとしていたし、わずかながらもメイドと表現できそうな女性を雇うのも、あるいは雇っているという気になれるのも、これが最初の経験だった。医者に言われたとおり、毎日のんびりと休養をとって過ごしながら、彼女は現在の境遇を楽しんでいた。玄関前のポーチでロッキングチェアにすわっていると、樹々にふちどられた静かな通りと、家々の庭、そして通りがかりにほほえみかけてゆく善良なひとびとが目にはいる。こうべをめぐらしてわが家を見れば、大きな窓の向こうに、更紗のカーテンと、それにマッチした家具カバーと、楓材の調度が置かれたきれいな居間が見えるし、すこし視線をあげれば、寝室の窓に揺れる白い襞飾りのついたカーテンも見える。これこそは真の家庭とも言うべきものだ。牛乳配達は、朝ごとに新鮮なミルクを届けてくれるし、ポーチの手すりにそって並べられた、鮮やかに彩色された植木鉢には、定期的に水をやる必要のある、本物の、生長する植物が植わり、キッチンでは本格的な料理用レンジで調理ができ、そしてアンダースン夫人は、本物のメイドそっくりに、掃除したばかりの床についた靴跡のことで、しょっちゅうぶつぶつ文句を言っている。

「床を汚すのは男どもに決まってますよ」と、くっきり残った靴の踵の跡を睨みながらアンダースン夫人は言う。「女はね、見りゃわかりますが、いつだってもっと静かに足をおろします。なのに、大靴をはいた男どもときたら」そして、床の靴跡を無造作に雑巾でぱっぱっと払うのだ。

ハート夫人はアンダースン夫人にたいして、いわれのない恐怖感を持っていた。もっとも、きょうこのごろの家庭の主婦たちが、家事手伝いの人間にどれほど畏縮させられているか、それについては、これまでさんざん読んだり聞かされたりしてきたから、はじめは自分のおどおどした対応も、ごく自然なものだと受けとめていた。しかも、アンダースン夫人の権柄《けんぺい》ずくな、喧嘩腰の態度というのは、果物を瓶詰めにしたり、砂糖を焦がしてカラメルソースをつくったり、イースト入りロールパンの生地を寝かせておいたりする知識、そこから当然のように生まれてくるらしい。最初の日、赤ら顔で肩をいからせ、髪も嫌味なほどかたく後ろにひっつめたアンダースン夫人が、なにかお手伝いすることはありませんかと勝手口に姿を見せたとき、ハート夫人は、一も二もなくそれを受け入れた。なにしろ、埃だらけの窓のなかで、まだ荷ほどきのすまない引っ越し荷物と、ごみの山とに埋もれて立ち往生していたところなのだ。そしてアンダースン夫人は、まずは的確にキッチンから仕事にかかり、ハート夫人のために熱いお茶を一杯淹れたのだった。「あんまり疲れないようにしなくちゃいけませんよ」と、彼女はハート夫人のウエストのあたりに目をくれながら言った。「ここ当分は、体を大事にしなきゃ」

アンダースン夫人がどんなものをもけっして完全にはきれいにしないこと、どんなものをもけっして完全にはもとあった場所にもどそうとしないこと、そういったことにハート夫人が気づいたときには、すでに手遅れ、もはやそれについてなにか手を打つことなど、考えられなくなっていた。アンダースン夫人の親指の跡は、家じゅうのすべての窓に残っていたし、ハート夫人のための毎朝のお茶は、ひとつの確固たる習慣になっていた。朝食を終えると、ハート夫人はすぐにやかんを火にかける。そしてアンダースン夫人は、九時にやってくるなり、そのお湯で自分たちふたりに一杯ずつお茶を淹れるのだ。

「熱いお茶をまず一杯、そうでなきゃ、一日は始まりませんよ」と、毎朝きまって愛想よく、そうくりかえす。「お茶が胃袋を落ち着かせてくれるから、さあがんばろうという気にもなれるんです」

ハート夫人はアンダースン夫人について、よけいなことはいっさい考えまいと自分をいましめていた。考えるのは、家事いっさいを肩代わりさせるということが、そこはかとなく自尊心をくすぐってくれるということだけ（「まさしく家の宝です！　まるでわたしを自分の実の娘みたいに扱ってくれるんです！」と、ニューヨークに住む女友達への手紙にも書き送ったものだ）。そんなわけで、かねてから感じていたかすかな不安が的中していたとさとって、胸のむかつくような思いにさらされたのは、アンダースン夫人が朝ごとに忠実にかよってくるようになって、かれこれ一ヵ月もたってからのことだった。

一週間も降りつづいた雨があがった、よく晴れた暖かい日だった。ハート夫人は、とくにお気に入りのハウスドレス——アンダースン夫人によって洗濯され、アイロンをかけられたもの——を身につけ、夫の朝食にやわらかな半熟卵を用意し、それから夫と連れだって外の通りまで出ると、彼が角まで行って、バスに乗りこみ、隣り町の銀行へ出勤するのを見送った。玄関前の小道を家までひきかえしながら、彼女はグリーンの鎧戸にあたる日ざしを楽しみ、早くも箒でポーチを掃いている隣家の主婦と、愛想よく言葉をかわした。もうじきわたしは赤ちゃんをベビーサークルに入れて、庭に出してやるようになるだろう、そんなことを考えながら家にはいり、日ざしがなかまでさしこんで床を温めてくれるようにと、玄関の扉はあけはなしたままにしておいた。キッチンへ行ってみると、すでにアンダースン夫人がテーブルについていて、お茶もつがれていた。

「おはよう、すばらしいお天気ね」ハート夫人は声をかけた。

「おはよう」アンダースン夫人は言って、手真似でお茶をさした。「ちょっと外へ出てるだけだろうと思ったんで、すっかり用意しときましたよ。まずお茶を飲まないじゃ、一日は始まりませんからね」

「なんだかもうこれっきり、お日さまの顔が拝めないんじゃないか、そんな気がしてたところよ」ハート夫人は言って、腰をおろし、カップをひきよせた。「こうして晴れて暖かい日がもどってくるのって、こんなにもありがたいものかと思うわ」

「胃袋を落ち着かせてくれますよ、お茶っていうのは」アンダースン夫人が言う。「お砂糖はもうはいってます。ここ当分は、お砂糖なしじゃ胃を傷めますからね」

「あのね」ハート夫人は、うっとりした調子でつづけた。「去年のいまごろは、わたし、まだニューヨークで会社勤めをしてて、ビルと結婚するようになるなんて、思ってもみなかったわ。それが、どう？　いまはこのとおりよ」そう言い足して、笑ってみせる。

「先行き自分の身がどうなるかなんて、だれにもわかるもんじゃないですよ」と、アンダースン夫人。「物事が最悪に見えるときだって、あとは死ぬか、すこしは持ちなおすか、そのどっちかしかありませんからね。むかし近所にいたんです――しょっちゅう口癖みたいにそればかり言ってるひとが」溜め息をついて立ちあがり、自分のカップを流しへ運んでゆく。「もちろん、けっしていい目には出あえないというひとだって、いることはいますけどね」

「それが、わずか二週間ばかりのうちに、なにもかもがらっと変わっちゃって」と、ハート夫人はなおもつづける。「ビルがいまの仕事を見つけて、職場の女のひとたち、お祝いにワッフルの焼き型をくれたわ」

「棚の上にある、あれですね？」アンダースン夫人は言い、ハート夫人のカップに手をのばした。「いいから、すわっててください。いまだけですよ、こんなに楽ができるのなんて」

「じっとすわってなきゃいけないなんて、すぐに忘れちゃうのよ。なにもかもすごく楽しくて、わくわくするんですもの」ハート夫人は言う。

「奥さん自身の体のためなんです。奥さんのためによかれと思って、言ってるだけなんですから、あたしは」と、アンダースン夫人。

「もうじゅうぶんすぎるほどよくしてもらってるわ」ハート夫人は義理堅く言う。「毎朝こうやって手伝いにきてくれるし。それにわたしの体のことまでも、本気で気づかってくれるし」

「お礼を言ってもらいたいなんて、思っちゃいませんよ」と、アンダースン夫人。「奥さんはただ、無事にお産まで漕ぎつけりゃいいんです。それしかあたしゃ望んじゃいませんし

「でも実際のところ、あなたがいなければ、わたし、お手上げってところよ」ハート夫人

は言った。それからふいに、きょうのところはもうこれくらいでじゅうぶんだろう、そう考えて、思わず声をあげて笑ってしまった。なにやら正規の時間給にたいするボーナスみたいに、毎朝アンダースン夫人に感謝の気持ちを小出しに与えてゆかねばならない、それがおかしかったのだ。とはいえこれは、まぎれもない真実ではある。遅かれ早かれ、毎日一度はそれを口にしなくてはならないのだから。

「おや、笑ってますね？」アンダースン夫人が、赤くむっちりした手首を流し台につっぱり、なかばこちらへ体をねじむけながら言った。「なにかあたしがおかしなことでも言いましたか？」

「いえ、ただちょっと考えてただけよ」ハート夫人はあわてて言った。「以前の会社でいっしょだった女のひとたちのこと。いまのわたしを見たら、さぞうらやましがるだろうな、って」

「なんの苦労もないひとにゃ、けっしてわかるもんじゃないですよ」アンダースン夫人が言った。

ハート夫人はふと手をのばし、そばの窓にかかった黄色のカーテンに触れてみながら考えた——ニューヨークの一間きりのアパートのこと、勤め先の暗いオフィスのこと。

「あたしだってね、それくらい笑えればいいと思いますよ、近ごろは」と、アンダースン夫人がつづける。

ハート夫人は急いでカーテンから手をひっこめて向きなおると、思いやりをこめて、アンダースン夫人にほほえみかけた。「わかるわ」と、つぶやく。

「わかるもんですかね、奥さんなんかに」そう言ってアンダースン夫人は、勝手口のほうへぐいと頭を動かしてみせた。「彼がまた例の癖を出しましてね。一晩じゅうです」

もういまではハート夫人にも、その〝彼〟がアンダースン氏をさすものか、それとも自分の夫ハート氏をさすものか、それぐらいは当てられるようになっていた。アンダースン夫人の頭が勝手口のほう、つまり彼女がいつも帰ってゆく小道のほうへ向けられるときには、それはアンダースン氏を意味するしぐさであり、おなじしぐさが、毎晩ハート夫人が夫を出迎える玄関のほうへ向けられるときには、ハート氏を意味するものになる。

「一分だって眠らせちゃくれないんですからね、このあたしを」アンダースン夫人がなおも言っていた。

「ひどいわね」ハート夫人は言って、すばやく立ちあがると、勝手口へ向かった。「物干し綱からお布巾をとってくるわ」説明がわりにそう言う。

「それならあたしがやりますから、あとでね」と、アンダースン夫人。「罵ったり、わめいたり、そりゃもう、気が変になりそうでしたよ」とつづける。『さっさと出ていったらどうなんだ。なんでそうしねえんだ?』と、こうなんです。わざわざ玄関口へ行って、扉を大きくあけて、ご近所じゅうに聞こえるような声でどなるんですから。『さっさと出ていったらどうなんだ、ええ？』って」

「まあひどい」ハート夫人は言う。手は勝手口のドアのノブにかかったままだ。「三十七年間ですからね」そう言って、アンダースン夫人は首をふってみせる。「それをいまさらこのあたしに、出ていけと言う」ハート夫人が煙草に火をつけるのをじっと見まもって、「煙草は毒ですよ。いいかげんに吸うのはやめないと、いまに後悔することになりますからね。あたしが子供を産まなかったのも、それだからなんです」と、なおも言葉をつづける。「だってそうでしょうが。子供がまわりで聞いてるのに、彼があんなふうじゃ、産みたくたって産めるもんじゃない」

ハート夫人はレンジに歩み寄ると、ティーポットをのぞいた。「お茶をもう一杯いただこうかしら。あなたはどうする、ミセス・アンダースン？」

「胸焼けがするんでね」アンダースン夫人は言い、洗ったばかりのカップをテーブルにもどした。「いま洗ったばかりなんですよ」と言う。「でも、まあいいでしょう。これは奥さんのカップだし、ここは奥さんの家なんだから。なんだって好きなようにすりゃいいんです」

ハート夫人は笑って、ティーポットをテーブルに持っていった。アンダースン夫人は、お茶をつぐ彼女の手もとをじっと見まもり、つぎおわるやいなや、すばやくティーポットを持ち去った。

「すぐに洗っちまいましょう」と言う。「奥さんがもう一杯飲みたいなんて言いださないうちに」そしてふいに声を落として、「水分をとりすぎると、腎臓に悪いんですよ」

「あら、わたしはいつだってお茶やコーヒーをがぶ飲みするわよ」と、ハート夫人は言いかえす。

アンダースン夫人は、流しの水切り台の上でからからに乾いている食器をじろりと見やり、それから、大きな両手にグラスを三個ずつわしづかみにした。「けさはまた、ばかに汚れ物が多いんですね」

「ゆうべは疲れすぎてて、洗い物ができなかったの」ハート夫人は言い、内心でそっとつけくわえた――だいいち、わたしがあなたにお金を払ってるのは、そういったことをやってもらうためなんだから。そして、快活な声音をつくろって、つづけた。「だからあなたになにもかもおまかせすることにしたわけ」

「ま、ひとさまの汚したあとをきれいにするってのは、あたしの仕事ですから」と、アンダースン夫人。「それが世のなかの決まりなんですよ――だれかがほかのみんなのために、汚れ仕事をひきうけなきゃならない。お客さんは大勢だったんですか?」

「主人が町で知り合いになったひとたちよ。ぜんぶで六人ぐらいかしら」ハート夫人は言った。

「奥さんがそんな体だってのに、お友達なんか、やたらに連れてくるもんじゃないですよ」と、アンダースン夫人。

　ゆうべの楽しかった語らいを思いだして、ハート夫人はそっと溜め息をついた。ニューヨークの芝居の話。地元のナイトクラブの話。近いうちにみんなでそこへ踊りにゆこうという話。さらに、自分のこの家に向けられた、耳に快い賛辞。ほかのふたりの若妻たちに、とりそろえた赤ちゃん用品を披露したこと。ふとわれにかえったときには、アンダースン夫人の話の脈絡を見失ってしまっていた。

「──自分の女房の見てる前で、ですよ」と、アンダースン夫人はようやく語りおえた。それから、意味ありげなしぐさで、頭をぐいと玄関のほうへ動かしてみせた。「彼もお酒はたくさん飲むんでしょう?」

「いいえ、たいして飲まないわ」ハート夫人は言った。

　アンダースン夫人は、訳知り顔にひとつうなずいてみせ、「ほんとはどういう意味かわかってますよ」と言った。「男たちがつぎからつぎへとがぶ飲みしてるのを見ていながら、どう言ってやめさせたらいいのかわからない。そのうち、なにかが男たちの気にさわって、気がつくと彼ら、奥さんに出ていけ、さっさと消えやがれとどなってる」またひとつうなずく。「こうなったら最後、女にはなにもできない──ほんとに出ていくはめになった場合にそなえて、どこかに行き場を確保しておくぐらいがせきのやまで」

　ハート夫人は言葉に気をつけながら言った。「でもねえミセス・アンダースン、世のないろ教えてくれる年長者もいないしね」

ハート夫人は一本めの煙草の吸いさしから、二本めに火をつけた。「わたしはね、ほんとうに主人のお酒の量なんか、心配しちゃいないのよ、これっぽっちも」と、きっぱり言いわたす。

洗いあげた皿の山をかかえたまま、アンダースン夫人は立ち止まった。「じゃあなんですか？　女ですか？　それを心配してるんですか？」と訊く。

「なぜまたよりにもよって、あなたにそんなことを訊かれなきゃならないの？」むっとして、ハート夫人は言いかえす。「うちのビルはね、ほかの女なんか見向きも――」

「いいですか奥さん、奥さんにはだれか面倒を見てくれるひとが必要なんですよ、こういうときには」アンダースン夫人は言う。「このあたしが気がついてない、なんて思っちゃいけません。奥さんだって、だれかにそのことを洗いざらいぶちまけたいに決まってるんですから。あたしに言わせれば、男なんてのは、みんなおなじように女房を扱うものなんです。ちがうのは、飲んだくれるか、賭け事に身を持ちくずすか、目にはいる女の子を片っ端から追っかけまわすか、それぐらいでね」いきなりとってつけたように笑って、「しかも、女房たちから見れば、それほど若くもない男だってけっこういるんだから、あきれちまいますよ。じっさい、世間の女たちが、男どもがどこまで変わるかを知ってたら、そもそも結婚の数からして減るんじゃないんですかねえ」

「結婚を成功させるかどうかは、女性の務めだと思うけど」ハート夫人は言う。

「ミセス・マーティンを知ってますか、食料品屋の。こないだ話してくれましたよ――あのひとの亭主が死ぬ前になにをやってたか」アンダースン夫人はなおもつづける。「じっさい、男どもがかげでなにをしてるかなんて、女には想像もつきませんよ」思案げに勝手口のほうを見やって、「でもね、なかにはほかの男よりもたちの悪いのがいますから。奥さんはとてもかわいいって、そう言ってましたけどね、ミセス・マーティンは」

「あらまあ、それはご親切に」と、ハート夫人。

「だけどあたしゃ、彼のことは一言だって言いませんでしたから」アンダースン夫人は頭で玄関のほうをさしながら言う。「特定の名は出さないことにしてるんです――だれのことを言ってるのか、わかっちゃいそうなときには、いつでも」

ハート夫人はマーティン夫人の顔を思い浮かべた。金壺まなこに、頭のてっぺんから出てくるような声、しょっちゅう他人の買い物に、詮索好きな目を光らせている（「きょうは全粒粉のパンを二斤ですか、ミセス・ハート？　今夜はさだめしお客さんですね？」）。

「あのひと、とてもいいひとだと思うけど、わたしは」ハート夫人はそう言い、わたしがそう言ってたと伝えてちょうだい、と胸のうちでつけたした。

「なにもいいひとじゃないとは言ってませんよ」アンダースン夫人はにこりともせずに言いかえした。「ただね、何事も悪いふうに想像させとくのは、よくないですから」

「そりゃまあ——」ハート夫人は言いかけた。

「あたしゃね、あのひとに言ってやったんです」と、アンダースン夫人。「あたしの知るかぎりじゃ、ミスター・ハートが道にはずれた行ないをしたことは一度もない。お酒も浴びるほどには飲まないし、ってね。奥さんのことは、ときとしてあたしの実の娘のようにも思えるし、だからあたしの目の黒いうちは、奥さんには指一本ささせやしないよ、ってね、そう言ってやったんです」

「わたしとしては——」もう一度、ハート夫人は言いかけた。ふいに冷たい恐怖がすっと首筋をなでて過ぎた。善良な隣人たちが、心安げな仮面の下から、じっとこちらを見張っている図。カーテンのかげから、こっそり外をうかがっている図。ひょっとするとビルのことも見張っている？　そう、おそらくは。「わたしとしては、他人のことをとやかく言うのって、よくないと思うんだけど」絶望しながらも、ひとまず言ってみた。「つまり、はっきりわかりもしないことを言いふらすのって、あまり感心しないということよ」

アンダースン夫人はふたたびとってつけたように笑うと、掃除用具入れのところへ行って、戸をあけた。「いいですか、奥さんはなにが起きたって、びくびくしたりしちゃいけないんです——いまはね。さて、けさは居間のお掃除をしますか。あのちっぽけな部分敷きの絨毯、あれを残らず外に出して、日にあてましょう。要するに問題はね、彼が――」と、勝手口をさして、「――あたしにひどい仕打ちをしたと、それだけのことなんですから、ええ」

「お気の毒にね。ずいぶんひどい話だわ」ハート夫人は言った。

「ミセス・マーティンはね、こんなことも言ってました――あたしがこのお宅へきて、いっしょに住めばいいじゃないか、って」掃除用具入れを荒っぽくかきまわしながら、アンダースン夫人は言った。その声はくぐもって、埃っぽく聞こえた。「ミセス・マーティンは言うんですよ――奥さんみたいな若いひと、家庭の主婦になって、まだまのないひと、そういうひとには、身近に話し相手がいることが、ぜったい必要なんだ、って」

ハート夫人は、カップの把《と》っ手をかたく握りしめている自分の指を見つめた。お茶はまだ半分がた残っていた。いまさら席を立って、べつの部屋へ行くのには遅すぎる、そう思った。まあいい、いざとなったら、いつでもこう言えばいいんだから――ビルがぜったい承知しないだろう、って。彼女は言った。「四、五日前に、町でミセス・マーティンに会ったけど、とてもすてきなブルーのコートを着てたわよ」手のひらでハウスドレスの皺をなでつけると、苦々しげにつけたした。「わたしも早くきちんとした服を着られるようになるといいんだけど」

「『さっさと出ていったらどうなんだ』って、彼はそう言うんです」アンダースン夫人は片手に塵取り、片手に雑巾をつかんで、掃除用具入れから後ろにさがった。「へべれけに酔って、ご近所じゅうに聞こえるような声でどなるんですよ。『とっとと出ていけ。なんでそうしねえんだ？』ってね。そりゃもう大きな声で、てっきりこのお宅まで聞こえたんじゃないかって、そう思いましたけどね」

「もちろん本気で言ってたわけじゃないわよ」ハート夫人は言った。これで議論はおしまいだという意味を、言外にこめたつもりだった。

「奥さんだったら、とても我慢できなかったでしょうね」アンダースン夫人は言うと、塵取りと雑巾を下に置き、つかつかと歩いてきて、テーブルのハート夫人の真向かいにすわった。「ミセス・マーティンはさかんにこう言うんですー̶̶もし奥さんさえよければ、このお宅へきて、予備の寝室に寝かせてもらったらどうか、って。そうすれば、お料理はあたしがぜんぶやってあげられるし」

「そりゃできないことはないわ」ハート夫人はにこやかに言った。「ただ、あの予備室には、いずれ赤ちゃんを寝かせるつもりだから」

「赤ちゃんはご夫婦の寝室に寝かせるんですよ」と、アンダースン夫人。そして、けけけと高笑いすると、なれなれしくハート夫人の手にかけた手に力をこめた。「心配することはありませんって。邪魔はしませんから。でもって、もし赤ちゃんをあたしの部屋に寝かせたければ、そのときはあたしが夜中に起きて、ミルクを飲ませたりなにかしてあげられますからね。なあに、赤ちゃんの世話ぐらい、りっぱにやってみせますって」

ハート夫人は、負けじと快活にアンダースン夫人にほほえみかえした。「もちろんお願いしたいわ。いずれはね。でも、いまは無理。いまはもちろんビルが、ぜったい承知しっこないもの」

「もちろんそうでしょうよ」と、アンダースン夫人は言う。「男なんて、いつだってそうなんですから。食料品屋のミセス・マーティンにも、あたしゃ言ってやったんですよ――そりゃね、あのひとは世界一感じのいい、かわいい奥さんさ。だけどあのひとのご主人が、こんな掃除女なんか、家に入れてくれるもんかね、って」

「あらやだ、ミセス・アンダースンったら！　自分のことをそんなふうに言うもんじゃないわ！」ぎょっとしたように身をひきながら、ハート夫人は言った。

「おまけに、もうひとりの女を家に入れるわけだから――奥さんよりも年上で、経験もちょっとばかり豊富な女をね」アンダースン夫人はつづけた。「ひょっとすると、見ちゃならないことまでその女は見ちゃうかもしれないし」

かたくカップを握りしめたまま、ハート夫人は一瞬ちらりとマーティン夫人の姿を思い浮かべた。くつろぎきって、店のカウンターに身をのりだしているマーティン夫人（「なんですか、新顔の下宿人がきたっていうじゃないですか、ミセス・ハート。あのミセス・アンダースンなら、きっと申し分なく面倒を見てくれますよ！」）。そしてほかの隣人たちも――ビルを迎えにバス停まで歩いてゆくとき、凍りついたような顔でじっとこちらを見まもっている彼ら。さらにニューヨークの女友達――こちらからの手紙をひたいをつきあわせて読みながら、しきりに羨望の言葉を発している彼女たち（「まさにわが家の至宝と言うべきでしょう――近くわが家に住みこんで、あらゆる家事をぜんぶひきうけてくれることになってるんです！」）。目をあげて、したり顔にほほえんでいるアンダースン夫人を見たとき、ハート夫人は、突然の動かしがたい確信を持って、自分が敗北したのをさとったのだった。

歯

The Tooth

バスは待っていた。小さなバス停留所の前で、ブルーと銀色との巨体を月光に鈍く光らせ、大儀そうにあえいでいる。このバスに関心のあるものなど、ほんの数えるほどしかなく、しかも夜のこの時刻には、だれひとり歩道を通りかかるものもない。町でただ一館しかない映画館は、もう一時間も前にはねて、大戸をおろし、常連の客たちも、ドラッグストアヘアイスクリームを食べにゆくか、まっすぐ家路につくかした。いまではそのドラッグストアも閉店して、明かりを消し、深夜の街路に、いまひとつの、黙りこくってとりつくしまもない顔をさらしている。あたりを照らすのは、立ち並ぶ街灯の光と、向かいの終夜営業の軽食スタンドの明かり、そしてバス停留所のカウンターに、ひとつぽつんと消え残っている電灯のみ。カウンターでは、出札窓口の女性が、早くも帽子とコートを身につけ、ニューヨーク行きのこの最終バスが出て、帰宅できるときがくるのを待っている。

あけっぱなしになっているバスの昇降口のそばで、クララ・スペンサーは歩道に立ち、不安げに夫の腕をしっかり握っていた。「なんだか妙な気分だわ」と、彼女は言った。

「だいじょうぶか?」と、夫。「やっぱりぼくがいっしょに行こうか」

「いいえ、だいじょうぶ。なんともないわ」とはいうものの、あごが腫れあがっているので、口をきくのがむずかしい。顔にハンカチを押しあてて、いっそう強く夫の腕にすがりついた。「それより、あなたこそだいじょうぶ? 遅くともあすの晩には帰るつもりだけど。万一、予定が変更になったら、電話するわ」

「なあに、なにもかもうまくいくさ」夫は力をこめて言った。「あすの昼ごろには、きっと嘘みたいによくなってるよ。歯医者にも言いなさい——もしもなにか問題が起きたら、ぼくがすぐに駆けつけるからって」

「なんだかとても妙な気分だわ」彼女はくりかえして言う。「頭がふらふらして、眩暈《めまい》がするみたいな」

「薬のせいだよ」夫が言う。「あれだけコデインを飲んで、おまけにウイスキーだろ? しかも一日じゅうなんにも食べていないときている」

彼女は神経質にくすくす笑った。「わたし、髪もうまくとかせなかったのよ、手がふるえて。暗くてさいわいだわ」

「バスでなるべく寝るようにしなさい。睡眠薬は持ったね?」夫が言う。

「ええ」彼女は言う。ふたりは、軽食スタンドでコーヒーを飲んでいる、バスの運転手を待っているのだった。店の窓ガラスごしに、運転手がカウンターに向かい、ゆっくり時間をかけてコーヒーをすすっているのが見えている。「なんだかすごく妙な気持ちよ」彼女はつぶやいた。

「いいかいクララ」と、夫がばかにもったいぶって言った。重々しい口をきけば、それだけ言葉の説得力が増し、ひいては、より大きな慰めとなる、とでも言わんばかりだ。「まあ聞きなさい。ぼくはきみがわざわざニューヨークまで遠出して、ジンマーマンに診てもらう気になったこと、よかったと思ってるんだ。万一これがなにか容易ならぬ事態だったとして、それをぼくの怠慢でこの町の藪医者なんかに診せてたんだとわかったら、とうてい自分を許せないからね」

「でもこれ、ただの歯痛よ」クララは落ち着かなげに言った。「ただの歯痛に、そんな容易ならぬ事態なんて、あるはずがないじゃない」

「いや、わからんよ。なにか膿瘍みたいなものかもしれない。おそらく、抜歯はまぬがれないと思うがね」

「おおいやだ、聞くだけでぞっとするわ」彼女は言い、ぞくっと身をふるわせた。

「まあとにかく、かなり悪そうだからね、どう見ても」と、夫は依然としてまじめくさって言う。「顔の腫れかたが異常だし、すべての点でそうだ。でもまあ、心配することはないさ」

「心配してなんかいないわ」と、クララ。「ただね、わたしという全存在が、この一本の歯になっちゃったみたいな気がするだけ。それだけのことよ」

バスの運転手がスツールから立ちあがり、レジに向かうのが見えた。クララはバスのほうへ歩きかけたが、夫がひきとめた。「まだだいじょうぶだよ。時間はたっぷりある」

「ただ妙な気分がするだけなのよ」と、クララ。

「いいかい」と、夫は言った。「その歯はもう何年となく、なにかといえばきみを悩ませてきたんだ。ぼくがきみを知ってからでも、すくなくとも六、七回にはなるんじゃないかな。そろそろなんとかしてもいいころだよ。なにしろ新婚旅行のさいちゅうに、歯が痛いって言いだしたんだから」と、非難がましく締めくくる。

「あら、そうだった?」と、クララは言う。「じつはね」と、先をつづけようとして、そこで笑いにごまかす。「出がけに時間がなくて、身支度もきちんとしてこなかったの。古いストッキングを履いてきちゃったし、しかも、ハンドバッグは上等のほうで、それに手あたりしだいになんでもかんでも詰めこんできただけ」

「金は? じゅうぶん持ってるのは確かなのか?」夫が言う。

「二十五ドルぐらいなら」と、クララ。「じゅうぶんよ、あしたには帰るんだから」

「もしもっと必要なら、電報を打ちなさい」と、夫。バスの運転手が軽食スタンドの入り口に姿をあらわした。「心配することはないさ」

「ねえ」クララは唐突に言いだした。「あなたこそほんとうにだいじょうぶなの？ 朝ご飯はミセス・ラングがきて、用意してくれることになってるし、万一、あんまりごたごたするようなら、ジョニーの学校は休ませたっていいんだから」

「ああ、いいよ」夫が言う。

「ミセス・ラング、と」彼女は指を折りながらつづける。「ミセス・ラングには電話したし、食料品の注文は、メモをキッチンのテーブルに置いてきたし、あなたのお昼はコールドタンですませればいいし、それで、もしもわたしが時間までに帰らなければ、お夕食もミセス・ラングがつくってくれることになってますから。クリーニング屋は四時ごろくるはずだけど、たぶんわたしはそれまでには帰れないから、あなたの茶色のスーツ、あれを渡してやってちょうだい。まあ忘れたら忘れたでかまわないけど、いちおうポケットをぜんぶからにして、それから渡すように気をつけてね」

「もし金が足らなければ、電報を打ちなさい」夫がまた言う。「でなきゃ、電話をくれてもいい。あすはずっとうちにいるから、いつ電話してくれてもいいよ」

「赤ん坊の世話も、ミセス・ラングがひきうけてくれますから」と、クララ。

「電報だっていつでも打てるしね」と、夫が言う。

運転手が通りを横切ってきて、バスの昇降口に立った。

「さて、いいですか？」と、ふたりに言う。

「じゃあ行ってきます」クララは夫に声をかける。

「あしたには、すっかりよくなってるはずだよ」夫が言う。「ただの歯痛だからね」

「わたしならだいじょうぶよ」と、クララ。「心配しないで」バスに乗りこむが、すぐ立ち止まって、「牛乳屋にね」と、運転手を後ろに待たせたままで夫に言う。「卵を届けるようにってメモを置いといて」

「ああ、わかった」夫が言う。「じゃあ行っといで」

「じゃあね」クララは言って、バスのなかのほうへ進み、その背後で、運転手がするりと運転席にすべりこんだ。バスはがら空きに近かったが、クララはずっと奥まで歩いていって、夫が外に立っている窓のそばの席に腰かけた。「行ってきます」と、ガラスごしに夫に言う。「あなた、くれぐれも気をつけてね」

「気をつけてな」夫も言い、勢いよく手をふる。

バスが身じろぎし、うめき、それからのろのろと自らの巨体を押しだした。クララは首をひねって、もう一度さよならと手をふり、そのうえでようやくやわらかな、どっしりしたシートの背にもたれた。やれやれ、これほどたいへんなことだとは！　と、いまさらながら思う。窓の外では、慣れ親しんだ通りが後ろへ、後ろへとすべってゆく。闇につつまれた異様な街並み。バスで住み慣れた土地を離れようとしている、遠方へ向かおうとしている人間の、その特異な立場から見た意外な光景。ばかな、なにもニューヨークへ行くのはこれがはじめてというわけでもなし、と腹だたしい気持ちになる。こんなばかなことを考えるのも、すべてはウイスキーとコデインと睡眠薬と、そして歯痛のせいなのだ。コデインを忘れてきはしなかったかと、あわただしくハンドバッグをさぐってみる。つい先刻まで、それはアスピリンや水のグラスといっしょに、ダイニングルームのサイドボードに置かれていたのだ。さいわい、あのわが家からの狂おしい逃走劇のどこかで、無意識にその瓶を手にとっていたらしい。というのも、それはいまハンドバッグのなかに、二十ドルなにがしの現金ともども、無事におさまっているからだ。そのほかに、コンパクトと櫛と口紅もある。口紅は、ケースの手ざわりから、新品の、二ドル半もした濃い色あいのではなく、ほとんど使いきってしまった古いほうのを持ってきてしまったのがわかった。ストッキングは伝線していて、おまけに爪先には穴まであいている。うちでは古いコンフォートシューズばかり履いていたので気がつかなかったが、いま、上等の街歩き用の靴を履いてみると、にわかにその穴が意識されてきて、不愉快になる。まあいい、あす、ニューヨークで新しいストッキングを買うとしよう。歯が治って、すべてがさっぱりしたそのあとに。舌の先でそろそろとその歯をさぐってみ、一瞬、息も止まるほどの激痛を味わった。

赤信号でバスが停まり、運転手が席を立って、後方の彼女の席へ近づいてきた。「乗車券をいただくのを忘れてました」と言う。

「すみません、最後になってあわてたものですから」そう言って、彼女はコートのポケットをさぐり、乗車券を出して、運転手に渡した。「ニューヨークに着くのは何時ごろになります？」とたずねる。

「五時十五分です」と、運転手。「朝食までにはじゅうぶん時間がありますよ。片道ですか？」

「帰りは汽車にしますので」そう答えるが、なぜそれを運転手に言わねばならないのか、自分でも判然としない。理由らしきものがあるとすれば、夜も遅い時間だということと、このバスなどという奇妙な牢獄にとらわれたもの同士、普段にくらべて、より親密で、より協力的であらねばならないということ、そんなところだろうか。

「おや、わたしはバスで帰りますよ」そう運転手が言い、双方ともに声をあげて笑った。もっともクララのほうは、腫れあがったあごのせいで、ゆがんだ笑いにしかならなかったが。

運転手がはるか前方の自席にもどってゆくと、彼女はあらためてゆったりとシートにもたれた。睡眠薬が効きはじめたのがわかった。ずきずきする痛みが遠のき、バスの震動とまじりあって、心臓の鼓動に似た着実なリズムとなって響いた。それはしだいしだいに大きく聞こえだし、夜の闇のなかをどこまでも伝わっていった。頭を後ろにもたせかけ、足をあげて、スカートの裾で慎みぶかく隠すと、それきり町に別れを告げることもなく、彼女は眠りに落ちていった。

一度、ふと目をあけてみると、バスはほとんど音もなく闇を衝いて疾走していた。歯は依然として一定のリズムで脈打っていて、彼女ももはや痛みのことはあきらめることにし、疲れきったしぐさで頬を冷たいシートの背に押しつけた。天井に一本、細い光の帯が走っているだけで、車内にほかの明かりはなかった。はるか前方に、他の乗客がすわっているのがちらほらと見え、そのまた先、ずっと遠くに、望遠鏡を逆からのぞいたように、ちっぽけな運転手の姿が見えた。背をまっすぐにして、ハンドルを握り、どうやら油断はなさそうな姿勢だ。そこまで見届けて、クララはまた幻想的な眠りにひきこまれていった。

どのくらい眠ったろうか、バスが停まったので、目がさめた。ずっとつづいていた闇のなかの音もない疾走、それが止まったことが、ひとつのはっきりした衝撃となって、ほとんど無感覚だった彼女までもめざめさせたのだ。そしてめざめるとすぐに、また歯の痛みが始まった。ほかの乗客たちがぞろぞろと通路を歩いていて、立ちあがった運転手がこちらをふりかえりながら、「十五分の休憩です」と言った。クララも席を立ち、ほかの一同のあとを追ってバスを降りた。目だけを除き、全身のほかの部分はまだ眠っていて、両足はただ無意識に動いているだけだった。バスが停まったのは、終夜営業のレストランの前だった。うそさむい深夜の路上に、そこだけが孤独をはねかえすように煌々と明かりをともしている。店内は暖かく、活気があって、人いきれでむっとしていた。カウンターの端に空席を見つけ、そこにすわりはしたものの、すぐまた眠りこんでしまい、だれかが隣席にやってきて、軽く腕に触れたとき、やっと気がついた。ぼんやり周囲を見まわすと、隣りにすわった男が言った。「遠くまで行くの？」

「ええ」彼女は答えた。

男は紺のスーツを着ていて、見たところ長身のようだが、こちらは目の焦点が定まらず、それ以上は見てとれない。

「コーヒーでも飲む？」男が訊いた。

彼女がうなずくと、男は目の前のカウンターをゆびさしてみせた。いつのまにか、そこでコーヒーが湯気をたてていた。

「急いで飲むんだ」男が言った。

彼女は上品にちびちびとすすった。ひょっとすると、それまではカップを手に持たず、じかに口をつけて味わっていたのかもしれない。見知らぬ男は話しつづけていた。

「サマルカンドよりもなお遠い。そして波はなぎさでベルのようにちりちりと鳴る」そんなことを言っている。

「出発しますよ、みなさん」バスの運転手が言った。彼女は急いでコーヒーをがぶ飲みした――ふたたびバスに乗りこむだけの気力が出るように。

バスの座席にもどると、さいぜんの見知らぬ男が隣席にすわった。車内は暗かったので、外のレストランからの明かりが堪えられぬほどまぶしく、思わず目をとじた。いったん目をとじると、再度、眠りに落ちるまで、闇が彼女をただひとり歯痛とともに押しつつんだ。

「夜を徹して、フルートが嫋々《じょうじょう》と鳴りわたり、星は月と見まごうほどに大きく、月は湖水と見まごうほどに大きい」見知らぬ男がなおも言っていた。

やがてふたたびバスが走りだすと、乗客たちはまた闇のなかへひきもどされ、天井を走る細い光の帯だけが、一同をつなぐすべてとなった。彼女のすわるバスの後部からは、運転手やほかの乗客のいる前方の席ははるかに遠く、ただその光の帯で彼らと結ばれているのみ、そして隣りの席では、見知らぬ男がしきりにしゃべりつづけている。「終日、木陰に寝そべっているだけで、ただ無為に過ごせる」

バスのなか、先へ、先へと進んでゆきながら、彼女は無の存在になっていた。何度か木立の前を過ぎ、ときおりは寝静まった家々の前も通ったが、彼女はバスのなかにいて、いっぽうまた、ここといいことの中間にもいた。細い光の帯であいまいに運転手と結ばれ、自らはなんら手をくだすことなしに、どこまでも運ばれてゆく。

「ぼくの名はジム」と、不思議な男が言う。

彼女はあまりに深く眠りこんでいるので、そうとは意識せず、不安げに身じろぎする。ひたいはバスの窓に押しあてられ、闇が彼女のかたわらを流れてゆく。

それから、またしてもあの気の遠くなるような衝撃があって、無理やり覚醒へと追いたてられた彼女は、おびえて言う。「なんなの？　なにがあったの？」

「なんでもない」と、不思議な男――ジム――が即答する。「さあおいで」

彼女は彼にしたがってバスを降り、一見、さいぜんのとおなじ店かとも思えるレストランにはいった。けれども、カウンターの端のおなじ席にすわろうとすると、彼が手をとって、テーブル席のひとつへと連れていった。「顔を洗ってきなさい」と言う。「そのあとまたここへもどってくるんだ」

彼女は婦人用洗面所にはいった。ひとりの若い女性が、立ったままで鼻にパウダーをはたいていた。ふりかえりもせず、その女性は言った。「五セントいるのよ。あとのひとが払わなくてもすむように、ドアに楔《くさび》をかっといてちょうだい」

しまらないように、ドアには紙マッチを二つ折りにしたものがはさんであった。彼女はそれをもとどおりにはさみ、それからジムの待つテーブルへもどった。

「なにが望みなの？」彼女は言った。けれども彼は、ここでもまたコーヒーのカップと、サンドイッチとをゆびさしてみせただけだった。

「食べなさい」と言う。

サンドイッチを食べながら、彼女は彼の声――音楽的で、やわらかな声――を聞いていた。

「そして船が島の近くを通り過ぎるとき、ひとつの声がぼくらに呼びかけているのが聞こえた……」

バスにもどると、ジムは言った。

「頭をぼくの肩にもたせかけるといい。そして眠るんだ」

「あら、わたしならだいじょうぶよ」彼女は言う。

「だいじょうぶなものか」と、ジム。「さっきはバスが揺れるたびに、頭が窓にぶつかっていた」

いま一度クララは眠り、そしていま一度バスが停まって、彼女はびくっとして目をさました。ジムはまたもや彼女をレストランへ連れてゆき、またコーヒーを飲ませた。このころになって、歯の痛みがぶりかえしてき、彼女は片手で頰をおさえたまま、空いた手でコートのポケットをさぐり、ついでハンドバッグをかきまわして、ようやくコデイン錠の小瓶を探しあてると、ジムの見ている前で、二錠、服用した。

コーヒーを飲みおえようとしているとき、バスのエンジンの音が聞こえてきた。急にあわてだして、せかせかと立ちあがり、ジムに腕をとられて、もう一度バスの座席という暗い聖域に逃げこんだ。コデイン錠の小瓶をレストランのテーブルに置き忘れてきてしまったと気づいたときには、すでにバスは動きだしていた。あの薬をなくしてしまっては、今後は歯の痛みに蹂躙されるままになるしかない。ちょっとのあいだ、バスの窓ごしに未練げにレストランの明かりをふりかえってみたものの、やがてまたジムの肩に頭をもたせかけ、彼のささやきつづける声を聞きながら、眠りに落ちていった。「砂は雪と見まごうばかりに白いが、しかしこの雪は熱い。夜間ですら、足の裏が焦げそうなほどに」

そうしてようやくバスは、これを最後に、停留所に停まった。ジムは彼女を連れて降り、ふたりはしばしのあいだ、ともにニューヨークの大地に立った。ひとりの女がスーツケースをさげた男をしたがえて、「ちょうど時間どおりだわ。五時十五分」そう言いながらすれちがっていった。

「わたし、歯医者に行くのよ」と、クララはジムに言った。

「わかってる。ずっと見ていてあげよう」彼は言った。

そして彼は立ち去った。もっとも、立ち去るところは彼女には見えなかったから、停留所を出てゆく紺のスーツに気をつけていようと思ったのに、そのドアのあたりには、なにひとつ見えなかった。

お礼を言わなきゃいけなかったのに、といまさらながらぼんやりそんなことを考え、それから、のろのろと停留所のなかのレストランにはいって、またコーヒーを注文した。カウンターの男は、一晩じゅうバスに乗り降りするひとびとを見まもってきた人間にありがちな、すりきれかかった同情のまなざしで彼女をながめ、「眠いですか?」と訊いてきた。

「ええ」彼女は言った。

しばらくして彼女は、このバス停留所が列車のペンシルヴェニア駅にも通じているのを知り、駅の中央待合室にはいって、ベンチのひとつに空いたスペースを見つけると、またも眠りこんだ。

ふと気がつくと、だれかが遠慮会釈なく肩を揺さぶりながら、「何時の列車に乗るんですか、奥さん？　かれこれ七時になりますよ」と言っていた。起きあがってみると、ハンドバッグはちゃんと膝の上にあり、脚は行儀よく組まれていて、大時計がじっとこちらの顔を睨《ね》めつけている。「ありがとう」そう言って立ちあがると、ほとんど目が見えないかのように待合室のベンチのあいだをふらふらと通り抜け、エスカレーターに乗った。だれかがすぐ後ろからつづいて乗ってきて、腕にさわった。ふりむくと、ジムだった。

「草はあくまでも青く、やわらかく、川の水は澄んで、冷たい」と、彼はほほえみながら言った。

彼女は疲れきった目で彼を見つめた。エスカレーターが上の階に達すると、そのまま向こうに見える街路にむかって歩きだそうとしたが、ジムは追いすがってきてそばに並び、その声はなおもつづいた。

「空は、きみがこれまでに見たどんなものよりも青く、唄は……」

彼女は足早に彼から離れ去ったが、同時に、行きかうひとびとがじっとこちらに視線をそそいでいるように感じもした。交差点に立ち、信号の変わるのを待っていると、ジムがすべるように近づいてきて、そのまますれちがっていった。すれちがいざまに、「ほら」

と言って、手をさしだしたが、その手のなかには、一握りの真珠があった。

通りの向こう側に、ちょうど店をあけたばかりのレストランがあった。彼女ははいってゆき、テーブルのひとつにすわったが、ふと気がつくと、しかめつらのウェイトレスがそばに立っていて、「眠ってましたよ」と、なじるように言った。

「すみません」クララは言った。もう朝だった。「ポーチドエッグとコーヒーをお願いします」

レストランを出たのは、八時十五分前。これからバスに乗って、まっすぐダウンタウンへ向かえば、歯医者の向かいにあるドラッグストアで、またコーヒーでも飲みながら、八時半ごろまでは時間がつぶせる。そして診療所がひらくのと同時にはいっていけば、一番乗りで診てもらえるだろう。

バスはそろそろ込みはじめていて、最初にきたバスに乗ったが、すわれなかった。二十三丁目まで行く予定だったが、二十六丁目を過ぎるころ、席が空いた。目をさましたときには、ダウンタウンのずっと先まで行ってしまっていて、逆方向へ行くバスを見つけ、二十三丁目までひきかえすのに、小半時近くかかった。

二十三丁目の角で信号が変わるのを待っているうちに、みるみる大勢の通行人にかこまれてしまった。一団となって通りを横断し、めいめいがべつの方向へ散っていったあと、だれかがそばへやってきて、歩調を合わせて歩きはじめた。ちょっとのあいだ、彼女は顔をあげもせず、じりじりと歯の痛みにむしばまれつつ、不機嫌に足もとだけを見て歩きつづけたが、やがて顔をあげてみたとき、周囲を押しあいへしあいしながら流れてゆく人波のなかに、紺のスーツは見あたらなかった。

歯医者の診療所があるオフィスビルにはいっていったときも、時刻はまだずいぶん早かった。ビルのドアマンはさっぱりとひげを剃り、髪にも櫛の目が通っていた。きびきびした動作で、ひらいたドアをおさえてくれたが、これが夕方の五時になれば、動作は緩慢になり、髪にもわずかながら乱れが生じることだろう。ついに何事かを達成した、そんな気分になりながら、彼女はそのドアを通り抜けた。わたしは首尾よくひとつの場所からべつの場所へと到達した。そしてこの場所こそは、旅の終わりであり、目的でもあるのだ。

清潔な白衣を着た看護婦が、受付のデスクにすわっていた。彼女は一目で患者の腫れあがった頰、げっそり落ちた肩の線を見てとり、「まあお気の毒に。だいぶお疲れのようですね」と言った。

「歯が痛むんです」

看護婦はうっすら笑った。いつかだれかがやってきて、「足が痛むんです」とでも言いだす日がくるのを待っている、といったふぜいだ。職業的な日ざしのなかへ、彼女はすっくと立ちあがって、言った。「どうぞおはいりください。お待たせしませんから」

おなじ職業的な日ざしが、治療用の椅子のヘッドレストにも、白く小さな円卓にも、なめらかなクロムのヘッドを折り曲げたドリルにも、一様にあたっていた。歯科医自身も看護婦と同様に、寛大な笑みを浮かべてみせた。おそらく彼にとっては、あらゆる人間の疾患はつまるところ歯に行きつくのだろうし、もしも病人が適切な時期に自分のもとを訪れさえすれば、自分がそれをなんとかしてやれるというわけなのだ。

看護婦が物慣れた調子で言った。「この患者さんのカルテをつくってきますわね、先生。なにをさしおいても、まずお通ししたほうがいいと思いましたので」

医師たちがX線写真を撮影しているあいだ、彼女は考えていた——わたしの頭のなかには、このカメラの底意地の悪い目をさえぎれるものなどなにもない。それはあたかも、カメラがわたしを通してすべてを見透かし、すぐそばの壁のなかの釘も、歯科医のカフスボタンも、あるいは医療器具の内部の細く小さな骨までも、すっかり写真に撮ってしまうかのようだ。やがて医師が残念そうに、「抜歯だ」と看護婦に言い、看護婦は、「かしこまりました、先生。すぐに電話します」と答えた。

クララをここまで正しく導いてきたその歯、それはいまや彼女のなかで、なんらかのアイデンティティーをそなえている唯一の部分であるかのようだった。それは彼女を度外視して、独自におのれの写真を撮らせたようだった。それは重要な存在であって、それゆえ記録され、検査され、満足させられねばならないのだった。彼女はたんにそれの乗り物、不承不承の運搬者でしかなく、たんにそういうものとしてのみ、歯科医と看護婦との関心の対象となるのであり、たんにその歯の運び手としてのみ、彼らふたりから即刻、熟練した処置を受けるのにあたいするのだ。歯科医が彼女に一枚の紙切れを渡してよこした。上下の歯列の図が描かれていて、独自の生命を持ったその問題の歯は、黒でしるしがつけてある。そして紙のいちばん上に書かれている語は、「下臼歯。抜歯」。

「この紙を持って、これからすぐにこの名刺の住所へ行ってください」歯科医がそう言った。「ここは口腔外科です。あなたの歯もこちらで処置してくれるはずです」

「どんなことをされるんですか？」彼女はたずねた。訊きたいと思っていた質問ではなかった。訊きたかった「わたしはどうなるんですか？」でも、「根はどれくらい深いんですか？」でもない。

「なに、悪い歯を抜くだけですよ」歯科医はそっぽを向きながら、無愛想に言った。「もう何年も前に、抜いておかなきゃいけなかった歯です」

わたしは長居をしすぎたんだ、この医者はわたしの歯にうんざりしてるんだ、そう彼女は思った。そこで治療用の椅子から降りると、ていねいに言った。「ありがとうございました。それでは失礼します」

「お大事に」歯科医は言って、最後の最後に彼女にほほえみかけてきた。真っ白な、よくそろった歯並び、どの歯も完璧に手入れがゆきとどいている。

「だいじょうぶですか？　ひどく痛みます？」看護婦が問いかけてきた。

「いえ、だいじょうぶです」

「なんなら、コデイン錠をすこしさしあげましょうか？　もちろん、いますぐはどっちかというと、なにもお飲みにならないほうがいいんですけど。でも、ほんとうに痛むようなら、さしあげてもようございます」

「いえ」そう言いながら、ここ、とかし、こと、のあいだのどこかで、レストランのテーブルにのっている自分のコデインの小瓶を思いだしていた。「結構です、それほどひどくありませんから」

「そうですか」看護婦が言った。「ではお大事に」

クララは階段を降り、さっきのドアマンの前を通って外に出た。階上にいたほんの十五分ほどのあいだに、ドアマンのただよわせていた早朝のすがすがしさはわずかながら失われ、その会釈も、さいぜんよりはこころもち浅かった。

「タクシーですか？」と問いかけてきたので、二十三丁目までくるときのバスの一件を思いだして、「ええ」と答えた。

ドアマンが歩道のふちからひきかえしてきて、まるで自分の帽子からとりだしたとでも言いたげに、タクシーのほうへ一礼してみせた、まさにその瞬間に、彼女は通りの向こうの人込みのなかから、こちらへむかって手がふられるのを見たように思った。

歯科医のくれた名刺の住所を一読して、注意ぶかくそれをタクシーの運転手にむかってくりかえした。名刺と、そして上部に「下臼歯」としるされ、自分の歯がのがれようもなく明確に指示してある小さな紙、その二枚を握りしめたまま、目を半眼にとじ、じっとタクシーの動きに身をゆだねた。どうやらまた眠りこんでいたみたいだと思ったのは、とつぜんその動きが止まって、運転手が手をのばして彼女のかたわらのドアをあけ、「さあ、着きましたぜ、奥さん」と言ったときだった。運転手は好奇の目でこちらを見ていた。

「歯を抜いてもらいにいくのよ」と、彼女は言った。

「ほう、それはたいへんだ」と、運転手は相槌を打った。彼女が料金を支払って車を降りると、彼は、「お大事に」と言って、ドアをばたんとしめた。

今度のところは、不思議な建物だった。エントランスには、石彫りの医師の看板がずらりと並び、ドアマンの態度もいくぶんプロフェッショナルで、もしも彼女がそこより奥へ進みたくなければ、この自分でも処方ぐらいはしてあげられる、とでも言いだしそうだった。その前を素通りして、まっすぐ奥へ進むと、一台のエレベーターがドアをあけて迎え入れてくれた。それに乗りこんでから、彼女はもらってきた名刺をエレベーター係に見せた。「七階です」と、係員は言った。

そのとき、ひとりの看護婦が老婦人を乗せた車椅子を押してエレベーターに乗ってきたので、彼女は箱のなかで後ろにさがり、スペースをあけなければならなかった。老婦人は穏やかな安らいだ表情で、膝に毛布をかけてすわっていたが、エレベーターに乗ってくるなり、「いいお天気ね」と、係員に声をかけ、係員も、「おてんとさまを拝めるのはありがたいこってさ」と応じた。それから老婦人はほっと息をついて椅子の背にもたれ、看護婦は膝かけのぐあいを直してやってから、「さあさ、もう心配することはありませんよ」と言った。老婦人が腹だたしげに、「だれが心配なんかしてるっていうの？」と言いかえした。

ふたりは四階で降りていった。エレベーターは上昇をつづけ、やがて係員が、「七階です」と言った。エレベーターが停まり、ドアがひらいた。「廊下をまっすぐ行って、左へ曲がったところですよ」係員が説明してくれた。

廊下の両側には、しまったドアがずらっと並んでいた。あるものは「DDS（口腔外科）」、あるものは「外来」、あるものは「X線」などと標示が出ている。なかにひとつ、なんとなく健全で、親しみが持て、なぜかどれよりも理解しやすい標示があり、それには「婦人用」とあった。やがて彼女は左へ曲がって、名刺にある名が掲示されたドアを見つけ、それをあけて、なかにはいった。なにやら銀行みたいなガラス張りの窓口の向こうに、看護婦がひとり。待合室の隅には棕櫚の鉢植え。そして最新号の雑誌と、安楽椅子が何脚か。ガラス窓の奥の看護婦が、「はい？」と言った。まるでこちらがここの医師宛てに不渡り小切手を振りだし、そのうえまだ歯二本分の処置料が未払いになっている、そんな口調だ。

彼女はガラス窓ごしに例の紙切れをさしだした。看護婦はそれを一瞥して、「ああ、下臼歯ですね。電話がありました。そのままおはいりください。左手のドアからどうぞ」と言った。

この奥は地下納骨所？　あやうく彼女はそう訊きかえすところだったが、そこで言葉をのみこんで、無言でそのドアをあけ、なかにはいった。べつの看護婦が待っていて、笑顔を見せると、くるりと背を向けた。患者があとについてくるのを当然のように期待していて、先に立って案内する自分の権利を、いささかなりとも疑っていないかのようだ。

すこし先にまたレントゲン室があり、そこで看護婦はまたべつの看護婦をつかまえて、「下臼歯よ」と言った。そのべつの看護婦が、「どうぞこちらへ」と言った。

そのあとは、どうやらこのオフィスビルの中心部に通じているらしい迷路や抜け道、それをさんざんひっぱりまわされたあげくに、ようやく、とある小部屋に通された。枕を置いた寝椅子がひとつ、それに洗面台と、椅子が一脚ある。

「こちらでお待ちください」看護婦が言った。「なるべくリラックスなさって」

「眠ってしまうかもしれませんよ」彼女は言った。

「結構です」と、看護婦。「それほど長くお待たせするつもりはありませんけど」

おそらく、待ち時間は一時間を超えていただろう。もっとも、その半分は眠っていて、目をさますのは、だれかが戸口を通りかかるときだけだった。何度かは、看護婦が部屋をのぞきこんで、微笑してみせたし、一度は、「もうじきですよ」とも言った。それから、唐突に、その看護婦がもどってきた。もう微笑もせず、さっきまでのやさしいもてなし役でもなく、能率的でせかせかした看護婦でしかなかった。「こちらへ」とだけ言うと、脇目もふらず、つかつかとまた小部屋から廊下に出た。

そのあとは、いきなりあわただしくなり、自分でもどうなっているのか見定めるひまもないうちに、彼女はせきたてられて椅子にすわり、タオルが頭に巻かれ、あごの下にもタオルが巻かれ、そして看護婦が肩に手をかけていた。

「痛みますか?」クララは訊いた。

「とんでもない」と、看護婦はほほえみながら言った。「なにも痛みは感じないこと、ご存じでしょう?」

「ええ」

医師がはいってきて、頭の上からほほえみかけてきた。「さて、じゃあ始めますか」

「痛みますか?」彼女はまた訊いた。

「いやいや」と、快活に言う歯科医。「いちいち痛い思いをさせてたら、この商売は立ちゆきませんよ」しゃべりつづけながら、彼は忙しくタオルのかげに隠れた金属製のなにかを操作していたし、背後からは、車輪つきの巨大な機械が、ほとんど音もなく近づいてきた。「そうです、それじゃ一日だってこの商売はやってられません」彼はつづけた。「それよりも奥さん、奥さんが心配しなきゃならないのは、眠ってるひまに、隠し事を洗いざらいしゃべっちまうことですよ。それだけはぜひご用心なさい。で、下臼歯だったな？」看護婦にむかってそうつけくわえる。

「はい、下臼歯です、先生」と、看護婦。

そのあと、金属の味のするゴムのマスクが顔にかぶせられ、医師は、マスクの上からまだその顔が彼女にも見えているうちから、「さあいいかな？」と、二度、三度、うわのそらでくりかえした。看護婦が、「手の力を抜いてください」と言い、それから長い時間が過ぎて、やっと彼女は、自分の指から力が抜けてゆくのを感じた。

まずなによりも先に、すべてがおそろしく遠くへ行ってしまったこと、これを覚えておくことね、と彼女はぼんやり考えた。それからこの、全体についてまわる金属音と、金属の味も覚えておくこと。そしてこの暴虐。

つづいて、めぐりめぐる音楽。なにやら頭がへんになるほどけたたましく鳴りわたる楽の音。それがどこまでもどこまでも、ぐるぐるぐるぐるまわりながら響きわたり、そして彼女は、両側にドアの並ぶ長い、ぞっとするほど清潔な廊下を、せいいっぱいの速さで駆けてゆく。その廊下の果てには、ジムが待っていて、両手をさしのべ、笑いながら、やかましい音楽のせいで彼女にはついぞ聞きとれない何事かを、声をはりあげて叫んでいる。彼女はなおも走りつづける。そして言う――「わたしは恐れはしない」と。するとだれかがそばのドアから出てきて、彼女の腕をつかみ、そのなかへひっぱりこむ。とたんに世界がぎょっとするほど大きくひらけ、それきり二度と止まらないかのように、どんどん広く、大きく拡大してゆき、やがてそれがぱたっと止まると、医師の顔がこちらを見おろしていて、窓がいきなり正面の位置におさまり、そして看護婦がこちらの腕をつかんでいる。

「なぜひきもどしたの？」と、彼女は言う。口のなかには血があふれている。「行きたかったのに、わたしは」

「ひきもどしたりはしてませんよ」看護婦が抗弁するが、そこで医師が口をはさむ。「いや、まだ麻酔がさめていないんだ」

　身動きできぬままに、彼女は泣きだす。涙がぽろぽろと顔を伝わり落ちるのを感じる。看護婦がタオルでそれを拭う。口中を除けば、どこにも出血はなく、すべてはもとのままに清潔そのものだ。と、ふいに医師が姿を消し、看護婦が腕をのばして、彼女を椅子から助けおろす。「なにかしゃべりました？　なにか言いましたか？」急にそれが気になってきて、彼女はたずねる。

「『わたしは恐れはしない』、そうおっしゃいましたよ」なだめすかすような口調で、看護婦が言う。「ちょうど麻酔がさめかけたとき、そのまぎわに」

「いやだわ」いきなり立ち止まって、体にまわされた腕をおさえながら言う。「ねえ、ほんとになにか言ったんですか？　彼がどこにいるかを口に出したんですか？」

「なんにもおっしゃいませんでしたって」看護婦が言う。「先生は、ただ冗談にああおっしゃっただけなんです」

「歯はどこ？　わたしの歯は？」だしぬけに彼女は訊く。すると看護婦が笑って、「きれいさっぱり消えちゃいました。もう二度と悩まされることはありませんよ」と言った。

ふたたびさいぜんの小部屋に連れもどされた彼女は、寝椅子に横たわって、泣いた。看護婦が紙コップに入れたウイスキーを持ってきて、洗面台の端に置いた。

「飲み物なら、神様が血をくださってるわ」そう彼女は看護婦に言ったが、看護婦は、ただこう返しただけだった。「口をゆすがないでくださいね。血がなかなか固まりませんから」

長い時間がたってから、看護婦がもどってきて、ほほえみながら戸口から声をかけてきた。「やっとおめざめですのね」

「あら、どうしてですか？」クララは言った。

「眠っておいでてしたから。無理にお起こしするのもなんだと思って」看護婦が言う。

彼女は身を起こした。頭がくらくらして、なんだかいままでの一生を、ずっとこの小部屋で過ごしてきたような気がした。

「じゃあこちらにいらしてくださいますか？」また最初のやさしい態度にもどって、看護婦が言った。そしておなじ腕をさしだした。どんなに患者の足もとがふらついていても、しっかり支えてくれる力強い腕だ。今度はそのままはじめのあの長い廊下をひきかえし、銀行のような窓口のある部屋にもどった。

「すみましたか？」窓口にすわった看護婦が、快活に言った。「では、そこにおかけください」ガラス窓のすぐそばの椅子をゆびさすと、くるりと後ろを向いて、何事か忙しげにペンを走らせはじめた。「これから二時間ほどは口をゆすがないでください」と、向こうを向いたままで言う。「今夜は緩下剤《かんげざい》を一服飲んで、もし痛みが残るようでしたら、アスピリンを二錠お飲みください。痛みが激しかったり、あるいは多量の出血があったりした場合は、すぐに当診療所へご連絡ください。よろしいですね？」そう言って、また明るくほほえんでみせる。

ここでもまた、新たに小さな紙が渡された。今度のには、「抜歯」と書かれ、その下に、「口をゆすがないでください。刺激のすくない緩下剤をお飲みください。痛みがあればアスピリンを二錠。痛みが激しい場合、また出血があった場合は、当診療所にご連絡ください」としるされている。

「ではお大事に」と、看護婦はにこやかに言った。

「失礼します」彼女は言った。

渡されたカードを手に握ったまま、彼女はガラス戸から外へ出ると、いまだにほとんど眠ったような目をして、角を曲がり、廊下を歩いていった。やっといくらか目があいて、そこが両側に入り口の並ぶ長い廊下だとわかると、立ち止まって、「婦人用」と書かれたドアを見つけ、そこにはいった。内部は、大きな窓のある広々した部屋で、まばゆいほど白いタイルに、ぴかぴか光る銀色の蛇口、それに何脚かの籐椅子。四、五人の女性が洗面台をかこんで、髪に櫛を入れたり、口紅を塗りなおしたりしている。彼女はまっすぐに三台ある洗面台のいちばん手前のに近づくと、ペーパータオルを一枚とって、ハンドバッグと、いま渡された紙切れとを足もとの床に落とし、手さぐりで蛇口をひねって、ペーパータオルを濡らした。しずくがたれるほどにたっぷり水を含ませ、それをぴたぴたと顔にたたきつける。目がはっきりしてきて、気分も多少すっとしたところで、もう一度ペーパータオルを濡らして、今度はそれで顔をこすった。手さぐりでもう一枚タオルをとろうとしていると、隣りにいた女性が、笑いながら一枚とって、渡してくれた。水が目にしみて、女性の姿は見えなかったが、声は聞くことができた。ひとりの女性が、「お昼にはどこへ行く?」と言っているのが聞こえた。するとべつの女性が、「階下のお店へ行くのがやっとよ。うちのごうつくばりおやじったら、三十分で帰ってこい、なんて言うんだもの」と言った。

そのうち彼女は、自分が洗面台の前にがんばっていては、こうした忙しい女性たちの邪魔になるとさとり、急いで濡れた顔を拭った。わずかに脇へのいて、ほかのだれかに洗面台を譲ったあと、背をのばして、ちらりと鏡に目をやったときだった。そこに映ったたくさんの顔のうち、どれが自分の顔だかわからないのに気づいて、彼女ははっとと胸を突かれた。

その鏡をのぞくのは、あたかも見知らぬひとびとの一団をのぞくのにも似ていた。どの顔もこちらか、あるいはこちらの周辺を見つめていて、そのなかに見知った顔はひとつもなく、こちらにほほえみかけてくるものも、目顔でうなずきかけてくるものもない。わたしの顔ぐらいは、わたしをそれと見わけてくれると思ったのに、そう考えると、奇妙な無力感が喉もとにこみあげてきた。鏡のなかには、明るいブロンドにクリーム色の肌の、あごのひっこんだ顔があり、赤いビロードの帽子をかぶった、目つきの鋭い顔があり、褐色の髪を後ろにひっつめにした、青ざめて不安げな顔があり、四角ばった髪形の下の、赤みがかった四角ばった顔があり、ほかにも二つ三つの顔が鏡の周囲にひしめきあって、せわしなく手を動かしながら、自分の顔だけを見つめている。おそらくこれは鏡じゃないんだろう。ただのガラス板で、わたしはそのガラスを通して、向こう側でお化粧直しをしている女たちを見ているのだろう。けれどもやはり周囲には、髪に櫛を入れたり、しげしげと自分の顔を点検したりしている女たちがいる。これは鏡のこちら側にいるグループだ。とすれば、あのブロンドがわたしじゃなければいいのだが、そう思いながら、手をあげて、頬にさわってみた。

彼女はあのひっつめ髪の、青ざめて不安げな顔だった。そうとわかると、憤然として、あわただしく鏡の前を離れ、あとずさりに女たちの後ろへまわりながら、考えた。こんなの不公平だ。なぜわたしの顔には色というものがないのか。鏡の前の一団には、きれいな顔もいくつかまじっている。どうしてそのひとつを自分のものにしなかったのだろう？ あいにくその時間がなかったのだ、と陰気に考える。考えるだけのゆとりがわたしには与えられなかった。考える時間さえあれば、あのなかのきれいな顔をひとつ、自分のものにすることもできたのに。あのブロンドでさえ、この顔よりはましだ。

後ろへさがって、籐椅子のひとつに腰かけた。お粗末な顔だ、と胸の奥でまだ考えている。手をあげて、髪に触れてみる。寝起きなので、くずれてはいるが、それでもそれはまちがいなく、きのう結ったままの髪だ。全体をまとめて後ろにひっつめ、うなじのところで、幅の広い、きついバレッタで留めてある。まるで女学生だわ。ちがうのは——と、鏡のなかの青ざめた顔を思いだして——女学生よりは年をとってるということだけ。きついバレッタを苦心してはずし、目の前に持ってきて、じっとながめる。髪がはらりと解けて、やわらかに顔にかかる。温かくて、肩まで届く髪。バレッタは銀製で、「クララ」と名前が彫りつけてある。

「クララ。クララ？」思わず声に出してそう言う。化粧室を出てゆこうとしていた女がふたり、肩ごしにふりかえって、ほほえみかけてくる。いまではほとんどの女性が化粧直しを終え、口紅も塗りなおして、たがいに語りあいながら急ぎ足に出てゆこうとしている。文字どおりほんの数秒のあいだに、木から飛びたつ小鳥よろしく、女たちはみんな姿を消し、彼女はひとり取り残される。籐椅子のそばの灰皿に、髪からはずしたバレッタを落としこむ。灰皿は深い金属製で、バレッタはからんと満足げな音とともに落ちてゆく。髪を肩にたらしたまま、ハンドバッグをあけて、中身をつぎつぎにとりだすと、膝に並べてゆく。ハンカチ——白くて、飾りもなく、イニシャルの刺繡さえない質素なもの。コンパクト——形は四角、鼈甲《べっこう》まがいの茶色のプラスティック、内部はパウダー入れとチーク入れとに仕切られている。固形パウダーは半分がたなくなっているのに、チークのほうには、手をつけた形跡もない。そのせいだろうか、こんなにも顔色が悪いのは。コンパクトを置いて、口紅をとりあげた。ローズ系の、あらかた使いきってしまった口紅。それから櫛。封を切った煙草一箱と、マッチ。小銭入れ、それに財布。小銭入れは赤い模造皮革で、口にジッパーがついている。それをひらき、中身を手のひらにぶちまけた。五セントと十セントの白銅貨、一セント銅貨、二十五セント銀貨が一枚。ぜんぶで九十七セント。これではたいして遠くまでは行けそうもない。そう思いながら、つぎに茶色の革製の財布をひらいてみる。紙幣もはいっているが、まず探したのは書類で、それはなにひとつない。財布にはいっているのは現金だけだ。それを数える。十九ドル。これだけあれば、すこしは遠くまで行けるだろうか。

ハンドバッグのなかには、ほかになにひとつはいっていなかった。キーもない——キーぐらい、だれでも持っているはずでは？　ほかに書類もなければ、住所録も、身分証明書のたぐいもない。ハンドバッグそれ自体は、やはり模造皮革で、色は薄いグレイ。そこからさらに下へ視線を移してゆくと、自分が濃いグレイのフラノのスーツに、襟ぐりに襞飾りのついたサーモンピンクのブラウスを着ているのがわかった。靴は黒で、頑丈な造りの中ヒール。紐を結ぶ型だが、いまはその紐の片方がほどけている。ベージュのストッキングは、右膝にぎざぎざの綻びがあり、そこから太い伝線が走って、爪先の、靴のなかでもそれと感じられる穴で終わっている。スーツのラペルにはブローチがひとつ。襟をひっぱって、さかさにしてみると、ブルーのプラスティックのCの字になった。それをとりはずして、灰皿にほうりこむ。灰皿の底でかたんという感じの音がして、同時にそれがさっきのバレッタにぶつかったのか、ちーんという金属音も響いてくる。彼女の手は小さく、指はずんぐりして、エナメルも塗っていない。左手に細い金の結婚指輪をはめているほかは、装身具のたぐいは、なにひとつ身につけていない。

婦人用化粧室の籐椅子にただひとりすわって、彼女は考える。いまのわたしにできるのは、せめてこのストッキングを脱ぐことくらいだ。まわりにだれもいないのをさいわい、靴を脱いで、ストッキングを剝がしとった。爪先の穴から指が解放されると、それだけでなにやら生気がよみがえったような心地がする。これを始末しなければ。そうだ、ペーパータオルを捨てるくずかごがある。立ちあがると、鏡のなかの自分の姿がもうすこしはっきり見えた。思っていたのより、もっとひどい。グレイのスーツはお尻のあたりがふくらんでいるし、脚は骨張って、肩はがっくりさがっている。まるで五十女だ、そう思ったが、そのあと鏡と相談して、でも、三十以上であるはずはない、と思いかえす。青ざめた顔のまわりに、蓬髪《ほうはつ》がだらしなくたれ、ふいに突発的な怒りにかられた彼女は、ハンドバッグをさぐって、口紅をとりだす。色のない顔に、強烈なローズ色のくちびるをぐいぐいと描いてゆく。いまさらながら、こうしたことがあまり得意ではないのを思い知らされるが、それでも、くちびるが赤くなると、鏡からこちらを見つめている顔も、いくらかましに見えるような気がする。そこで、あらためてコンパクトをあけ、頬に紅をさした。チークはまだらで、あまりにきわだって見えすぎるし、赤いくちびるは毒々しいが、すくなくともその顔は、もはや青ざめてもいず、不安げでもなかった。

ストッキングをくずかごに捨て、裸足で廊下に出ると、決然としてエレベーターに向かった。エレベーター係は彼女を見ると、「下ですね？」と問いかけてき、彼女はすいと乗りこんで、エレベーターはそのまま音もなく彼女を下へと運んでいった。あのしかつめらしいプロフェッショナルなドアマンの前を通り抜け、ひとびとの行きかう往来に出ると、そのまま建物の前に立って、待ち受けた。待つまもなく、ジムが人波のなかからあらわれて、彼女の手をとった。

ここかしこのあいだのどこかに、彼女のコデイン錠の小瓶があり、階上の婦人用化粧室の床には、「抜歯」と頭書きされた小さな紙切れが残されている。そして七階下のこの路上で、せかせかと通り過ぎるひとびとの存在を完全に忘れ、ときおり彼らの向けてくる好奇の目をもまったく顧慮せず、彼女はジムの手にわが手を預け、髪を肩にたらした姿で、熱い砂の上を裸足で走りつづけるのだった。

ジミーからの手紙

Got a Letter from Jimmy

　ときどき疑わしくなるのだけれど、と彼女はキッチンで皿を積み重ねながら考えた。男って、完全に正気なんだろうか——どんな男でも。ひょっとすると、もともと男はみんな頭がどうかしていて、わたしを除く女性は、だれでもそのことを承知しているのかもしれない。おかあさんもそれを知っていて、わたしには教えてくれず、ルームメートたちも、たんにそれを話題にしなかっただけのこと。そしてよその奥さんがたもみんな、当然わたしも知っていると思っていて……

「きょう、ジミーから手紙がきたよ」彼が言った。ナプキンをひろげるついでに、どうでもいいことのように。

　そう、じゃあとうとうそうなったのね、と彼女は思った。とうとう彼は折れて、あなたに手紙を書く気になった。たぶんこれからは、なにもかももとどおりになる。すべては解決して、以前のように仲よくやれるようになる……

「で、なんて言ってきたの？」さりげなく訊いた。

「知らん」と、彼。「あけてみなかったからね」

まああきれた、と彼女は思い、これでもう結末は見えたような気がした。黙って彼のつぎの言葉を待つ。

「あした、開封しないままで送りかえすつもりだ」

なるほど。読まずに送りかえすことぐらいなら、わたしでも思いついたかもしれない、そう彼女は思う。でも、開封せずにそのままほうっておくなんて、わたしならば、たとえ五分でも我慢できなかったろう。わたしならば、なにか意地の悪い報復を思いついたはずだ——たとえば、粉々に引き裂いて送りかえすとか、だれかに頼んで、かわりに辛辣な返事を書いてもらうとか。でも、開封せぬままにほうっておくなんて、五分も我慢できない。

「きょう、トムと昼飯を食った」と、彼が言った。その問題はもう終わりだと言わんばかりに。まさしくそうなのだ、まさしくその問題はもう終わりだと、そのことは二度と考えるつもりはないと、そう言わんばかり。あるいは本気でそう言っているのかも。まさか。

「ジミーの手紙だけど、わたしはあけてみるべきだと思うわ」と、彼女は言った。ひょっとすると、あんがいうまくいくかもしれない。あんがい簡単に彼はオーケーと言って、開封するかもしれない。あんがい簡単に生家にもどって、しばらく母親と同居する気になるかもしれない。

「なぜだ？」と、彼。

スタートは慎重に、と彼女は思った。ここでやらなければ、それがそのまま自分を殺すことになる。「そうね、好奇心があるからかしら。なんて書いてあるのか確かめないかぎり、じりじりして死んじゃいそう」

「じゃあ、あけろよ」と、彼。

こうしてじっと見つめるだけで、わたしをチェスの駒みたいに動かせると思ってるんだから。そう思いながら、つづける。「まじめな話、手紙にたいして遺恨を持つなんて、くだらないと思うのよ。ジミー本人にたいして持つのなら、また話はべつだけど、でも、面当てでわざと手紙を読まないなんて、くだらないわよ」ああたいへん、〝くだらない〟なんて言ってしまった。二度も〝くだらない〟と言ってしまった。万事休す。彼を〝くだらない〟なんて言うのを聞きとがめられたら、わたしはもうおしまいだ。一晩じゅう嫌味を聞かされるはめになるだろう。

「だから、なぜおれが読まなくちゃならないんだ？」彼が言う。「おれはあいつがなにを言ってこようが、これっぱかりも興味なんかないんだ」

「わたしは、あるわ」

「じゃあ、開封しろ」彼は言う。

ああたいへん、ああ神様、ああ助けて。彼女は思う——ようし、それならその手紙を、彼のブリーフケースから盗んでやろう。粉々にして、あしたの朝のスクランブルエッグにまぜて、彼に食べさせてやろう。でも、もちろんそんなことをする勇気なんかない。彼に腕でもへし折られるのがおちだ。

「わかりました」彼女は言う。「じゃあわたしも興味はありません」わたしが折れたと彼に思わせるんだ。機嫌よく椅子にくつろがせて、レモンパイを食べさせるんだ。なにかほかの話題に頭を切り換えさせるんだ。

「きょう、トムと昼飯を食った」彼が言った。

キッチンで皿を積み重ねながら、彼女は考えた。もしかすると、彼は本気なのかもしれない。開封するくらいなら、むしろ好奇心で死んでもいいつもりなのか。もしかすると、ほんとうに好奇心などなかったのかもしれないし、かりにあったとすれば、彼のことだから、わざわざそのことで自分をヒステリー状態に追いやり、バスルームにとじこもって、封筒の上から中身を読みとろうとするような、極端な行為に走っていただろう。でなければまた、たんにそれを受け取って、ああ、ジミーからか、とつぶやいてブリーフケースにほうりこみ、そのまま忘れてしまったとも考えられる。もしそうだったら、彼を殺してやる。殺して、地下室に埋めてやる。

すこしたって、彼がコーヒーを飲んでいるとき、彼女は言ってみた。「ジョンに見せるつもり？」ジョンだって、死ぬほど見たがるはずだ、そう思う。いまのわたしがやっているのとまったくおなじに、ジョンもじりじり周囲をまわりながら、なんとかつけこむ隙を見つけようとするだろう。

「ジョンに見せるって、なにをだ？」彼が言う。

「ジミーの手紙よ」

「ああ、あれか。もちろん」と、彼。

圧倒的な勝利感が彼女をとらえた。そら、やっぱりあれをジョンには見せたがっているのだ。自分がいまだに怒っていることを、自分で確認したいのだ。手紙を見せられたジョンが、こう言うことを期待しているのだ――おいおい、あきれたね、あんた、いまだにジミーに腹をたててるのか？　そして自分がそれにたいして、ああ、そのとおりだ、そう言ってやれることを望んでいる。勝利感がいやましにふくれあがり、そのなかで彼女は思った――結局のところ、彼もじつはいままでずっと手紙のことを考えていたのだ、と。そしてそう思ったとたん、自分でも制止できないうちに、言葉が出ていた――

「開封せずに、そのまま送りかえすんじゃなかったの？」

彼が目をあげた。「そうか、忘れてた」と言う。「まあそうするだろうな」

わたしは口をぽかんとあけなきゃいけない、そう彼女は思う。彼は忘れてた。問題は、彼がほんとうに忘れていたということなのだ。そのことは完全に失念していた。受け取ったあと、二度とそのことは考えようともしなかった。もしも手紙が蛇だったら、そいつはこの男を咬んでいただろう。地下室の階段の下で、頭をぶち割られて死んでいる彼。そして、くだんの呪われた手紙は、折れ曲がった彼の手の、その下敷きになって。そうだ、それこそが妥当なのだ。ああ、それこそが当然の報いなのだ。

く　じ

The Lottery

六月二十七日の朝はからりと晴れて、真夏のさわやかな日ざしと温かさとに満ちあふれていた。花は一面に咲き乱れ、草は燃えたつ緑に輝いていた。十時近くになると、村人たちは郵便局と銀行とのあいだの広場に集まりはじめた。住民の多い町などでは、くじを引くのに前後二日もかかり、そのため六月二十六日から始めなければならないところもあるのだが、全住民合わせてもほぼ三百人にしかならないこの村では、その行事全体を通じて、ものの二時間とかからない。だから、朝の十時から始めても、まだ、村人たちが午餐《ごさん》をとりに家へ帰るのに、じゅうぶんな余裕を残して終わらせることができるのだった。

最初に集まってくるのは、むろん、子供たちだった。学校はついこのあいだから夏休みにはいったばかりで、まだ多くの子供たちに、その解放感がしっくりなじんでいないようすだった。事実、そうして集まってきても、すぐさまわっと騒々しい遊びに散ってゆく子供はすくなく、しばらくは静かにかたまって立ち話をするといったふうだったし、その話題も、いまだにクラスのことや先生のこと、教科書のこと、さらには学校で受けた罰のこと、などにかぎられていた。そんななかで、ボビー・マーティンは、早くもポケットを小石でふくらませていた。しばらくすると、他の少年たちもボビーを見習って、できるだけすべすべした、できるだけ丸い石を選んでは、ポケットに詰めこみはじめた。最後に、ボビーとハリー・ジョーンズとディッキー・ドラクロワ——村人たちはこの姓を〝デラクロイ〟と発音した——とは、広場の片隅に大きな石ころの山を築き、他の少年たちの襲撃にそなえて、それを防備した。少女たちはすこし離れたところにかたまり、たがいにさえずりあいながらも、相手の肩ごしにちらちらと少年たちのほうをうかがっていたし、もっとずっと幼い子供たちは、砂埃のなかをころげまわるか、でなければ、兄や姉の手にしがみつくかしていた。

まもなく、男たちも、それぞれ自分の子供たちに目を光らせながら、植え付けや雨や、トラクターや税金のことなどを話し話し集まってきた。男たちは石ころの山から遠く離れた一角にかたまった。ときおり冗談も出はしたが、あまり騒々しい声にはならず、聞くほうも笑うというよりは、むしろほほえむ程度だった。女たちは、色の褪せたハウスドレスやセーターを着て、男たちのあとを追うようにやってきた。そしてそれぞれの夫のそばへ行きながら、たがいに挨拶をかわしたり、二つ三つゴシップを交換しあったりした。やがて夫のかたわらに立った女たちは、思いおもいに自分の子供たちを呼び集めはじめた。子供たちは、四回も五回も呼ばれてから、しぶしぶやってきた。ボビー・マーティンは、首根っこをおさえようとする母親の手をひょいとくぐりぬけると、大声たてて笑いながら、石ころの山に駆けもどった。父親が声を荒らげて叱りつけた。ボビーはこそこそともどってきて、父親といちばん上の兄とのあいだに位置を占めた。

このくじ引きの行事は、スクエアダンスやティーンエージ・クラブの催し、あるいはハロウィーンの行事などとおなじく、公民活動にささげる暇と精力とを兼ね備えたサマーズ氏によって取り仕切られていた。丸顔の陽気な人物で、家業は石炭屋だったが、子供もなく、おまけに細君が口やかましい女だというので、ひとびとは彼に同情していた。いま彼が黒い木箱をかかえて広場に到着すると、村人たちのあいだから、いっせいにざわめきがもれた。彼は一同に手をふってみせ、それから声をはりあげて、「きょうはちと遅いな、みなの衆」と言った。サマーズ氏のあとからは、郵便局長のグレーヴズ氏が、三本脚の円椅子を持ってあらわれた。円椅子は広場の中央に据えられ、その椅子にサマーズ氏が、運んできた黒い箱を置いた。村人たちは、円椅子とのあいだに一定の距離を置き、遠巻きにそのようすを見まもっていて、サマーズ氏が、「だれか手を貸してくれんかね？」と言ったときにも、しばらくたがいに顔を見あわせてもじもじしていた。それからようやくふたりの男――マーティン氏とその長男のバクスター――が進みでて、サマーズ氏がなかの紙片をかきまわすあいだ、しっかり箱をおさえておく役目を受け持った。

初代のくじ引き道具はとうのむかしに失われてしまっていたが、いま円椅子に置かれている黒い箱も、村の最年長者を自任するワーナーのじいさまでさえ、まだ生まれていなかったころから使われているものだった。サマーズ氏は、おりにふれて村人たちに、新しい箱をつくってはどうかと持ちかけているのだが、その黒い箱に代表される程度の伝統をすら、だれもくつがえしたがらないのだ。それというのも、現在の箱は、その前の箱、つまり、ご先祖たちがこの土地に定着して、村の建設にとりかかったときにつくった箱の、その破片の一部からこしらえたものだ、との伝承があったからである。いまでも毎年くじ引きが終わると、そのたびにサマーズ氏は新しい箱のことを口にしてみる。だが毎年、その問題は結局のところ先送りされて、うやむやのままに消えてゆくのだ。年を追って、黒い箱は見すぼらしくなってゆき、いまでは、いっぽうの側がひどくささくれて、下地の木肌が見えているほか、数ヵ所で色が剝げたり、しみがついたりして、もはや完全な黒ともいえないほどになっていた。

マーティン氏と長男のバクスターとは、サマーズ氏がじゅうぶんに紙片をかきまぜおえるまで、黒い箱をしっかり椅子におさえつけていた。すでにこの儀式の相当部分が、あるいは忘れ去られ、あるいは捨て去られていたので、サマーズ氏もどうにか数年前からは、それまで代々使用されてきた木片に替えて、紙片を用いるところまでは漕ぎつけていた。

木片は、村が小さかったころには申し分なかったかもしれないが、いまでは人口が三百を超え、しかも年々増加する傾向にあるのだから、なにかもっと簡便な仕掛けを用いる必要がありはせぬか、そう主張したのだ。くじ引きの前の晩になると、サマーズ氏はグレーヴズ氏とふたりでこの紙片をつくり、箱に入れる。それから箱はサマーズ氏の営む石炭屋の金庫に運ばれ、翌朝サマーズ氏が広場へ持ってゆく用意ができるまで、鍵をかけて保管されるのだ。それ以外のときには、箱はどこかにかたづけておかれる。ときにある場所に、またときには他の場所に。たとえば、一年をグレーヴズ家の納屋で過ごしたかと思えば、つぎの年には郵便局の床下に、またときには、マーティン食料品店の棚の上に置きっぱなしにされて、といったあんばいだ。

サマーズ氏がくじ引きの開始を宣言するまでには、ご念の入った手続きがまだいろいろと残っていた。まず、いくつかの名簿を更新する必要がある――一族の長の名簿、それぞれの一族におけるそれぞれの一家の長の名簿、それぞれの一族におけるそれぞれの一家の家族の名簿。それにつづいて、くじ引きをつかさどる幹事役たるサマーズ氏の、然るべき宣誓の儀式が郵便局長の手で執り行なわれる。かつてはここで幹事役が、ある種の吟唱を行なったという言い伝えもある。ほんのお座《ざ》なりな、調子っぱずれの詠唱だが、それが年ごとに万端《ばんたん》遺漏なくくりかえされていたのだとか。さらに、それが唱えられているあいだ、幹事はその場にじっと立っている習慣だったと信じているもの、いや、そうではなくて、幹事は村人のあいだをめぐり歩いていたはずだと信じているものなど、諸説あったが、もうずっと以前から、儀式のこの部分は、省略されたままになっている。そのほかにも、かつては儀式としての一定の挨拶の型があって、くじを引くために進みでてくるひとりひとりにたいし、幹事は決められた型どおりに挨拶の言葉をかけなければならないことになっていた。とはいえ、これもまた時の流れとともに変遷し、いまでは、ただ声をかけるだけでよいと考えられている。サマーズ氏は、こうした経緯のすべてにしごく詳しかった。いま、清潔な白いシャツにブルージーンズというでたちで、片手を無造作に黒い箱にかけ、グレーヴズ氏とマーティン親子とを相手に、何事か長々と述べたてているサマーズ氏の姿は、この儀式にすこぶるふさわしく、かつ荘重にも見えた。

サマーズ氏がようやくその独演を終え、村人たちの集団のほうへ向きなおろうとした、まさにそのとき、ハッチンスン夫人がセーターを肩にひっかけ、急ぎ足に広場への道をやってきて、群衆の後ろにすべりこんだ。「きょうがなんの日だったかってこと、きれいに忘れちゃっててさ」と、ハッチンスン夫人は隣りにいるドラクロワ夫人に言った。ふたりは顔を見あわせて、ひそやかに笑った。「いえね、うちのひとはまた、薪でも積みに出てったのかと思ってたんだよ」と、ハッチンスン夫人は言葉をつづけて、「ところが、ひょいっと窓の外を見ると、子供たちがいない。そこでやっと、きょうが二十七日だってことを思いだしてさ、こうしてとんできたわけ」そしてエプロンの端で手を拭う。ドラクロワ夫人がそれに相槌を打つ。「だけど、さいわいあんた、まにあったよ。あっちじゃまださかんにしゃべくってるようだから」

ハッチンスン夫人は、人垣ごしに首をのばして四方を見まわし、夫と子供たちとが最前列に近いあたりにいるのを見つけた。さよならがわりにドラクロワ夫人の腕を軽くたたくと、彼女は人込みを押し分けて前へ出ていった。ひとびとは機嫌よく彼女を通してやり、なかの二、三人は、ちょうど前のほうまで聞こえるくらいの声で、「おいハッチンスン、かみさんがきたぜ」とか、「なあビル、おかみさんどうにかまにあったぜ」などと呼びかけた。ハッチンスン夫人がようやく夫のところまでたどりつくと、待ちもうけていたサマーズ氏が、陽気な口調で言った。「やあテシー、わしらはあんた抜きでやらにゃいかんかと思っとったで」するとハッチンスン夫人は、にやりとしながら言いかえした。「おや、まさか流しに皿を置きっぱなしにしたままで、出てこいって言うんじゃあるまいね？」彼女に道をあけてやったあと、またざわざわともとの位置にもどろうとしていた群衆のあいだに、忍び笑いがさざなみのようにひろがった。

「さて、そんなら」と、サマーズ氏がしかつめらしく言った。「早いとこ始めて、早いとこかたをつけてしまうとしようや。それだけみんなも早く仕事にもどれる。ところで、だれかきてないものはいないかね？」

「ダンバーがきてない」何人かが言った。「ダンバーがいない。ダンバーが欠けてる」

サマーズ氏は名簿を検《あらた》めた。「クライド・ダンバーだな。それは承知してる。脚を折ったんだったろう？　だれが代わりに引くのかね？」

「あたし、だろうと思うけど」と、ひとりの女が言った。サマーズ氏はふりむいて、声の主を見やると、「ふむ、女房が亭主の代わりに引くか」と言い、さらにつづけて、「あんたには、代わりに引いてくれるような大きな息子はおらんのかね？」と訊いた。サマーズ氏にかぎらず、この村の住人なら、その答えはだれであれ百も承知なのだが、こうした質疑をどこまでも正式に遂行すること、それこそが幹事の役目なのだ。ダンバー夫人がそれに答えるあいだ、サマーズ氏は慎みぶかく、いかにも興味ありげな表情で聞き入った。

「ホレスはまだ十六になんないんですよ」と、ダンバー夫人は口惜しそうに、「だから今年は、どうやらあたしがうちのひとの穴埋めをやんなきゃなんないみたいです」

「よかろう」そう言ってサマーズ氏は、手にした名簿に何事か書きこんだ。それから、口調を改めて、たずねた。「ところで、ワトスンの息子は、今年は引くのかね？」

群衆のなかから、背の高い少年が手をあげた。「はい。おれがおふくろと自分の分を引きます」そう言って彼は、群衆のあいだから口々に、「そんだ、いい子だな、ジャック」とか、「おめえのおっかさんも、これでやっと男衆にまかせられるようになった、つうわけだ。よかったただな」などといった声が飛ぶなかで、神経質に目をぱちぱちさせながら、首をすくめて立っていた。

「よし」サマーズ氏が言った。「それじゃこれでぜんぶだな。ワーナーのじいさまはきとるかね?」

「ああ、きとるだ」声が言った。サマーズ氏はうなずいた。

ここでサマーズ氏がひとつ咳払いして、手にした名簿に目を落とすと、群衆は急に水を打ったように静まりかえった。「みんな、用意はいいか?」と、サマーズ氏は声をはりあげる。「さて、これからわしが名前を読みあげる——一族の長が最初だ——そしたら、呼ばれたものは前に出てきて、箱からくじを引く。全員が引きおわるまで、くじはひらかず、たたんだまま手に持ってること。いいかね? みんなわかったな?」

すでに何度もくりかえしてきたことなので、ひとびとはこの指示も半分がた聞いていなかった。大多数のものは、舌でくちびるを湿しながら、周囲を見まわすこともなく、うっそりと押し黙って立っているきりだ。やがてサマーズ氏が片手を高々とあげて、「アダムズ」と呼んだ。ひとりの男が人込みを離れ、前へ出てきた。「こんちは、スティーヴ」サマーズ氏が言い、そしてアダムズ氏も、「こんちは、ジョー」と応じた。ふたりはたがいに顔を見あわせ、ぶすっとした表情で落ち着かなげに笑いあい、それからアダムズ氏が例の黒い箱に手をさしいれて、小さく折りたたんだ紙片を一枚とりだした。彼はその紙片の一端をしっかと握ったまま、くるりと向きなおって、急いで群衆のなかのもとの位置にもどった。そして、自分の手から目をそむけるようにしながら、家族とのあいだにも、ちょっと距離をおいて立った。

「アレン」サマーズ氏が呼んだ。「アンダースン……ベンサム」

「なんだか、くじとくじとのあいだに、まるっきし間がないみたいな気がするよ」と、ドラクロワ夫人が後ろの列のグレーヴズ夫人に話しかけた。「前回のを、つい先週すませたばかりみたいな感じでさ」

「月日のたつのは、たしかに早いもんだよ」グレーヴズ夫人が相槌を打った。

「クラーク……デラクロイ」

「あ、うちのひとだ」ドラクロワ夫人が言った。夫が前へ進みでるのを、彼女は息を詰めて見まもった。

「ダンバー」サマーズ氏が呼びあげた。ほかの女たちが、「さあさ、あんたの番だよ、ジェーニー」とか、「ほら、行った行った」などと言うなかを、ダンバー夫人はしっかりした足どりで箱にむかって歩いていった。

「つぎはうちだ」グレーヴズ夫人が言った。そしてグレーヴズ氏が箱の脇をまわって出てきて、重々しくサマーズ氏と挨拶をかわし、箱のなかから紙片を一枚選びだすのをじっと見つめた。このころまでには、群衆のなかのそこここに、大きな手に小さく折りたたんだ紙片を握り、落ち着かなげに表を返したり裏を返したりしている男たちの姿が見られるようになっていた。ダンバー夫人とそのふたりの息子も、紙片を握ったダンバー夫人をまんなかに、たがいに寄り添いあって立っていた。

「ハーバート……ハッチンスン」

「そらお行きよ、ビル」ハッチンスン夫人が言った。まわりの村人たちが笑った。

「ジョーンズ」

「おらあこういう話を聞いたんだどもよ」と、アダムズ氏がすぐそばに立っているワーナーのじいさまに言った。「北の村じゃあ、もうくじ引きはやめべえかという話が出とるそうだが」

ワーナーのじいさまは鼻を鳴らした。「阿呆どもじゃ、そりゃ。阿呆どもの集まりよ」と言う。「おおかた、若えやつらの言いなりにでもなっとんのじゃろ。そういうやからの言い種《わけ》に、ろくなことなんざありゃしねえ。たぶんそのつぎにはよ、洞穴にでも住んでよ、もうだあれも働かねどもええ、そんな暮らしにもどりてえ、なぞと言いだすに決まっとるわ。わしらはな、代々こう言い習わしてきたんじゃ――『六月にゃくじ引き、玉蜀黍《とうもろこし》ゃ実る』ってな。それをやめてみい、みんないっぺんに繁蔞《はこべ》と団栗《どんぐり》の粥に逆もどりじゃて。ええか、くじはいつだってあったんじゃ」それから、不機嫌につけくわえて、「ジョー・サマーズの若造めが、いちいちみんなとジョークなんぞ言いおって。見ちゃおれんわい」

「だけど、もうくじをやめた村だって、いくつかあるっていう話だけどねえ」アダムズ夫人が言葉をはさんだ。

「ばかな、そんなこたあ百害あって一利なしじゃ」ワーナーのじいさまはきっぱり言いきった。「若造どもの阿呆んだれめが」

「マーティン」そしてボビー・マーティンは、父親が前へ出てゆくのを、まばたきもせず見まもった。「オーヴァーダイク……パーシー」

「早くしてくれないかねえ」ダンバー夫人が上の息子に言った。「もっとさっさと進めてくれればいいのに」

「もうじき終わりさ」息子が言った。

「走ってとうちゃんに知らせにいく用意をしておき」ダンバー夫人は言った。

サマーズ氏が自分の名を呼び、しゃちこばった足どりで前へ出ると、箱のなかから紙片を一枚選びだした。それから、声を高めて呼んだ。「ワーナー」

「今年で七十七年めじゃ、わしがくじ引きに出るのもな」と、ワーナーのじいさまは人波をかきわけて前へ出ながら言った。「そうさ、七十七回めじゃよ」

「ワトスン」さいぜんの長身の少年が、おずおずと進みでた。だれかが言った。「びくびくせんどもええだ、ジャック」そしてサマーズ氏も言った。「ゆっくりやんな、坊や」

「ザニーニ」

　そのあとに、長い沈黙がつづいた。息詰まるようなひとときが流れた。それからようやくサマーズ氏が、自分の紙片を空にかざしながら言った。「そんじゃ、みなの衆」ちょっとのあいだ、だれも動かなかったが、つぎの瞬間、紙片はいっせいにひらかれていた。女たちがとつぜん堰《せき》を切ったようにしゃべりだした。「だれだい？」、「だれが当たったんだい？」、「ダンバーかい？」、「ワトスンかい？」。それから、それらの声がつぎつぎに言いはじめた。「ハッチンスンだと。ビルだとさ」、「ビル・ハッチンスンが当たったんだと」

「行って、とうちゃんに知らせな」ダンバー夫人が上の息子に言った。

　ハッチンスン一族の姿をもとめて、ひとびとは周囲を見まわしはじめていた。そのなかで、ビル・ハッチンスンだけは身じろぎもせず立ちつくし、じっと手のなかの紙片を見おろしていた。と、ふいにテシー・ハッチンスンが、サマーズ氏にむかってわめきだした。「あんたはうちのひとに好きなだけの時間をやんなかった。くじを選ぶだけの時間をかけさせなかった。あたしゃ見てたんだ。あんなのフェアじゃない！」

「泣き言をお言いでないよ、テシー」ドラクロワ夫人が言った。そしてグレーヴズ夫人も言った。「そうともさ。あぶない橋を渡ったのは、あたしらみんなおなじなんだから」

「テシー、黙んな」と、ビル・ハッチンスンが言った。

「さて、みなの衆」と、サマーズ氏が言った。「これまでのところは、まず順調に進んできた。時間どおりに終わらせたければ、ここでまたひとふんばり、がんばらにゃならん」

それから二枚めの名簿に目を通して、言った。「ビル、あんたはハッチンスン一族を代表してくじを引いたわけだ。そこで訊くんだが、ハッチンスン一族には、ほかにもまだ家族がいるかかね？」

「いるよ、ドンとエヴァがいる」ハッチンスン夫人が叫んだ。「おなじあぶない橋を渡るんだったら、あの子たちにも渡らせるがいい！」

「娘はな、そのご亭主の一族のほうで引くんだよ、テシー」サマーズ氏がやんわりと言った。「そんなことはあんただって、みんなに劣らずよく承知してるだろうが」

「そんなの、フェアじゃない」テシーはくりかえす。

「いや、あいにくと、いねえようだね、ジョー」ビル・ハッチンスンがくちびるを嚙みしめて言った。「おれの娘は、亭主のほうの一族といっしょに引く。こいつはしごく順当だ。だとすりゃ、あとおれのところにゃ、がきしかいねえ」

「ならば、一族を代表してくじを引くってことに関するかぎり、それはあんただ」サマーズ氏が説いて聞かせる口調で言った。「さらに、その一族のなかの家族を代表して引くってことになると、それもあんただ。まちがいないね？」

「まちげえねえ」と、ビル・ハッチンスン。

「子供は何人だね？」サマーズ氏はあくまでも形式にこだわる。

「三人だ」と、ビル・ハッチンスン。「ビル・ジュニア、それにナンシー、あとはデーヴのちびと。それにテシーとおれ」

「結構。それではと」と、サマーズ氏。「ハリー、みなのくじは集めたかね？」

グレーヴズ氏がうなずいて、紙片の束を掲げてみせた。「じゃあそいつを箱に入れてくれ」サマーズ氏が指示する。「ビルのもとりかえして、いっしょに入れるんだぞ」

「あたしゃもういっぺん最初からやりなおしてくんなきゃ、やだ」と、ハッチンスン夫人が努めて自分をおさえている口ぶりで言った。「何度でも言うけど、さっきのはたしかにフェアじゃなかったもの。あんたはうちのひとに、好きなのを選ぶだけの時間をかけさせなかった。だれだって見てたんだ」

グレーヴズ氏は、手にした束のなかから五枚の紙片を選びだし、それらを箱に入れると、残りはそのまま地面にばらまいた。一陣の風がそれらをとらえ、四方へ運び去った。

「ねえ、聞いておくれよ、みなの衆」ハッチンスン夫人が周囲のひとびとにむかって訴えていた。

「用意はいいか、ビル？」サマーズ氏がたずねた。ビル・ハッチンスンはちらりと細君と子供たちに目を走らせ、それからうなずいた。

「念のために言っておくが」と、サマーズ氏が言った。「くじを引いたら、各自がみんな引きおわるまで、たたんだまま手に持っていること。ハリー、あんた、デーヴ坊やに手を貸してやってくれ」グレーヴズ氏が幼い少年の手をとった。少年はグレーヴズ氏に手をひかれ、嬉々として箱のそばへやってきた。「箱のなかから紙を一枚おとり、デーヴィー」サマーズ氏が言った。デーヴィーは手を箱のなかにさしいれ、うれしそうに笑った。「ひとつだけとるんだよ」サマーズ氏は言った。「ハリー、坊やのかわりに、そいつを預かっといてくれ」グレーヴズ氏は子供の手をとると、小さな握りこぶしから折りたたんだ紙片をとりあげ、自分で握った。ちいちゃなデーヴィーは彼の足もとに立ったまま、不思議そうにその顔を見あげた。

「つぎはナンシーだ」サマーズ氏が言った。ナンシーは十二歳だった。学校友達がみんな息を殺して見まもるなか、彼女はスカートをひるがえして前へ出ると、気どった手つきで、箱から紙片をつまみだした。「ビル・ジュニア」サマーズ氏が言った。赤ら顔で、なみはずれて大きな足をしたビリーは、紙片をとりだすはずみに、あやうく箱をひっくりかえしそうになった。「テシー」サマーズ氏が言った。彼女は一瞬ためらったのち、いどむように周囲を見まわすと、口をへの字に結び、つかつかと箱に歩み寄った。そしてひっさらうように紙片をとりだし、背中に隠した。

「ビル」サマーズ氏が言った。ビル・ハッチンスンは箱に手を入れ、あちこちさぐりまわったあげくに、ようやく最後の一枚をつかんで、手を引き抜いた。

群衆は静まりかえっていた。ひとりの少女がつぶやいた。「どうかナンシーじゃありませんように」そのつぶやき声は、人垣の隅々にまで伝わっていった。

「むかしはこんなやりかたはせんじゃった」ワーナーのじいさまが、聞こえよがしに言った。「人間どものほうもじゃ。むかしとはまるで変わってしまいよって」

「よし、じゃあくじをひらけ。ハリー、あんた、デーヴ坊やのをあけてやってくれ」サマーズ氏が言った。

グレーヴズ氏は紙片をひらいた。彼がそれを高々と掲げ、だれの目にもそれが白紙であることがわかると、群衆のなか全体に、ほっと吐息の波が揺らいだ。ナンシーとビル・ジュニアは、同時におのおのの紙片をひらいた。そして同時にふたりともぱっと顔を輝かして笑うと、それぞれのくじを頭上高くかざしながら、ひとびとのほうへ向きなおった。

「テシー」と、サマーズ氏が言った。しばしの空白。そこでサマーズ氏はビル・ハッチンスンをふりかえり、ビルは自分の紙片をひらいて、それを呈示した。白紙だった。

「じゃあテシーだ」サマーズ氏が言った。押し殺したような声音だ。「ビル、かみさんのくじをみなの衆に見せてやってくれ」

ビル・ハッチンスンは細君に歩み寄り、その手から紙片をもぎとった。紙の面には、まぎれもない黒丸がしるされていた――前夜、石炭屋のオフィスで、サマーズ氏が濃い鉛筆でしるした黒々とした丸。ビル・ハッチンスンは、それを高々とかざした。群衆のなかに、ざわざわと波紋がひろがっていった。

「よし。ではみなの衆。早いところかたづけてしまおう」と、サマーズ氏が言った。

すでにこの儀式の大部分を忘れ果て、初代のくじ箱も失ってしまっていたにもかかわらず、石を使うことだけは、村人たちもいまだに覚えていた。さいぜん少年たちが集めた石ころの山が一同を待っていたし、紙くずとなったくじが風に舞っている地面にも、石はまだたくさんころがっていた。ドラクロワ夫人は、両手でなければ持ちあげられないほどの大石を選び、ダンバー夫人のほうをふりかえった。「さあ行こう。さっさとおいでよ」

ダンバー夫人は両手に小石を握っていて、せきたてられると、息を切らしながら、「あたしゃね、走るのはまるっきり苦手なんだよ。あんた、先に行っとくれ。あとから追いつくから」と言った。

子供たちもすでに石を握っていたし、小さなデーヴィー・ハッチンスンの手にも、だれかがいくつかの小石を握らせた。

テシー・ハッチンスンのまわりには、空いたスペースができ、彼女はそのスペースの中央に立っていた。村人たちがじりじりと近づいてくると、彼女は必死にそのほうへ手をさしのべた。「こんなのフェアじゃない」そう言ったとき、石がひとつ、その側頭部に命中した。

ワーナーのじいさまが言っていた。「さあやれ、やるんだ、みなの衆」

スティーヴ・アダムズは、村人たちの先頭に立っていた。そのそばにはグレーヴズ夫人がいた。

「こんなのフェアじゃない。こんなのいんちきだ」ハッチンスン夫人が絶叫した。村人たちがどっと襲いかかった。

V　エピローグ

……彼女は船に乗りこんだ、
水夫《かこ》はひとりもいなかったが、
琥珀《タフ》織り《タ》の帆は風にはためき、
マストは延べ金でできていた。

船は一浬《リーグ》と行かなかった、
一浬と行かぬそのうちに、
男の面には暗雲がひろがり、
その目は翳におおわれた。

船は一浬と行かなかった、

一浬と行かぬそのうちに、
男の割れたひづめを見つけ、
彼女はひれ伏してよよと泣いた。

「おい、うるさいぞ、泣くな」と男、
「めそめそせずに聞くがいい、
おれはおまえに見せてやろう、
イタリア海岸に咲く百合を」

「おお、あの太陽の降りそそぐ、
清らかなお山はなんの山なの？」
「おお、あれなるは天国の山、
おまえのけっして行けないところ」

「おお、あの山はなに、あの恐ろしい、
霜と雪とにおおわれた山は？」
「おお、あれなるは地獄の山、

おれとおまえの向かうところだ」

彼は中檣《トップマスト》を手で打ち砕き、
前檣《フォアマスト》をば膝で折り、
その豪奢な船をふたつにへし折り、
そして彼女を海に沈めた。

F・J・チャイルド『英蘇バラッド集』二四三番
「魔性の恋人ジェームズ・ハリス」より——

駆けだしのころ――解説に代えて――

翻訳者
深町眞理子

このシャーリイ・ジャクスン『くじ』は、翻訳者・深町眞理子にとっての処女訳作品です。刊行は一九六四年十月（先の東京オリンピックと同月です）。実際には、アンドリュウ・ガーヴ『兵士の館』（ハヤカワ・ミステリ836　一九六四年五月刊）のほうが刊行は半年ほど早いのですが、なぜか私の頭のなかでは、『くじ』が処女訳ということになっている。というのも、表題作「くじ」を当時の《SFマガジン》編集長・福島正実氏のご下命により、雑誌掲載のために翻訳したのが、六四年よりも前、私の下訳者時代だからです。右に〝翻訳した〟と書いたのは、正しくは〝下訳した〟とすべきで、私の訳文に福島氏が何カ所か手を加えられ、雑誌にも福島氏の名義で掲載されました。日本におけるシャーリイ・ジャクスン紹介は、これをもって嚆矢とします。

それにしても、当時もいまも早川書房の看板出版物ともいうべき〈異色作家短篇集〉の一冊を、一本立ちしてわずか二年めの駆けだし翻訳者に、よくまあまかせてくださったと思います。むろん、表題作を実質的に手がけているということもあるでしょうが、そもそもその短篇「くじ」自体、四八年に《ニューヨーカー》誌に掲載されたときから、すさまじいばかりの反響を呼び、その後も多数の選集に収載されているという、名作の誉れ高い作品なのですから。ことによると、『くじ』も当初は福島氏が翻訳を担当される予定だったのを、途中から私にまかせようということになったのかもしれない。そのへんの事情はよくわかりませんが、なにしろ、今回の新版の、既刊の五冊の訳者をごらんになってもわかるとおり、全員が錚々たるメンバー。私などがその驥尾《きび》に附《ふ》していいのか、とも思うのですが、とはいえこれが翻訳者・深町眞理子の、いちおう翻訳者として知られるようになった、その原点であることはまちがいありません。いまは亡き福島正実氏に、あらためて御礼申しあげる次第です。

このたび、版が改まるとあって、改訳とまではいかぬものの、この四十一年以上前の訳文に、徹底的に手を入れました。誤訳（！）も二カ所見つけましたが、いちばん変わったのは、元版では律儀に入れていた、〝と、彼は言った。〟の〝彼〟つまり主語をぜんぶとっぱらったこと。これでかなり元版の生硬さがとれたと自負しています。

それともうひとつ、大昔のことゆえ、フカマチマリコさんもずいぶん〝ものを知らなかった。その最たるものが、エピローグに使われたバラッド「魔性の恋人」。原文に

"Child's Ballad" とだけあるのにひきずられて、なんと「子供のバラッド」とやっている。いうまでもなくこれは、アメリカの英文学者フランシス・ジェームズ・チャイルド教授（一八二六〜九六）による、"The English and Scottish Popular Ballads"（『英蘇バラッド集』全五巻、一八八三〜九八）のこと。これを知らなかったための失敗ですが、さらに恥ずかしいことに、元版の「訳者あとがき」で、訳者はこう書いている――〝このエピローグとして掲げられた一篇の詩が、作者の創作にかかるものか、あるいは古くからあったのを作者が引用したものか――原文にはかなり古い英語が用いられている――は、浅学にしてよくわからない。どなたかご教示いただければさいわいである〟。いやはや。ただ、これは負け惜しみかもしれませんが、当時、福島氏をはじめ、先輩諸氏のどなたからもこれについてダメは出ませんでしたし、まちがっていると〝ご教示〟くださったかたも皆無。チャイルドの本が、世間全般にはさほど知られていなかったのだと自分を慰めるべきなのか、それとも、反応皆無なほどに『くじ』が読まれなかったのだと落胆すべきなのか。複雑なところです。

ところで、「魔性の恋人」は全十五連から成るバラッドですが、本書エピローグではその後半、第九連以降が使われています。前半では、長く消息を絶っていた男が帰郷し、すでに結婚していた女を説いて、家庭も子供も捨てさせたうえ、船旅に誘いだすという経緯が歌われているのですが、じつはこの男、亡霊であり、割れたひづめで象徴されるとおり、悪魔の化身でもあります。本書では、この男ジェームズ・ハリスが、神に背を向けたもの、神に見はなされたものを誘惑する悪魔の手先として、随所に出没します。ジェームズ・ハリスとしてでなくても、ジム、ジミー、ジェイミー、ハリス氏、紺のスーツの長身の男、などは、ここにおさめられた二十二篇ちゅうの半分近くに登場しますし、「ジミーからの手紙」では、手紙の主のジミーはもとより、その手紙を頑として開封しようとしないヒロインの夫(?)——終始〝彼〟としか呼ばれない——も、やはり悪魔の化身ではないかという気がしてきます。そして「歯」で、ジムに甘くささやきかけられ、そのままふらふらと彼についていってしまうヒロインの行く先は……むろんエピローグの船でしかありえません。しかもこのヒロインの場合、ジムがあらわれる前から、すでに家へは二度ともどらない気持ちでいたのではないか、そう思わせる叙述が多々あり、つまりは〝魔がさす〟というのか、もともとそういう隙を心のどこかに持っている人間(とくに女性)に、悪魔はつけこみ、ささやきかけてくるのだと思わずにはいられません。

そして表題作「くじ」。これにはジェームズ・ハリスは出没しませんが、それでも、現代の、ごく平凡なひとびとの意識の深層に隠された残酷さ、その残酷さを楽しむ心理、これはほかの〝ジェームズ・ハリスもの〟と通底します。いったいなにを目的に毎年このような、くじ引きを行なうのか、それすらもはや忘れ去ったひとびとが、にもかかわらず慣習にしたがって毎年それをくりかえし、それを楽しんでいる、この恐ろしさ。こうして見ると、この『くじ』という作品集は、ジェームズ・ハリスに象徴される人間の悪魔性を共通のテーマとした、連作短篇集とすら見ることができるかもしれません。

元版が出て以来の四十余年のあいだに、わが国の翻訳出版をとりまく状況はずいぶん変わりました。なにより、この〈異色作家短篇集〉におさめられるような作家・作品が、とくに〝異色〟でも、〝奇妙な味〟でもなく、ごく普通の小説として受けとめられる土壌が出てきています。シャーリイ・ジャクスンも、短篇「くじ」や、長篇『山荘綺談』（小倉多加志訳、ハヤカワ文庫NV。別題『丘の屋敷』渡辺庸子訳、創元推理文庫）に代表される恐怖小説の書き手としてだけでなく、人間性の一面を鋭く切りとる主流文学の作家のひとりとして、もっと読まれるといいと願っています。なお、四十年ということで、蛇足をひとつ。「曖昧の七つの型」は、元版では、「意味の多様性の七類型」という題でした。その後に、「曖昧の……」という訳題が定着しましたので、今回はこれに改めました。またエンプスンについての注も、今回はまずサーという称号がつき、没年（一九八四年）もはいるなどして、ぜんぶ書き改めています。四十年の歳月の長さを感じさせられます。

最後になりましたが、今回、文庫化にあたり、二〇〇六年一月刊行の版に、かなり手を入れました。機会を与えてくださった早川書房の皆様に、厚く御礼申しあげます。

二〇一六年九月

本書は、一九六四年十月に〈異色作家短篇集〉、一九七六年六月に同・改訂新版、二〇〇六年一月に同・新装版として刊行された『くじ』を文庫化したものです。

天国でまた会おう（上・下）

Au revoir la-haut

ピエール・ルメートル

平岡　敦訳

〔ゴンクール賞受賞作〕一九一八年。上官の悪事に気づいた兵士は、戦場に生き埋めにされてしまう。助けに現われたのは、年下の戦友だった。しかし、その行為の代償はあまりに大きかった。何もかも失った若者たちを戦後のパリで待つものとは――？　『その女アレックス』の著者によるサスペンスあふれる傑作長篇

ハヤカワ文庫

解錠師

The Lock Artist

スティーヴ・ハミルトン

越前敏弥訳

〔アメリカ探偵作家クラブ賞最優秀長篇賞／英国推理作家協会賞スティール・ダガー賞受賞作〕ある出来事をきっかけに八歳で言葉を失い、十七歳でプロの錠前破りとなったマイケル。だが彼の運命はひとつの計画を機に急転する。犯罪者の非情な世界に生きる少年の光と影をみずみずしく描き、全世界を感動させた傑作

ハヤカワ文庫

二流小説家

The Serialist

デイヴィッド・ゴードン
青木千鶴訳

〔映画化原作〕筆名でポルノや安っぽいSF、ヴァンパイア小説を書き続ける日日……そんな冴えない作家が、服役中の連続殺人鬼から告白本の執筆を依頼される。ベストセラー間違いなしのおいしい話に勇躍刑務所へと面会に向かうが、その裏には思いもよらないことが……三大ベストテンの第一位を制覇した超話題作

ハヤカワ文庫

2分間ミステリ

Two-Minute Mysteries

ドナルド・J・ソボル

武藤崇恵訳

銀行強盗を追う保安官が拾ったヒッチハイカーの正体とは？　屋根裏部屋で起きた、首吊り自殺の真相は？　一攫千金の儲け話の真偽は？　制限時間は2分間、きみも名探偵ハレジアン博士の頭脳に挑戦！　事件を先に解決するのはきみか、博士か？　いつでも、どこでも、どこからでも楽しめる面白推理クイズ集第一弾

ハヤカワ文庫

訳者略歴　1951年都立忍岡高校卒，英米文学翻訳家　訳書『渇きの海』クラーク，『親指のうずき』『さあ、あなたの暮らしぶりを話して』クリスティー（以上早川書房刊）他多数

HM=Hayakawa Mystery
SF=Science Fiction
JA=Japanese Author
NV=Novel
NF=Nonfiction
FT=Fantasy

くじ

〈HM㊹②-1〉

二〇一六年十月二十五日　発行
二〇二三年九月二十五日　五刷

（定価はカバーに表示してあります）

著者　シャーリイ・ジャクスン
訳者　深《ふか》町《まち》眞《ま》理《り》子《こ》
発行者　早川浩
発行所　株式会社　早川書房
郵便番号　一〇一 - 〇〇四六
東京都千代田区神田多町二ノ二
電話　〇三 - 三二五二 - 三一一一
振替　〇〇一六〇 - 三 - 四七七九九
https://www.hayakawa-online.co.jp

乱丁・落丁本は小社制作部宛お送り下さい。
送料小社負担にてお取りかえいたします。

印刷・信毎書籍印刷株式会社　製本・株式会社フォーネット社
Printed and bound in Japan
ISBN978-4-15-182301-5 C0197

本書は活字が大きく読みやすい〈トールサイズ〉です。